向东是沧海

——来自黄河口的生态保护报告

陈谨之　李静　著

济南出版社

图书在版编目（CIP）数据

向东是沧海：来自黄河口的生态保护报告 / 陈谨之，李静著. -- 济南：济南出版社，2024.4
　ISBN 978-7-5488-6459-2

　Ⅰ.①向… Ⅱ.①陈… ②李… Ⅲ.①报告文学–中国–当代 Ⅳ.① I25

中国国家版本馆 CIP 数据核字 (2024) 第 081522 号

向东是沧海
XIANGDONGSHICANGHAI

陈谨之，李静　著

出 版 人	谢金岭
出版统筹	尹利华
责任编辑	尹利华　王晨渝
装帧设计	博文书院

出版发行	济南出版社
地　　址	山东省济南市二环南路1号（250002）
总 编 室	0531-86131715
印　　刷	东营华泰印务有限公司
版　　次	2024年4月第1版
印　　次	2025年3月第1次印刷
开　　本	170mm×240mm 16开
印　　张	14.75
字　　数	175千字
书　　号	ISBN 978-7-5488-6459-2
定　　价	42.80元

如有印装质量问题 请与出版社出版部联系调换
电话：0531-86131736

版权所有　盗版必究

目 录

引　子　大河向东流 / 001

>>> 第一章　共和国新淤地

垦利：利国利民的诠释	/ 002
一鲸落，万物生	/ 022
以林为村，依林而生	/ 047

>>> 第二章　东方红，大孤岛

红色浸染的土地	/ 058
东方红，大孤岛	/ 069
黄河农场	/ 075
兵团时代	/ 090

>>> 第三章　黄河口追梦

黄龙摆尾	/ 104
定向入海	/ 108

天堂飞羽　　　　　　　　　　　　／ 118
一位村支书的守望与畅想　　　　　／ 127

>>> 第四章　美丽乡村的样板

万尔庄：黄河边的绿色庄园　　　　／ 142
一位村支书的生态循环实验　　　　／ 156
生态考题前的舍弃与坚守　　　　　／ 167
盐碱地与"小甜心"　　　　　　　　／ 183

>>> 第五章　沧海升明月

杨庙"神话"　　　　　　　　　　　／ 192
时代的呼唤——国家公园　　　　　／ 205
大河与大海的邀请　　　　　　　　／ 218

引子

大河向东流

  天地初开。

  月光洒满雪域高原，一汪明亮的月光如银波般闪烁着，照亮了神秘的三江之源。

  青藏高原的风轻轻吹拂着，像是在低声诉说盘古开天的故事。星海的怀抱中，扎曲、卡日曲和约古宗列曲，汩汩流淌，不舍昼夜，似乎在述说着对东方和大海的渴望。

  向东方，是覆雪的峻岭，是湍急的河流，是广袤无垠的大地。一缕清风，一场暴雨，交织在时空里，勾勒出一个古老而神秘的传说。从青海的高原开始，黄河蜿蜒而下，穿越了无数山川，挟带着几千万年的沧桑和故事，向东行去。

  "黄河西来决昆仑，咆哮万里触龙门……"那声声鸣响，仿佛古老的钟声，回荡在峡谷之间，唤起了千万年的记忆。

  黄河，如同一条巨龙，蜿蜒而行，挟带着生命与希望，流淌在黄土地上，洒下一路辉煌与沧桑。

  月亮升起，照亮了澄澈的黄河源头，流淌着岁月的痕迹。在这片古老的土地上，故事在流淌，岁月在流淌。

孔子曰：智者乐水。

智者轻抚水面，沐浴在清波之间，心中涌现出对生命的敬畏与感慨。黄河澎湃激荡，仿佛在述说着那段源远流长的历史，那传承千万年的文明。

哪怕岁月流逝，尘封古老传说，但黄河依旧在这片土地上静静流淌，滋润着万物生长。那一个个黑眼睛、黑头发、黄皮肤的龙的传人，是黄河的孩子。他们春播一粒谷，秋收万石粮，黄河水滋养着千秋万代的梦想和希望。

一缕阳光穿过云层，照耀在黄河水面上，波光粼粼，如诗如画。智者眉宇间流露出对水的热爱与敬畏，因为在这片土地上，水是他们生存的源泉，也是他们灵魂的滋养之源。

黄河孕育了中华文明，见证了历代王朝的更替和人民的辛勤耕耘。智者明白，水是生命之源，是智慧之源，更是传承文明的载体。在波光粼粼的水面上，智者感悟着生命的奥秘，感悟着历史的悠长。感恩水，感恩黄河，感恩这片神奇的土地。

黄河水哺育了中华民族，也熔铸了中华文明，智者静静地驻足在水边，感受着那份深沉的情感和对生命的敬畏，顿时，心中涌现出一股强烈的爱与责任，让他更加珍惜、热爱这片土地，决心更加努力地传承和发扬中华文明的光荣传统。

黄河，这条孕育了中华文明的母亲河，她的起源可以追溯到数百万年前的早更新世。

在那个遥远的时期，黄河的胚胎孕育在大地之中，蕴含着生命的种子。经过亿万年的洗礼，黄河在中更新世终于迎来了自己的诞生，她开始走向历史舞台的中心。

黄河奋勇向前，穿越无数高山和平原，激荡着滚滚原生水量。随着青藏高原的抬升，黄河东流西泻，形成了独特的"几"字形长河。这条长河承载着整个中华民族的情感和记忆，见证了历史的沧桑变迁。

随着时间的推移，黄河在不断塑造着自己独特的身形，在高低起伏的三级阶梯地形上延伸千里，宛如一幅天然的画卷。她的水浪汹涌澎湃，滚滚不息，不禁让人感叹她的壮美和恢宏。

黄河，她是中华儿女的母亲，也是中华文明的摇篮。她的历史如同一部波澜壮阔的长卷，永远留存在我们心中。

黄河奔流而过，青甘交界处，湟水与大通河鱼贯汇入，高原河谷与黄河相拥，融合了青藏高原的荒凉与中原地区的繁荣，构成了这片过渡之地。

自古以来，这里就是多民族共存的乐园，各种文化在这里交相辉映，落日余晖映照着黄河，河岸上的民族歌声回荡在山谷间，构成了一幅多彩多姿的画卷。

青藏高原的风情与中原地区的民俗在这里融合，形成了独特的人文景观，古老的传统与现代的活力在这里碰撞，激荡出绚丽的火花。

黄河，挣脱了西部群山的牵绊，踏上腾格里、库布齐沙漠的征程。

在"大漠穷秋塞草腓"的荒芜之地，在"孤城落日"的凄凉氛围中，黄河如一条忠实的航线，穿越这片铺展千古盛景的土地。

大漠孤烟直，长河落日圆。

黄河不知疲倦地前行，穿越黄土高原，南行至山西芮城西侯度。在这片土地上，有着中国境内已知最古老的旧石器时代遗址，存留了人类最早用火的证据。

黄河，是中华文明的摇篮；黄河，见证了亿万年的沧桑变迁。在这片土地上，岁月静好，但历史却生动而丰富。黄河，是永恒的旅行者，是时光的见证者，是人类文明的传承者。

远古时期的黄河流淌在玉山镇，带来了沙砾淤积，成为原始人类的家园。而在襄汾陶寺遗址，古老的文明绽放出最初的中国样貌，仿佛一幅幅古画，描绘着古人的生活和智慧。

神木市石峁遗址更是让人惊叹，它屹立在历史的长河之中，见证了黄帝、尧、舜、禹等古帝王的光辉时代。

在这片土地上，历史留下了厚重的痕迹，古城的城垣为我们开启了时光之门。每一块古砖、古瓦，都是时光的见证，让我们感受古人的智慧和力量。这些古迹让我们不禁沉思，思考着历史的沧桑和变迁。

玉山镇、襄汾县、神木市，这些地方承载着丰富的历史文化，让我们能够领略古代文明的辉煌。让我们珍惜这段历史，传承下去，让古老的故事永远流传。

在河南郑州市巩义市的土地上，隐藏着一段神秘而悠久的历史。2020年，双槐树遗址的成功发掘，为我们揭开了这座遗址所承载的宝藏。

双槐树遗址是一座历史遗址，它见证了古代河洛文化的繁荣与辉煌。

在这片土地上，曾有着古老的民族居住，他们留下了许多宝贵的历史遗迹，如今骨质蚕雕、折腹鼎等珍贵文物的出土，为我们重新演绎了这段古老历史的故事。

河洛古国，承载着无数古老传说和文化内涵，双槐树遗址的深度发掘，让我们更加深入地了解了这段历史。它是我们与过去的纽带，连接着历史的脉络，让我们能够更加清晰地看到古代人们的智慧与力量。

双槐树遗址的成功发掘，不仅是考古界的重要发现，更是对我们祖先文明的致敬。它让我们更加珍视历史文化，更加珍惜脚下每一寸土地上的历史印记。

在那遥远的古代时空，河图与洛书如两位神秘的使者，守护着中华文明的源头。河水蜿蜒流淌，负载着无尽的智慧，仿佛宇宙星象在其中律动。而洛河之畔，一只神龟背负着书卷，沉稳而古老，承载着圣人智慧的秘密。

河图出自河流之中，洛书背负于洛河之畔，这两幅神秘的图案，诉说着一个又一个古老传说，延续着中华文明的传奇。

在《易经》中，河图和洛书被赋予了特殊的意义，圣人视之如珍宝，悉心研究，以探求治国的大道。

河洛文化，源远流长，变幻莫测。

河图与洛书，如同天地间的声音，谱写着生生不息的华夏传奇。就让我们细细品读，洞悉其中蕴含的宇宙星象之理与治国之道，领略河洛文化的光荣与辉煌。

在中原腹地的河洛地区，黄河与洛河交汇，河洛古国傲立其中。这片土地曾是经济、政治、文化的中心，被誉为"居天下之中"。

河洛古国，是古人类精心选址和科学规划的都邑性聚落遗址。在这片神秘的土地上，仰韶文化展现出了宏大的气象。三重大型环壕，古老的瓮城结构围墙，封闭式排状布局的大型中心居址，似乎在述说着古人们的智慧和勇气。

在这片遗址中，还有制陶作坊区、储水区、完善的道路系统等建筑遗迹。每一处遗迹都诉说着古人们的辛勤和创造力，仿佛时光倒流，让人感受到了河洛古国的繁荣与荣耀。

这里是文明的摇篮，是历史的见证，永远闪耀着古老而辉煌的光芒。

在这片古老的土地上，埋藏着无数珍贵的历史遗迹，其中出土的中国最早的"骨质蚕雕"艺术品，让我们仿佛穿越时光，看到了约5300年前黄河中游地区先民们勤劳智慧的身影。他们用野猪的獠牙雕刻成精美的蚕雕，展现出他们对"养蚕治丝"技艺的掌握与传承。

这些文物，不仅是一件件珍贵的考古文物，更是一个个生动的历史图鉴，揭示了约5300年前中国先民的生活面貌。

他们细心呵护蚕宝宝，精心照料茧丝，将这一技艺代代相传，成为中国作为"养蚕治丝"最早的国家的历史见证。

闪烁着历史光芒的"骨质蚕雕"文物，不仅是华夏文明的见证，更是中华民族智慧的象征。

黄帝治理天下，中原大地迎来了繁荣昌盛的时代。

河洛古国，如同一颗璀璨的明珠镶嵌在历史长河中，闪耀着无尽的光芒。

这座城市承载着华夏文明的源头，是文明的摇篮，是国家的标志，更是民族的灵魂。

黄帝治世，景星璀璨，北斗闪耀。

河洛古国，如同一颗流光溢彩的明珠，镶嵌在中原大地上，成为中国农桑文明的象征，早期中华文明的标志。

在这里，古老的文化得以传承，城市的光芒永不熄灭，永远璀璨耀眼。

黄河，挟波澜起伏之势，蜿蜒曲折穿过晋豫峡谷，汹涌奔流于孟津峡口。她穿越黄淮海，将身姿投入广袤的黄淮海大平原，冲积扇展示着她的慷慨与伟力。

然而，巨浪未曾止步，新生陆地伴随其继续向前。高耸的泰岱山系仿佛是一道巨大的屏障，使得黄河左冲右突，绕行南北两侧，终于汇入大海。在泰山的怀抱中，大汶口文化和龙山文化从中孕育出来，这也是齐鲁文化的源头。

黄河，她如一位壮美的女神，携着大地的馈赠，行走于天地之间。她的波涛汹涌、奔腾不息，象征着生命的不息奔流。在她的怀抱中，大地繁荣昌盛，文化涵养滋生。

黄河，是一首永恒的颂歌，唱响着大河的传奇与文明的华章。

河湟文化、三晋文化、关中文化，直抵中原文化、齐鲁文化，河水承载着中华文明的沉淀，几千年来，黄河文明无惧于天灾、人祸、战乱，坚韧地传承，宛如潺潺流水中的缕缕血脉，深深地烙印在中国人的灵魂深处。它带着无尽的力量，向着东方、向着浩瀚的大海，永不停歇。

北纬 37°47′11.57″，东经 119°19′48.81″。

黄河之尾，翻卷着渤海的浪潮。

黄蓝相接，天作之合；河母海父，经天纬地。

1855 年 8 月 1 日，中原大地暴雨如注。千疮百孔的黄河大堤摇摇欲坠。黄河在河南兰考北岸的铜瓦厢段，破堤决口，"泛滥所至，一片汪洋。远近村落，半露树梢屋脊，即渐有涸出者，亦俱稀泥嫩滩，人马不能驻足。"

黄河水先流向西北，后折转东北，在山东张秋镇夺大清河流入渤海。

这是黄河距今最近的一次大改道。从此，碧波荡漾的大清河消失了，桀骜不驯的黄河似乎找到了最后的归宿。

从 1934 年到 1996 年，黄河行河 62 年，逐渐形成了以渔洼为顶点、北至挑河口、南至宋春荣沟，面积约 3000 平方公里的现代黄河三角洲。

黄河口是博大的，酝酿艰辛与苍凉，也编织不朽和神奇。

尼罗河奔流向地中海，似一位思念已久的恋人投入心爱人的怀抱。多瑙河钟情于黑海，如同一对情侣永远守护着彼此的纯真爱情。刚果河选择大西洋，犹如一个勇敢的探险家踏着波涛汹涌的大海前行，探索未知的世界。长江流向东海，仿佛一位无畏的航海家，准备向东方的新世界启航。黄河奔赴渤海，犹如一匹奔腾的千里马冲向辽阔的大海。

似乎是冥冥中的安排，大河的归处注定在大海之中。

当大河融入大海的怀抱，完成了一场诗意的奔赴；当大海包容着大河的来临，完成了一场宽广的接纳。大河文明与海洋文明在人类的情感中交替编织着绚烂的篇章，交融碰撞出新的河海文明的交汇点。

在这个神秘的世界里，大河与大海相遇，文明与自然相融合，无尽的故事在深邃的河海之间徐徐展开，给人类带来无限的思考与感悟。当大河与大海的交汇点成为光影碰撞的奇妙之处，河海之间的交织越发令人感受到一种神秘而壮美的力量，让人们感叹大自然的鬼斧神工，同时也感悟到人类与自然之间永恒的亲密关系。

这里是一个神秘而充满活力的地方，一个充满生机和蓬勃发展的乐园。

作为大江大河对人类的最后馈赠，大河之洲非富即贵。

莱茵河三角洲的鹿特丹，密西西比河三角洲的新奥尔良，尼罗河三角洲的开罗，都表明了大河三角洲的发展规律，随着开发深度和广度的加大，必然形成较大的中心城市和经济增长极。

当今世界，大河三角洲面积只占全球总面积的 3.5%，却集中了世界上三分之二的大城市。今天的中国，珠三角、长三角早就成为引领中国经济腾飞的顶天引擎。

黄河三角洲的巨大潜力吸引了众多智慧的目光。

黄河三角洲的开发建设最早始于 20 世纪的农垦和石油勘探开发。

1956 年，当年的渡江侦查英雄慕斯荣，在黄河入海口兴建了国营黄河农场，唤醒了沉睡多年的荒原。

1961 年 4 月 16 日，华北平原上的第八口探井——"华八井"，用 9 毫米油嘴试油，获得日产原油 8.1 吨的成绩。首次在华北平原获得工业价值油流，这是中国油气勘探史上的重大发现之一，成为我国石油工业发展史上的重要里程碑。

1962 年 9 月 23 日，"营二井"获得重大突破，在东营构造上打的营二井，获日产 555 吨的高产油流，这是当时全国日产量最高的一口油井。胜利油田始称"九二三厂"即由此而来。

1965年1月25日，在胜利村构造上，32120钻井队打的"坨11井"，发现了85米的巨厚油层，试油日产1134吨，成为共和国历史上第一个千吨井。

1970年，中国人民解放军山东生产建设兵团一师在新安公社对面的黄河农场成立，上万名兵团战士从济南、青岛、淄博来到了黄河口，安营扎寨，战天斗地，向荒原要粮。

1983年10月，东营市成立，黄河三角洲的开发逐步摆上了山东省乃至国家层面的重要战略位置。

从此这里像一朵娇艳的花朵，包含着无限可能，也孕育着昔日荒芜荒凉土地里的新生命。

在黄河三角洲，河水和土地、人们的心与自然的灵魂，在这交融之处，翻涌出一首永不停歇的生命赞歌。

这里是一个神奇的地方，一片充满希望和活力的乐土，让人心驰神往，让人流连忘返。

在这片土地上，黄河挟带的泥沙已经不再只是尘土，而是一种独特的馈赠，让人们在创造与发展中茁壮成长，让这座城市闪耀着永不磨灭的光芒。

黄河，这条中华民族的母亲河，千百年来赋予了中华儿女深厚的民族情感，塑造了中华民族自强不息的民族品格。

黄河，也是一条桀骜难驯的忧患之河。历史上，黄河曾决口1590余次，改道26次，决溢范围北至天津，南达江淮，纵横25万平方千米……

黄河安澜，国泰民安。

2019年9月18日，习近平总书记在郑州考察黄河并主持召开座谈会，提出黄河流域生态保护和高质量发展这一新的重大国家战略，为新时代黄河保护治理和发展擘画崭新的宏伟蓝图。

赴郑州考察之后两年，习近平总书记又一次视察黄河，他一直牵挂着黄河的安危和生态建设。黄河口正迎来新时代跨越发展新征程……

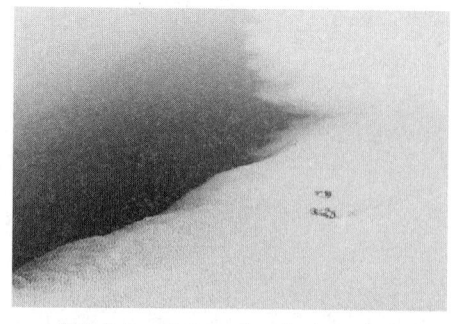

黄蓝交汇　大河入海　胡友文/摄影

共和国新淤地

GONGHEGUO XIN YUDI

【第一章】

垦利：利国利民的诠释

千年浪潮汹涌澎湃，黄河转道倾泻而下，古老的利津，默默沉淀出一片新的土地。海浪退去，露出大地的脊梁，尚未踏入烟火，却已蕴含着无限可能。

这片刚刚诞生的土地，仿佛一位沉着的少年，蕴藏着无限的活力与朝气。阳光洒在这片新生的土地上，照亮着每一寸肥沃的土壤。

渤海湾海岸线自然延伸的最大"功臣"非黄河莫属。黄河单一固定河道成型在战国时期，即"堤防之作，近起战国"。那时的黄河称"河"（《汉书·地理志》记载其河道得名），黄河入海口在今天河北沧州的黄骅。而之前的黄河河道在华北平原飘忽不定，入海口也在天津至山东无棣间频繁游走。此阶段为天津以东渤海海岸线的延伸奠定了基础。

东汉初，经治理的黄河改道至渤海湾千乘入海（今山东淄博市高青县东北）。公元69年（汉明帝永平十二年）王景奉诏征发数十万卒整顿河患，此时距离公元11年黄河在今河南濮阳西北决口泛滥以来，已近六十载。

王景治河，自荥阳东（今郑州西北）到千乘入海口筑堤长达千余里。其勘测地势，凿山陵，破砥绩，截弯取直，防遏要冲险地，疏浚淤积河段，黄河河道自此稳定八百载。

黄河在千乘入海后，一方面泥沙淤积向北扩散，在天津外堆积出滨海平原；另一方面快速推进形成黄河三角洲，初时在滨州以东70公里，金朝时已达利津县东北丰国镇。

1128年，南宋东京太守杜冲为了抵抗金军铁骑的入侵，掘开了黄河堤防以水代兵，自此黄河拉开了夺淮入海的序幕。

1855年8月，黄河在河南开封铜瓦厢决口，夺山东大清河入渤海。而原经苏北入海的河道则化作故道。

经此改道，巨量的泥沙淤积使黄河入海口沙洲以每年20余平方公里的速度向外延伸，百余年以来造陆已超2300平方公里。

垦利，因为曾经被称为垦区和利津洼而得名，垦利区政府所在地到黄河入海口的直线距离为60~70公里。因黄河入海口处于其辖境，所以垦利区堪称全国面积增长最快的地区之一。

明朝洪武年间，从山西洪洞县和河北枣强县来了大量移民，这片新淤地开始有了生机。大规模的开垦开始，广袤的土地边界被不断拓展，吸引着更多的移民前来。他们肩挑锄把，披荆斩棘，以无比的顽强和坚韧，将这片荒芜之地变为麦浪滚滚的沃土，将这片淤积之地变为人间仙境。

这片土地见证一个个梦想的实现，一个个家园的兴盛，也见证了一个个传奇的诞生。在这里，智慧与勤劳交织在一起，成了这片土地上最耀眼的标志。在这里，每一个人都是故事的主角，每一个人都在谱写着自己的生命之歌。

时光如梭，岁月如歌。山东垦利，曾经荒芜的土地，在前人的辛勤耕耘下，逐渐变得沃土肥美，生机勃勃。这片曾经拥抱过大海的土地，如今已成为人们向往的乐土，富饶繁华。

垦利，这个生命与希望交织的地方，散发着一种特有的包容和宽广。人们彼此拥抱，共同奋斗，让这片土地变得更加美丽丰饶。前人开荒，后人继承，这个地方的故事，永远在诉说着无数的艰辛与希望。在这里，我们看到了生命的奇迹，感受到了包容与宽广。一辈辈人共同努力，传承着这片土地的美好，绽放着生命的光彩，充满着生机与活力。

1931年，在利津和广饶分别设立了滨、蒲、利、沾、棣五县垦丈局和广饶垦丈局，统一管理土地的丈放、劝种、征收地价和垦丈费等事宜。

据统计，从1930年10月到1935年上半年，广饶垦丈局共放地64218亩，垦荒12495亩；滨、蒲、利、沾、棣五县垦丈局共放地284725亩。

与此同时，为了办理"官荒"和马场"熟田"的屯垦事宜，又在利津县设立了屯垦局，统一管理"官荒"淤地的垦殖。

屯垦分为民垦（也称屯垦）和军垦两种。民垦是在本地招引居民垦种，而军垦则是由部队官兵垦种。其中，承垦土地最多的是部队中年长的功劳兵。当时，韩复榘军中有一批老兵，多年征战南北，立有军功，但随着年龄的增长，已不适宜继续从军。1935年，为安置这些行将退伍的功劳兵，韩复榘将他们发派到利津东部的黄河新淤地屯种"官荒"地。据1935年的相关文件记载，当时的分地标准为：士兵每人40亩，军官按级别自低到高逐级递增。排长每人100亩，连长150亩，营长200亩，团长300亩，旅长500亩。

20世纪30年代，山东天灾频发。在各种灾害中，黄河泛滥灾祸尤为严重。20世纪30年代初期，黄河几乎每年泛滥，其中，为患最烈的是1931年、1933年和1935年的三次决口。

1935年7月，黄河险工失防，鄄城一带河岸决口，酿成山东有史以来最大的河患。鲁西几十个县变成了一片"汪洋"，洪水流面东西长300里，南北宽70里，灾民达五六百万人。仅济宁、菏泽等14个县市，就有800多万亩耕地、6300多个村庄被淹没，200多万灾民流落街头，财产损失9800多万元。

105岁的周銮英奶奶是垦利区最年长的老寿星。

老奶奶现在还记得当年的逃荒经历。1935年，黄河在山东鄄城决口，受灾严重的鄄城、菏泽、巨野、汶上、嘉祥、东平、阳谷、寿张等县的4200余名灾民逃往黄河三角洲。

衣衫褴褛、拖家带口的逃荒队伍里，就有周銮英和她的家人，他们一步一步地从嘉祥出发，沿着黄河往东奔去。

灾民们听说只要沿着黄河往东走，就能找到活命的地方，那里有大片的土地，撒上种子就能长出庄稼。经过长途跋涉，灾民们终于走到了黄河的尽头。这里是一望无际的大荒原，看不到头，望不到边。

灾民们200人编为一个大组，一共编成了八个大组，因此，这里的人到现在还称这个地方为"八大组"。后来，聚集的灾民越来越多，在永安镇又有了一村、二村、三村等以数字排序的29个移民新村。

抗战时期，在渤海区抗日政府垦荒政策的激励下，又有临朐、益都、寿光、莱芜、昌潍等地的23600余户、近11万人口迁入垦区，建立了40多个移民村。其中，1942年、1943年迁入的人口就有17000余户，共84695人。

奔腾的黄河口以其博大厚重的胸怀，接纳着来自四面八方的百姓。

在日寇疯狂"扫荡"抗日根据地的日子里，黄河三角洲成为山东的战略后方，容纳过40余万抗日大军在此休整。

解放战争期间，垦区群众踊跃参军、支援前线，组成了强大的钢铁洪流，为解放全中国做出了突出的贡献。从这里走出了43军、28军、33军和从渤海一路打到天山的渤海军区教导旅。

这片黄河淤积之地，是一片红色的土地。

1941年9月18日，山东纵队司令部电令三旅渡过黄河北进，以打通与冀鲁边区的联系。

在清河区党委的领导下，三旅紧急组织，准备向利津以北、沾化以东地区进军，却遭遇了何思源部的激烈阻挠。何思源部势如铁壁，不容他人进入一步。他们布下重重防线，铁骑奔驰，弹如雨下。

我军从抗战大局出发，曾派三旅政治部宣传科长张缉光为代表，由垦区民主人士刘翰卿陪同，与何思源进行谈判。但何思源坚持顽固立场，拒绝与我军合作抗日，诬蔑我军"破坏抗战"，并狂叫要与我军"疆场相见"。

清河区党委、三旅决定北渡黄河，给予严惩。面对强大的敌人，我军并没有丝毫退缩。他们坚守阵地，守护着自己的信念和使命。他们用热血和生命书写着抗战的英勇传奇，为家乡的安宁和平奋勇拼搏。

在那片沸腾的沙场上，他们展现出了顽强不屈的斗志，用行动证明了自己的忠诚和勇气。他们虽不是最强大的军队，却有着最坚定的信念。他们守护着家园，捍卫着荣誉，为国家的未来而战斗。

三旅的士兵们，他们是英雄，是勇士。他们的事迹鼓舞着人们，激励着每一个寻求自由和正义的心灵。他们的奋斗，永远铭刻在历史的长河中，终将传颂万世。

1941年9月21日，杨国夫副旅长亲率三旅主力七团首先占领了黄河南岸的左家庄。9月22日，三旅跨过黄河，一鼓作气解放了罗家庄、宋家庄，逼近何思源的老巢义和庄。9月28日，三旅进抵义和庄东边的王家集。三旅骑兵连首战告捷，击溃增援义和庄的国民党水上保安一团，击毙其团长李子文。之后我军包围义和庄，并于10月2日发起总攻，10月3日凌晨攻克义和庄，继而又攻克老鸹嘴、太平镇，此后何思源率残部仓皇逃跑。此役共歼敌3000余人。义和庄之战的胜利结束，标志着清河区最大的抗日根据地——垦区抗日根据地的正式建立。

垦区土地肥沃，物产丰富，可为抗日军民提供粮、棉等物资。尤其是这里地域辽阔，河沟纵横，地形复杂，便于我军回旋机动、休养整训和安置后方机关。

清河区抗日军民坚持平原抗日游击战争，垦区抗日根据地在其中发挥了极其重大的作用。

垦区解放后，清河区党委、行署先后派出两批工作团成立了垦区工作委员会和垦区建设委员会。

垦区党委组织广大人民群众清理土地，确定地权，实行减租减息政策，鼓励开荒，并拨出大批粮食和现款，安置了大批难民。另外还组织部队、机关人员开荒种地，帮助群众发展生产。

垦区抗日根据地充分利用此地粮、棉、盐、硝等丰富资源，分别创办了兵工厂、被服厂，生产日用品和军需品。

兵工厂有翻砂、修械、安装三个工序，不仅能修理枪械，还能生产手榴弹。

垦区抗日根据地还建起了《渤海日报》印刷厂、医院、学校和银行，形成了一个经济繁荣、社会安定的大后方。

1941年9月，垦区抗日民主政权在永安建立，民户垦耕劳作的地域也越来越广，两三年后，就有耕地44万多亩，其中开生荒25万余亩，年收粮食近800万斤，这里不仅安置了78900余户垦户，还成了解放区的粮仓。

从1942年初到1943年7月，近一年内，垦区开荒56万余亩。1942年前，整个垦区仅有耕地25万余亩，到1943年发展到100万余亩；垦区人口1942年前仅8.9万余人，1943年猛增到25万余人，新建村庄119个，安置难民 7686 户共 35180 人。

1943 年 4 月 22 日，垦区行政委员会改称垦利县抗日民主政府，属清河行政区管辖，垦利县政府驻地仍然在永安镇。由于战争需要，垦利县政府机关有时会在朱家屋子、杨家嘴、宋家院、黄家油坊一带进行转移。

1944 年 8 月至 1945 年 8 月，县政府机关驻地为台子庄；1945 年 8 月至 1956 年 3 月，县政府机关驻地为陈家庄；1958 年至 1965 年，垦利县政府迁至新安公社；1965 年迁到现在的驻地西双河。

拓荒垦殖，利国利民，此地从此有了全新的名字——垦利。

垦利的行政隶属几经变迁。1944 年属渤海行政区第四专区；1949 年属渤海行政区垦利专区；1950 年属惠民专区。

20 世纪 60 年代初，垦利县政府大礼堂

1949 年，黄河在鲁西决溢，东平、巨野、阳谷、寿张、梁山、嘉祥等县的一万多灾民迁往黄河三角洲。第二年，又有长清、平阴、东平三县的 484 个受灾村庄、5200 余人迁至垦利县。除此之外，更多的人口迁移则属于建设性移民。

垦利这片土地，居民来自 11 个省 107 个市县 19 个民族的群众，他们从此在这片沃土上安居乐业。

1952年5月，在济南执行警备任务的中国人民解放军97师所辖3个团共1万余人进驻黄河三角洲，在六户、沙营、辛镇一带军屯垦荒，兴修水利。经过两年多的艰苦奋斗，共开垦荒地5万余亩。97师还派兵进入黄河入海口的大小孤岛，开垦土地4591亩，97师移师东北后，营房和开垦的土地移交给了山东省公安厅所属的渤海农场，内称山东省第一劳改总队。

1958年，经林业部批准，将1951年建场的国营孤岛林场改建为国营机械化林场，面积达2.7万公顷，是当时全省最大的国营林场。

1960年，同兴农场、联合农场，还有国营孤岛、郭局子、青坨子、一千二等大型林场相继成立。

1960年1月，在那个寒冷的冬月，山东省委发出了开发黄河口渤海荒滩的号召。万余名共青团员和优秀青年听从召唤，纷纷踏上了征途，向黄河口大孤岛进发。

淄博地委组织了一支庞大的造林队伍——"淄博远征造林师"，队伍有一万五千余人。他们穿越了荆棘丛生的荒野，来到了这孤独的荒岛之上。人迹罕至的荒岛上只有滩涂和茂密的荆藜，但是这些年轻的勇士们并没有退缩，相反，他们挥动着锄头，拔起杂草，搭起了简陋的窝棚。

在孤岛上，淡咸的井水是他们唯一的生活用水来源，艰苦的条件让人们不由自主地感到一丝战栗。然而，这些团员们却心怀热情，斗志昂扬，开始了他们的"大会战"。他们开始种树造林，一棵棵树苗在他们的手中扎下根，茁壮成长。

日复一日，他们辛勤耕耘，汗水浸透了他们的衣衫。但是他们并不畏惧，反而更加坚定地向着目标前进。他们的热情，他们的努力，让这片荒芜的土地渐渐变得绿意盎然。

在这场艰苦的战斗中，他们展现了青春的力量，也留下了一段段感人的故事。他们挥洒着最美的青春，是最坚强的力量，是山东省第一个机械化林场的缔造者。他们的名字，将永远铭刻在历史长河之中。

1960年2月13日，山东省青年开发绿化渤海荒滩誓师大会在孤岛举行。

那是一个寒冷的春日，苍茫的渤海荒滩上，一群年轻人齐聚在孤岛上举行了一场庄严的誓师大会。他们来自山东省各个地市，是志愿奔赴绿化渤海荒滩的远征队伍，他们是绿化事业的尖兵，是这片荒凉土地上的先锋。

这个团队从零开始，艰苦开拓，用双手和汗水书写着奉献与坚韧。

他们的誓言在寒风中飘荡，他们的目光坚定而炽热，他们深知绿化渤海荒滩的重要性。他们奋力拼搏，不畏艰险，只为让这片荒凉的土地变得更加美丽和生机盎然。

这场誓师大会把他们紧密团结在一起，激励着他们为绿色事业努力拼搏。他们是渤海荒滩上的种子，是绿色希望的使者，他们将继续前行，向着绿化目标迈进，让这片土地焕发新的生机和活力。

同年，时任共青团中央第一书记的胡耀邦于3月上旬来山东视察青年工作。当他听取了团省委负责人关于孤岛造林大会战的情况汇报后，胡耀邦认为这种做法值得提倡和推广，并表示一定要到现场亲眼看一看，慰问那些披荆斩棘绿化祖国的青年拓荒者们。

3月8日，胡耀邦在时任团省委第一书记林萍、淄博地委第一书记王成旺同志的陪同下，由济南出发，于中午来到淄博专区所属惠民县机关驻地。在此就餐稍事休息，并应邀与县机关部分干部青年合影，留下了一张珍贵的照片。

当日下午，胡耀邦一行驱车赶往位于孤岛的垦利县委驻地。晚上，听取了县委书记姜芳萍的工作汇报。

9日上午，胡耀邦等人直奔造林工地现场。他与正在干活的团员青年亲切交谈，询问他们的劳动生活情况，勉励大家安心劳动，不放松学习，以最大的决心和干劲如期完成任务，让荒滩变绿洲，孤岛变宝岛。

胡耀邦被青年们的劳动热情所感染，不顾旅途劳顿，毅然脱下大衣，拿起铁锹，与青年们一起挖坑，亲手栽下了一棵棵小叶杨树。

9日中午，胡耀邦结束对孤岛林场的视察，返回垦利县委驻地后，应县委领导的请求，挥毫泼墨，题写了两首富有民歌风味的诗。

其一是："青年干得欢，大战渤海滩，造起万顷林，木材堆成山。"另一首是:"黄河万里送沃土,渤海健儿奋双手,劈开荆棘建新舍,定教荒岛变绿洲。"

黄河岸边淤积之地的各类植物,扎根在沙土中,顽强地生长着。这片土地,看似贫瘠,却隐藏着宝藏般的黑金。

中华人民共和国成立后,国家建设的步伐加快了,但石油资源的匮乏却一度成为一座无法逾越的高山。

外国专家们曾发表中国"贫油论",给中国戴上"贫油国"的帽子。然而,地质学家李四光却始终坚信,中国大地必定隐藏着丰富的石油资源。

经过漫长的科考,李四光发现在黄河淤积的土地之下,蕴藏着丰富的石油资源。他坚定认为,中国的陆地一定有石油,而这种执着最终改变了中国的命运。

黄河淤积之地,彰显着生命的顽强和坚韧,它已成为中国石油的摇篮,滋养着国家的繁荣和富强。

绿洲二路(20世纪80年代)

黑金在这里涌动,中国也因为这份坚定的信念和智慧,走向了光明的未来。

1961年4月16日,在东营村附近的华北平原石油勘探过程中,第8探井首次开采工业油流。

荒原苏醒了!黄河口苏醒了!

紧接着,营2井以日产555吨的高产油流成为当时全国日产量最高的油井,黄河口成了我国新的石油希望之地。

1964年1月25日,国家正式批准组织华北石油勘探会战,一场继大庆石油会战之后的又一场石油勘探和油田开发建设会战,在黄河三角洲开启了。

在那个寒冷的冬日,黄河三角洲上掀起了一场震撼人心的石油勘探会战。华北石油勘探会战正式启动,勇士们踏上了这片充满挑战和机遇的土地。

他们是勘探者,是开拓者,是为了国家能源安全奋勇前行的战士。他们风餐露宿，穿越沼泽，蹚过河流，不惧风雪的严寒，只为找到石油，为祖国的工业进程铺平道路。

黄河三角洲，成了他们的"战场"。他们精细地勘探，挥舞着工具，挖掘着土地，只为寻找那宝贵的黑色黄金，为国家的繁荣贡献自己的力量。

在这片黄沙绿水间，石油工人风餐露宿，终于找到了属于他们的胜利果实。华北石油勘探会战，成了一座新的里程碑，为中国石油工业的腾飞奠定了坚实的基础。

勘探者们抬起头，放声高歌，向着新的挑战迈进。他们的心中燃烧着对祖国的热爱，对事业的执着，他们将继续前行，开辟未来的新天地。他们的艰苦奋斗将为祖国谱写出繁荣与富强的永恒篇章。

1965年3月，垦利县境内小宁海公社胜利村附近的坨11井获得了日产1134吨的高产油流。胜利村，因国内首次发现千吨级油井而闻名全国，"胜利油田"因此得名。

随着胜利油田勘探开发的深入推进，相继建设了胜坨、宁海、东辛、永安等十四个油区，已探明地质储量12.97亿吨，发现胜利油田油气产量的43%、已探明地质储量的45%都出自垦利地下。

这片黄河淤积之地，是一片物产丰厚的土地。

黄河，孕育着丰富自然资源的母亲河，每年都挟着沙砾来到这里，为这里增加了更多的土地。除了这些富集的地下矿藏，这片土地还拥有肥沃的耕地、茂盛的林地、广袤的草场，让人们看到了农业开发的无限可能。

黄河的水流还连接着丰富的海洋资源，让这片土地成为东部沿海地区渔业开发潜力巨大的地区。海洋中各种浮游生物的存在，为百余种鱼虾蟹贝类生物的生长提供了充足的养分。这里有着418种海洋生物，被称为"百鱼之乡"和"对虾之乡"，让人们对于这片土地充满了向往。

20余座大中型水库为县域的种植业和养殖业提供了丰沛的水源，让这片土地更加富饶繁盛。这里的宝藏似乎永远都无法用尽，让人们对于这片土地的未来充满了希望。黄河，你的恩赐无限，让我们无比欣慰和感激！

这片黄河淤积之地，还是一片通畅开放的土地。

在这片风光旖旎的土地上，垦利倚河抱海，形胜而通达。荣乌、长深两条高速公路如两条璀璨的项链，穿越着这片土地，将现代文明的脉络延伸至这里的每一个角落。三座黄河大桥横跨南北之间，宛如巨龙飞舞，连接着两岸人民的心灵交流和贸易往来。

海港、空港网络，将垦利的腹地变得广阔无边。无数货船在港口来来往往，无数客机在空港起起落落，连接着垦利与世界的每一个角落。环渤海高铁、京沪高铁东线，如一座座桥梁，正在被铺展贯通，让这片土地更加开放和繁荣。而东营胜利机场，则是这片土地上的一颗明珠，引领这片热土和远方的交融。

在这片土地上，风起云涌，一场革命般的变革正悄然酝酿。四面八方的客人和创业者们，纷至沓来，怀着憧憬和期待，将他们的目光投向这片神秘而又充满活力的土地。

这里，是一个充满"垦利精神"的乐园，一方创业、兴业的新天地。在这里，青年们肩负着时代赋予的使命，他们用激情和勇气，开创属于自己的未来。创业的火花在这里迸发，无数创新的点子在这里孕育，奇迹在这里涌现。

风起云涌的垦利，不仅仅是一个地方，更是一种精神的象征。这里的人们心怀梦想，追求梦想，勇往直前，奏响了一曲云天万里的长调，让整个世界都为之动容。

在这片充满活力和机遇的土地上，每一位来者都能找到属于自己的舞台，每一个创业者都能书写属于自己的传奇。

垦利，承载着无限的可能，等待着每一个渴望成功和发展的创业者到来。这里，是创业者的热土，是一个风云变幻的舞台，一个梦想成真的乐园。

黄河，奔腾不息的母亲河，如一条黄金灵蛇在大地上蜿蜒而行，挟带着沉积的沙砾，劈开波涛，冲向遥远的大海。

黄河在流经垦利后，猛然扑向大海，溅起千堆浪花，震天的巨响仿佛是大地在欢呼。每年都有近2万亩的新淤地成陆，这里成为我国土地生长最快的地区，也是东部沿海土地后备资源最丰富的地区。

大汶流草场，地势平坦，土地辽阔，植被茂密，狐兔出没，万鸟翔集，如同一幅醉美的湿地画卷，被誉为"鸟类天堂"。

万顷人工刺槐林、天然柽柳林、浩浩芦苇荡勾勒出黄河口野奇新美的景观，让人心旷神怡，久久不愿离去。

而胜利油田，那里林立的井架、雄伟的孤东海堤和海上石油钻井平台，演奏着独具特色的乐章。这里的景色让人目眩神迷，展现着人类的智慧和勇气。

黄河流经的地方，无不给人一种壮丽而神奇的感觉，每一个角落都有着不同的美景，让人流连忘返，留恋不舍。

黄河，永远在奔腾，永远在创造。

登高望远，顺势而为，方能行稳致远。随着黄河重大国家战略的深入实施，东营这座黄河入海口城市，在全国、全省大格局中，在黄河全流域中的战略地位愈加凸显。

2021年10月20日，习近平总书记来到这里。彼时，黄河秋汛洪水已经退回主河槽，但从主河槽到码头绿化带10多米的"过界"痕迹依旧清晰可见。

刚下车，习近平总书记便询问前段时间水位最高时的水边线在哪里。

"这就是10月8日漫滩时的水边线。"在码头上，黄河河口管理局负责人手持展板，向总书记一一汇报。

码头风高浪急，总书记伸手扶着晃动的展板，仔细察看，不时询问。

"今天来到这里，黄河上中下游就都走到了，我心里也踏实了。"习近平总书记说。

黄河下游有着广阔的滩区。主河槽与防汛大堤之间的滩区，是黄河行洪、滞洪、沉沙的重要区域，也是滩区人民生活生产之所。

"党的十八大以后，我就关心黄河滩区迁建问题。全面开展搬迁、迁建是一件了不起的事情。"在山东东营垦利区杨庙社区，习近平总书记见到了他一直牵挂着的黄河滩区群众。

习近平总书记的指示，为黄河三角洲生态保护和高质量发展把舵领航，赋予东营新的重大使命，为东营发展指明了前进方向。

垦利，又一次站上时代发展的风口、历史进程的前沿。

生态是黄河三角洲最亮眼的底色。"做好黄河三角洲保护工作"，是总书记的殷切嘱托。

垦利区坚决贯彻习近平总书记"治理黄河，重在保护，要在治理"的理念，坚持把生态环境治理作为首要任务，为了让黄河入海前的126公里河道、75平方公里滩区恢复自然生态的样貌，垦利区以大格局推进大保护，全力实施黄河三角洲生态大保护，提高湿地生态质量，保护生物多样性。

垦利区全力服务保障黄河口国家公园建设，严格落实"三线一单"生态环境分区管控，开展海洋生态保护修复、沿黄生态长廊等工程，恢复湿地2197公顷、修复海岸线5.33千米；扎实开展"三年增绿"计划和"国土绿化"行动，新造林8.19万亩，2019年以来完成补植提升造林4万亩，创建省级森林乡镇1个、森林村居4个。

阳光拂面，清风徐来。一群白鹭在湿地上翩翩起舞，宛如一幅美丽的画卷在大自然的怀抱中展开。

在这片宁静的湿地中，生态警长、法院院长、检察长和河湖长联手合作，开展了一场前所未有的保护行动。尾水处理、农业废弃物回收工程以及排污口溯源整治成为他们共同的目标，他们带领着学者、工程师和热心民众，共同努力打造一个生态良好的环境。

雨污分流、排污溯源、生态治水贯通起排水与治水的良性循环，为黄河滩区增添了一道光彩。湿地变得更加生机勃勃，植被茂盛，野生动物种类增加。每当夕阳西下，湿地中的候鸟们回归栖息，天空中的星星闪烁，和煦的微风吹过，仿佛在述说着大自然的美好。

"四长"联动护河新模式的实施，不仅是对环境保护的一次重大尝试，更是对人与自然和谐共生的崇高追求。让我们携起手来，共同守护这片美丽的湿地，让黄河水清澈，生态环境更加美好！

在这片美丽的生态景观中，众多鸟类在空中翱翔，歌唱着自然的赞歌。

经过多年努力治理后，昔日的盐碱荒滩如今已经变身为一处生机勃勃的湿地生态绿洲。入侵物种互花米草得到了有效清除，湿地生态系统得以恢复。每一处角落都流淌着生命的气息，让人心旷神怡。

在黄河口，得天独厚的弱碱性水质造就了美味的黄河口大闸蟹和香甜的黄

河口大米，两种产品均成为"国字号"农产品。这里的水、林、田、湖、草、湿地协同治理，构建了一个生态样板，为这片土地增添了亮丽的色彩。

在这里，人与自然和谐相处，共同创造了一幅美丽的画卷。这是一个充满希望和美好的地方，让人感受到大自然的奇迹和生命的力量。愿我们珍惜每一寸土地，共同守护这片美丽的家园，让生态文明之花在这里绽放。

开展盐碱地综合利用对保障国家粮食安全、端牢饭碗具有重要战略意义。

在垦利，那些因土地盐碱而荒芜的地块，似乎在等待着某种奇迹的降临。随着国家批复实施黄河入海口盐碱地综合利用项目及耐盐碱种质资源培育项目的启动，一股强大的东风正逐渐吹向这片土地。

垦利区决心优先开发集中连片的轻度盐碱地，将目光投向了垦利街道高速路以东片区、永安片区等14个片区。在这些地块，土地整治、土壤改良、良种选育、农艺推广、后期管护等一系列系统工程正在酝酿之中。他们要重新书写这片盐碱地的命运，要以创新的思路和勤奋的双手，激活这些废弃的土地，让它们重新焕发勃勃生机。

在这片贫瘠之地上，建设耐盐碱种质资源培育育种基地、盐碱试验田，是他们的新方向。每一寸土地、每一粒种子，都是无比珍贵的。多措并举，他们希望能找到激活盐碱地丰收密码的钥匙，让这近 20 万亩盐碱地，不再黯然失色，而是绽放出耀眼的光芒。

这是一个挑战，也是一个机遇。在这片土地中，蕴藏着无限的可能性。他们心怀坚定的信念，相信在不久的将来，这些被荒废了许久的土地，将会重新焕发出勃勃生机。盐碱地，终将迎来它们新生的黎明。

蓝色的海洋，是垦利区的宝藏。

人们依靠海洋发展渔业，利用海洋资源发展经济。在垦利区，渔业产业正迎来新的机遇和挑战。

为了推动渔业产业的高质量发展，垦利区大力推动设施渔业和生态养殖示范工程。制定了旨在保护海洋生态环境、提高水产养殖效率的政策和计划。到 2023 年底，建成 7 家国家级、省级健康养殖示范场，1 处国家级海洋牧场，2 家省级原良种场，4 家省级知名农产品企业产品品牌，在水产养殖、水产品加工、海洋生物医药及海洋旅游方面实现"满堂红"，成为国家级水产健康养殖和生态养殖示范区。

蔚蓝的海水中，生长着丰富的水生生物资源，为当地人民带来丰厚的收益。他们尊重大海，爱护生态环境，致力于保护海洋资源，实现可持续发展。垦利区的渔业产业，正蓬勃发展，展现出勃勃生机。

晨曦中，渔民们驾驶着渔船出海捕鱼，劳作在波涛汹涌的海面上。他们的汗水浸透了衣衫，他们的笑容闪耀在海风之中。海洋是他们的家园，也是他们的希望之源。

垦利区的渔业产业，如同一幅绚丽多彩的画卷，展现出海洋经济的光辉。在大海的怀抱中，人们实现着自己的梦想，开创新的生活。垦利区依靠海、发展海，让海洋成为他们通往致富的有力引擎。

创建中的黄河口国家公园，如同一幅恢宏的画卷，展现着大自然的鬼斧神工。在这片神奇的土地上，人们见证了生态系统和生物多样性的奇迹般地恢复。

黄河口新生湿地，翠绿的植被和清澈的河水交相辉映，生机盎然。曾经几近绝迹的黄河刀鱼,在这片水域中自由自在地畅游,带着生机盎然的气息,仿佛是在对世人宣告,它们的生命力是如此坚韧。

江豚,曾是黄河水域的独有珍贵物种,如今又一次闪亮登场。它们翻滚跃起,在渔船旁嬉戏,如同一群快乐的孩子,展现着生机勃勃的活力。这一幕令人心驰神往,仿佛置身于大自然的奇妙乐园中。

黄河口国家公园的建设,不仅是为了保护自然生态,更是为了让人们领略大自然的鬼斧神工。在这片土地上,人与自然和谐共处,共同演绎着美丽的生态交响曲。

沿着黄河看垦利,垦利大地胜景连连,精彩不断。

从现代黄河三角洲的顶点——宁海顶点文化苑出发,沿着绵延的黄河大堤,来到万里黄河流经垦利区的第一个村——罗盖村。

这里仿佛是一个穿越时空的窗口,让游人从当下的喧嚣中逃离,回到滩区迁建的记忆之中。

罗盖村,坐落在杨庙社区,这里是浸染着黄河文化的一片土地。从村口进入,仿佛穿越了时光隧道,回到了那段永恒的记忆里。村中的建筑仿古而建,古色古香的院落里,青瓦白墙,透露出岁月的沧桑和历史的厚重。

罗盖村是全省唯一的沉浸式乡村微度假项目,它不仅是一个旅游景点,更是一个留住滩区迁建记忆的见证。漫步在村中的小巷里,可以感受到那份宁静与祥和。村里的居民们热情好客,他们的笑脸洋溢着幸福与满足,他们是这片土地上最真挚的见证者和守护者。

罗盖村,宛如一个温暖的怀抱,让人心灵得到片刻的宁静。在这里,可以听到黄河的轻声低语,看着滩区迁建的记忆在历史的脉搏中跳动,感受着那份执着与坚韧。

游客服务中心、餐饮民宿、文创非遗、民俗广场、乡村振兴学院等各种复合功能"板块",满足着不同游客的需求。

在首届乡村文化艺术周的启动仪式上,东营城市印章、黄河黑陶、民谣乐队、古彩戏法等传统文化元素纷纷亮相,让人仿佛穿越回了那个古老的岁月里。文化的馨香弥漫在空气中,让人感受到了无限的美好和温暖。

在这里，每一个细节都承载着乡愁记忆，让人沉浸在美好的时光中。罗盖村原址村落，不仅是一个旅游目的地，更是一个集合"康、养、演、居"的微度假胜地。

让这里，感受浓浓的乡愁和文化的魅力，让心灵得到净化与感动。

垦利区精心打造沿黄、沿海两条主题线路，让文化和旅游融合促进，投资31亿元谋划实施了22个文旅项目，构建起三片多点的发展格局，精心打造"沿着黄河遇见海"优质旅游目的地，文旅融合，蒸蒸日上。

沿黄河畔，一幅水彩画般的乡村风景展现在眼前。在垦利大地上，一种乡村微度假模式正在悄然兴起，吸引着游人纷纷前来体验。

走入左一村的"水榭梨乡"，仿佛置身于一片世外桃源之中。这里垂钓采摘，大锅炖飘香四溢，令人垂涎欲滴。而左二村的亲子农庄，则为家庭带来欢乐，这里可以让孩子们亲手体验农耕生活的乐趣。六村的金银花种植基地、七村的研学基地，更是为学生们提供了实践内化知识的场所，让他们在探索中成长。

沿黄"乡村旅游+"，黄河廊道慢生活体验区，每个村落都展现出独特的魅力。北尚屋村的"荷美稻香"风景区、双河镇村的"坝上人家"，各有各自的特色，各有各自的故事。在文旅乡村建设中，垦利的村落展现出不同的面貌，就像一幅巨大的拼图，将本地资源巧妙地融入慢生活旅游体验项目之中。

"慢宿、慢食、慢行、慢游"，这种乡村微度假模式，不仅让人们身心放松，更让他们感受到乡村的独特魅力。沿着黄河，感受大自然的馈赠，享受乡村的宁静与美好，这里是一个值得慢慢体验的地方，是一个拥有无限可能性的乡村梦想之地。

在永安镇的稻田里，每当秋风吹过，稻谷摇曳生姿，仿佛在跳着优美的舞蹈。这片土地被黄河灌溉，孕育着丰收和美好，也承载着丰富的黄河口特色。

沿着稻田小道漫步，轻风拂面，金黄色的稻谷在夕阳的映衬下闪烁着耀眼的光芒，仿佛是一幅立体的油画作品。远处，黄河静静地流淌着，金色的光芒映照在水面上，如同一幅水彩画。稻田里，农民们忙碌地收割稻谷，欢声笑语传来，和煦的阳光洒在每一个人的脸庞上，温暖而幸福。

这里的稻田并非单调的绿色，而是融入了黄河口的独特魅力。稻田边上，开满了色彩斑斓的花朵，吸引着蝴蝶和蜜蜂，一派生机勃勃的景象。在远处，一群牛羊悠闲地吃着青草，慢慢地踱着步，仿佛是画中的美景。

或许在别人的眼中，稻田只是一片平凡的农田，但在这里的人们眼中，它是他们的家园，承载着他们的生活和希望。每一片稻叶都饱含着农民的辛勤和汗水，每一粒稻谷都饱含着丰收的喜悦和希望。在这里，稻田不仅是一幅丰收的画作，更是一种生活的态度和信念。

在稻田画景观创意基地，每年春暖花开之时，大片的稻田便化身为一幅幅彩色画作。黄、白、紫、绿、黑、红六种颜色交织在一起，宛如泼墨的艺术品，让人目不暇接，心旷神怡。

其中一幅画作以"乡村振兴 农业强国"为主题，展现着农民勤劳耕耘的场景。在画面中央，一位手持手电筒的少先队员在夜晚探索前行，身后则是一只东方白鹳优雅飞翔，给人以勇往直前的信念。画面中还有冒着烟的拖拉机、盛开的花朵和硕果累累的树木，充满着生机和活力。

而另一幅画作则以"耕农田 耕心田"为主题，呈现出农民勇敢拼搏的精神。在这幅画面中，一位农民手持锄头翻耕土地，背后是一片金黄的成熟稻田，给人以丰收的喜悦。画面中还有阳光灿烂的笑脸、勤劳的蜜蜂、丰硕的果实，展现着农民的辛勤劳作和丰收的喜悦。

整个稻田画景观创意基地占地广阔，通过引进大型农业公司种植水稻并利用水压碱的技术，打造出美丽的彩色画作。这些画作不仅展现了中国农业的发展与进步，更体现了农民艰苦奋斗、勤劳致富的精神。让人们在这里感受到大自然的奇妙与生机，为乡村振兴与农业强国加油助威。

在垦利，河海融合成"新宠"，红滩湿地成了4A级景区，老十五村这个传统渔业村已转型成为"渔业+旅游+体验"的美丽渔村。

"我们一共引进了9艘渔船，计划1艘主船做研学，3艘渔船做住宿，3艘渔船做餐饮。"老十五村党支部书记崔建玉在美丽渔村改造项目施工现场忙碌着，实施着他美丽渔村整体景观提升的"渔旅融合"大文章。

老十五村全力推进美丽渔村渔港乡村振兴示范片区建设，围绕"农业强、农村美、农民富"的目标，按照"农业+生态""渔业+旅游""休闲+体验"的发展思路，确定了一带、一心、六园的产业布局，村庄环境日新月异，6000亩梭子蟹养殖基地、1000亩海钓基地以及200亩梭子蟹暂养基地等项目建成投用；通过深化农村产权制度改革，实现"资源变资本、资金变股金、渔民变股东"，盘活了沉睡资源，集体收益达到450万元左右，集体经济组织股东每股分红8000元，带领渔民走出了一条乡村振兴的新路子。昔日小渔村发生了翻天覆地的变化，一幅美丽渔村的振兴画卷正徐徐铺展开。

环境好不好，鸟儿最知道。每年10月起，垦利红滩湿地旅游区都会吸引大量候鸟，或停留其间，或觅食散步，或成群结队翱翔天空，蔚为壮观。赏红滩观飞鸟，赶海拾贝，泥滩捉蟹，尽现人与自然和谐共生的生动画面。

沿着黄河看垦利，近看生态廊道新景象，远眺乡村振兴好风光，自然、生态、文化、旅游融合而成的新时代生态脉动，正訇然作响。

"咚咚咚……"黄河威鼓敲起来了！

大鼓铿锵，腰鼓欢快，龙腾盛世，鼓韵悠长。

以垦利锣鼓为基础，融合沿黄九省区众多特色艺术形式演变而成的黄河威鼓，正在黄河尾闾重重地敲响。

就像垦利接纳了来自全国11个省109个县的移民，黄河威鼓巧妙地把山东锣鼓的厚重、陕西腰鼓的豪迈、河南盘鼓的连绵、四川花鼓的婉转、黄河口秧歌的热情融为一体，形成独具特色的综合演出形式。

在黄河尾闾，九面立鼓，排成阵列，仿佛是迎接黄河龙的盛大仪式。四条黄河龙穿插其中，舞动着身躯，似乎要将整个大地都搅动起来。大锣、小锣、小镲、铙钹、大鼓等发出齐鸣之声，如雷霆般轰鸣，让人心潮澎湃。

九种不同的节奏，交织穿插，时而急促，时而缓慢，仿佛是在述说着黄河的沧桑与壮美。这样的鼓点，让人们心神振奋，仿佛置身于黄河浪涛之中，感受着那源远流长的文化底蕴。

沿黄各省区的锣鼓形式在这里融为一体，碰撞出绚烂的火花。这是黄河文明在新时代的绽放，是黄河口的一曲颂歌，奏响了气势磅礴的乐章。

在这神奇而壮美的景象中，人们仿佛看到了黄河的灵魂，在欢声笑语中回响着古老的传说，让人心驰神往，热血沸腾。

黄河尾闾，是文化的交融，是历史的传承，是梦想的起航。

在这里，黄河文明展现出了独特的魅力，让人们感受到了大自然的力量。

正如"四龙闹海"一般，声势浩大，让人们仿佛置身于一个奇幻的世界中，感受着黄河的伟大与悠远。

一鲸落,万物生

那是一个飞翔中,
候鸟迁徙的地方;
那是一个旅途上,
感情依偎的海港。
当所有的梦想汇成海浪,
去簇拥太平洋。
夕阳亲吻着波浪,
轻轻摇醒芦苇荡。
我在黄河口等你,
等你在路上,
我在黄河口等你,
等你在心上。
等你在路上给你一片春光,
等你在心上撒下一片金黄,
一条大河流淌千年的梦想,
一生等候你回到我身旁。
你是我爱的呼吸,
我是你心中爱涌出的波浪,
等你在路上给你一片春光,

> 等你在心上撒下一片金黄，
> 一条大河流淌千年的梦想，
> 一生等候等你回到我身旁……

黄河，是中华大地上雄壮的母亲河，澎湃奔腾，穿越千山万水，最终静静注入大海的怀抱。

这里是黄河最后的 28 公里，也是她 5464 公里长途征程的终点。在这里，黄河终于完成了它与生俱来的使命，扑向大海的怀抱。

黄河口镇，宛如一枚枫叶，黄河如同主叶脉，穿过这枚枫叶般的镇子流淌而过，终于与大海融为一体。

黄蓝相交，形成了世界上独一无二的自然胜景。

黄河口镇，是黄河的终点，也是一个新的开始。在这里，我们感受到了黄河的壮阔，感受到了岁月的沧桑，感受到了大自然的伟力。黄河口镇，是一个神奇的地方，让人心驰神往，无法忘怀。

黄河口镇是黄河赐予的生生不息的大地。历经岁月的洗礼，承载着无数历史的记忆，生生不息地展现着她的伟大与美丽。

岁月如梭，一连串的落淤，在河流的翻腾中默默展开。古老的黄河在岁月的洪流中，仿佛是一位沧桑的老者，缓缓地行走在历史的长河中。

1938 年 6 月，日寇攻占开封，此时若日寇继续攻下郑州，那么武汉将无天险可守。为此，当时国民政府军事委员会下令执行陈果夫和白崇禧此前计划的黄河决堤方案。

1938 年 6 月 7 日，新编第八军师长蒋在珍在郑州附近的花园口黄河南岸堤防埋下炸药，通过爆破的方式使黄河改道决堤。

当时在花园口附近的百姓已经提前得到通知，然而当水势起来后，下游的百姓则再也来不及撤离，此时洪泛区进一步扩大，不只河南受灾严重，连安徽、江苏都遭到了重创。由于下游洪泛区百姓对于决堤之事一无所知，毫无防范，当如此严重的水灾来临时，能够幸运活下来的为数不多。

根据当时的国民政府救济总署统计，洪灾重创了河南、安徽、江苏三省

44个县市，百万栋建筑物被洪水淹没。河南、安徽、江苏三省外逃人员超过390万。

花园口决堤虽然阻挡了日寇的进一步进攻，但也让无数中国百姓处于苦难之中，而后河南大饥荒也正是受到该事件的影响，酿成了一场惨绝人寰的悲剧。

1947年，黄河重新回归山东，渤海区军民共同努力，筑堤修坝，加固堤岸，使黄河安然入海。

神仙沟、甜水沟、宋春荣沟三股流路交织而行，水波荡漾间，天地间的神奇景象尽显眼前。

此地因落淤而成，这里就像一座孤零零的淤泥岛，以甜水沟为界，南为小孤岛，北为大孤岛，通称为孤岛地区。

孤岛地区，像是大自然中的一颗宝石。春风拂面，芦苇摇曳，茅草随风摇摆，柽柳似乎在低声细语。整个孤岛被绿色的植被覆盖，给人一种静谧的美感。

孤岛地区的隐蔽之处或许也是它的魅力所在。在这里，生长着许多稀有的植物，它们不受外界的干扰，在此自由地舒展生长。

每到夏日，孤岛地区一片生机勃勃，似乎是大自然给这片土地的馈赠。蝴蝶在花丛中翩跹起舞，鸟儿在枝头欢快地歌唱，仿佛是在和大自然共舞共唱。

孤岛地区仿佛是一个被遗忘的乐园，没有喧嚣和浮躁，只有一片宁静和美好。

黄河波涛汹涌，翻滚着岁月的沧桑和变迁，倔强地向前奔去。曾经乡民们被困在这一片波涛之中，他们的生活穷困潦倒，被战争的阴影笼罩着，仿佛再无一丝希望。乡民们的眼神里充满了无奈和苦涩，他们的双眼满是疲惫和绝望。他们的生活如同河水一样无常，起伏不定，时而荡漾着希望的涟漪，时而又被无情的狂浪吞噬。他们的生活如同黄河一样坎坷曲折，却又在坚强中苦苦支撑，守望着那一丝微弱的希望，期待着黎明的曙光。

跟着黄河走，新淤地给灾民带来了希望，荷锄而作，用辛苦的劳作向荒原要粮。

就这样，先期成陆的"桃花园子"成了新淤地的聚集中心。

垦户们在这片荒原上寻找着生机，他们艰辛劳作，在这片荒土上种下了希望的种子。

他们在这片荒原上建立起了一个个小小的家园，把这片土地变成了他们希望和梦想的寄托地，书写了一个个值得铭记的传奇。

1941年9月，垦区抗日民主政权建立，下设三个区，分别以序数命名。一区驻永安镇，二区驻朱家屋子，三区驻民丰村；同年，垦区又调整为5个区，一区驻永安镇，二区驻朱家屋子，三区驻罗家村，四区驻汀河村，五区驻民丰村。

1942年底，把地带狭长的二区和东北部新安置的一些移民新村，另外设作第六区和第七区。

1943年4月22日，垦区行政委员会改称垦利县抗日民主政府，从"垦区"和"利津洼"中各取一字，寓意"垦殖利民"。

起初垦户以农为本，广种薄收，靠天吃饭，小农意识较重，商品意识不浓，开创进取精神较弱。

黄河口过去流行的谚语就说明了这一点：七十二行，庄稼为王；要龙要虎，不如要土；生意钱，一蓬烟，庄稼钱，万万年；走遍天下游遍山，不如在家把土翻；五行土为尊，四民农为重；人生天地间，庄稼最为先，等等。这样的俗语俯拾即是，举不胜举。

在贫瘠的荒地上，住在简陋屋舍中的垦户，每天黎明即起，开始耕田种地。种下大豆、高粱，也种下了他们的希望。他们并不在意土地的贫瘠和荒凉，只要铁犁能犁开那坚硬的杂草丛生的土地，就有希望。

他们并不施肥，也不追求地面多么平整，只是简单地播下种子，然后便静静地等待着生命的萌发。

四月，阳光明媚，大地复苏，田间的庄稼青翠葱茏，仿佛是一幅美丽的画卷。农民们袒露着胸膛，挥舞着镰刀和锄头，忙着在田间播种。他们带着对温饱和收获的憧憬耕种管理，为土地注入了勃勃生机。

到了夏日，农田里却是一片生机勃勃的景象。从新淤的土地上，各种蔬菜和瓜果绿油油地长出来，散发着清新的气息。野椹子、水蓬花、糊绿豆在黄河滩上争相开放，芦苇和蒲草在老河道里摇曳生姿。

秋季，大多数垦荒户，兴高采烈地把装满收获的牛车赶回老家，享受一个安逸温暖的冬季。

也有精明的垦户，推着独轮车，把金黄色的大豆贩运到益都、寿光、临淄等地。

寒冬将至，田间地头终于宁静下来。

清晨，阳光透过窗户洒在屋里，温暖而宁静。持家的女人们穿着简朴的衣裳，纳着鞋底。她们的动作温和而熟练，仿佛在诉说着岁月的沉淀和生活的平静。

在简陋的厨房里，一股香气飘散开来，那是高粱面和大豆面混合在一起烙出的金黄色饼子释放出的诱人香气。女人们翻转饼子，仿佛是在舞动着生活的节奏，每一个动作都充满了温馨和爱意。

这些持家的女人不张扬，却在细碎的生活里刻下深深的印记。她们用心呵护着一家人的生活点滴，用自己的双手创造着家的温馨和幸福。在她们身上，展现出了一种朴素而伟大的力量，让人心生敬意和感慨。

在这个被柴米油盐打磨出的小天地里，持家的女人们展现出了她们独特的美丽和力量。她们就像是那烙出金黄饼子的火炉里的火焰，温暖着这个家庭，照亮着每一个人的心灵。

有些男人穿着用牛皮缝制的裤子，步入水洼之中，打鱼摸虾，收割苇子。

还有一些男人组成了狩猎队，踏着干裂的土地，走进茂密的荒洼之中，手持土枪，追逐着野兔。他们凭借着对自然的熟悉和敏锐的洞察力，成功地捕捉到了大量的猎物，为家庭带来了可观的收入。

这一切，仿佛是一幅美丽的画卷，在时间的长河中静静展开，记录着那个时代普通人的勤劳、朴实和勇敢。他们用自己的双手，描绘了一幅美丽的乡村图景，让人们为之心生敬意和感动。

1948 年 8 月，新成立的新淤地安垦委员会受命开发孤岛地区，当年就开垦荒地 6668 亩。可没想到，转年 7 月 30 日，黄河伏汛在宋圈村决口，宽度达

80 米，孤岛又成了一片汪洋。

1949 年 10 月 1 日，新中国成立的礼炮鸣响，这片新淤地开启新的一页。

1950 年，惠民专署林业局在孤岛建立自然林场，总面积 180 余万亩，自然林就有 40 多亩。

从 1951 年起，外来垦荒者想要在这片新天地留下脚印，必须带着原所在地乡级以上政府的批件，才能获得落户的资格。

规范地开发，让大地变得更为有序，让人们的心变得更为宽广。

1952 年的春天，垦利县开始了一场改变命运的伟大计划，为散落在大孤岛的"垦殖户"建立起新的家园。每户都被划出了一亩的宅基地，统一规划，统一标准，让这片土地重新焕发出勃勃生机。

村庄依着郁郁葱葱的丛林而建，宛如置身于一片绿色的海洋之中。村名则都加以"林"字命名，体现着林外有林、林中有村的美好含义。护林村、广林村、建林村、幼林村等村庄如星辰般亮相，散发着绿色的芬芳。

在这些新的村庄中，人们开始了新的生活。他们抛弃了贫困和落后，迎来了一个崭新的未来。他们携手共建美丽的家园，让自己的命运焕发出绚丽的光芒。

新生活的开始，就如同开在春日中的一朵嫩芽，带着无穷的希望和活力。这一场变革永远地刻在了大孤岛的历史上，让人们永远铭记着这个伟大的时刻。

1953 年，垦利县又在小孤岛建立了友林、新林、义林、育林等"林字号"村庄，随着孤岛垦荒面积逐年扩大，新建的村庄也逐年增多。

1954 年 7 月，垦利县新设垦利县第八区，成立了中共第八区委员会和第八区区公所，机关驻地设在建林村，下设建林、胜林两个乡。

1955 年 12 月，垦利县取消各区的序数排列，第八区改称建林区，机关驻地设在建林村。

此后，建林区的隶属关系几经变迁，从 1956 年划归广饶县，1958 年改为建林乡、建林人民公社，直到 1958 年 11 月，孤岛人民公社成立，机关驻地设在友林村，建林公社也由广饶县划归孤岛人民公社，称之为建林公社，机关驻地由建林村迁至护林村。

1959年10月23日，取消孤岛人民公社，恢复垦利县建制，建林公社改称建林人民公社，隶属垦利县。

1960年3月2日，建林公社划归国营孤岛共青团林场；1966年3月，国营孤岛共青团林场并入济南军区军马场，建林公社重新划归垦利县。

1961年，垦利县以甜水沟为界，沟南小孤岛内各村归新成立的新安公社，沟北大孤岛内各村划归建林公社。

这期间，建置隶属几经变动，又相继接收了几批鲁西南移民以及利津、寿光等地的移民，村庄逐步扩容，生活日趋稳定。

最初安置下来的移民，房屋多数是用泥土搭砌的墙壁，平顶草房随处可见。有些农户家，甚至没有院墙，住所就像在一个开放的空间，与大自然融为一体。有些农户则用树枝、秫秸、苇草制成了篱笆墙，围成一个小小的院落，像是在划出一片独属于自己的领地。

芦苇窗户，芦苇梁等简朴而又温馨，如同一幅幅画卷，勾勒出那个时代移民们的生活场景。

晨曦中，阳光透过芦苇窗户洒在地上，映照着墙壁上的斑驳影子，似乎在述说着岁月的流转和岁月沉淀下的温暖。

移民村里的芦苇屋，仿佛是一个个温馨的小窝，为每个移民家庭提供了温暖的居所。而那些芦苇墙、芦苇窗户，默默地诉说着这片土地上人们的生活，让人感受到了一种朴实而真挚的情感。

在这里，人们团结一致，相互扶持，共同走过了艰难岁月，留下了一段段动人的故事。

到了70年代初，村民开始建用砖作房基的房子。梁、檩、门窗等又宽又亮，砖基、土墙、瓦顶大房成为乡村很时髦的住房配置。

村外自然的坑塘，就是天然的"澡堂"，一群伙伴们去周围的水坑里扑腾扑腾，那时的水无比清澈，下去玩耍一会儿，又凉快又好玩。

那个年代，没有发型要求，爸妈就是你的理发师。天热了，剪剪头吧。一不小心就能理个光头。小风一吹，划过刚剪完头发的头顶，嘿！那叫一个凉快。

大热天的放学后，赶紧找奶奶要 2 毛钱，跑到小摊儿上买一瓶汽水，"咕噔，咕噔"喝下肚，简直顶级享受，喝完了还要把瓶子退给卖饮料的。

只要夏天一来，必不可少的菜就是凉拌西红柿，它承载着几代人的共同记忆。把西红柿从凉水里拿出来，随意切上几刀，撒上点白糖，啧啧，那味道一辈子都忘不了。

回忆起那个简单的年代，一切都是那么的暖，让人心生平静。

在黄河口的这片土地上，黄河和渤海如同两位慈爱的母亲，一直守护着这里的人民。

黄河口人深深怀着感恩之心，对待身边的这两位母亲始终内心充满敬畏和感激。

随着乡村经济的腾飞，黄河和渤海也变得更加璀璨动人。河流和干渠交错纵横，流淌着农民致富的密码，昭示着这片土地未来的无限可能。

黄河口人开始利用水源养殖对虾、海参、大闸蟹，他们以心爱的黄河和渤海为资本，创造出虾酱、墨鱼丸、虾脑酱等美味佳肴，将这份独特的美味传播到更远的地方。

这些美食不仅是土地的馈赠，更是这片土地上人们勤劳智慧的结晶。

新老河道穿行其中，纵横交错，形成了一幅错综复杂的画面。岗、坡、洼相间，交相辉映，如同一幅巨大的拼图。

黄河是这片土地上唯一的自然河流，但又似乎被人的力量所扭曲，紧随其后的五七干渠、小岛河和西干渠，像是一位异乡的客人，与这片土地交织在一起。

在这里，历史与现实交织，人类与自然相融合，仿佛时间在这里变得模糊且混乱。黄河的废弃河道和防水堤坝，见证了无数的故事，承载着岁月的沧桑。在这里，每一块石头，每一根草木，都诉说着黄河的传奇，让人不禁感叹自然的伟大与神秘。

五七干渠呈东西走向，全长 18 公里，原是 1958 年黄河农场为解决人畜用水，把甜水沟开挖引黄入境而来的水渠。

1970 年，山东建设兵团一师师部和一团就坐落在黄河口镇，为了满足用水需要，又重新开挖疏浚。

1975年，山东生产建设兵团撤销，在师部的驻地成立了垦利县五七干校，这条引水渠随之改称"五七干渠"，成为五七灌区的主河道。

小岛河是孤岛唯一的排水河道，东西走向，全长27.5公里，总流域面积120.8平方公里。

经过1965年和1974年的两次开挖疏浚，小岛河修筑了8座桥梁和6座渡槽。

水是生命之源、生产之要、生态之基，交错相连的河道为人畜用水提供了基本保障，为庄稼生长提供了充足的水源，在历史上，这里就是垦利县的"粮仓"。

1978年12月，安徽凤阳小岗18户农民以"敢为天下先"的胆识，按下了18枚红手印，搞起了"大包干"，揭开了中国农村改革的序幕。

1979年春，垦利县委提出农业生产在生产队统一核算下，实行"定人员、定地块、定任务、定时间、定质量、超产减产奖惩"为主要内容的生产责任制。

1981年1月28日，建林、新安两个公社革命委员会分别改名为建林公社管理委员会、新安公社管理委员会。

1984年7月18日，建林人民公社和新安人民公社同时撤销，设立建林乡、新安乡。

2001年2月10日，建林乡与新安乡合并，设立黄河口镇，镇机关驻地为友林村。黄河口镇成为黄河入海前流经的最后一个乡镇。

在黄河口镇，一场革命性的变革正在悄然展开，小城镇建设成为助推黄河口发展与腾飞的新引擎。

清晨的阳光洒在黄河口镇上，照亮了那些崭新的楼宇和清洁的街道。这座小城镇仿佛是一颗即将发芽的种子，充满了勃勃生机和活力。在街道两旁，商铺逐渐营业，绽放出一派热闹的景象，熙熙攘攘的人群穿梭在街头巷尾。

随着城镇建设的不断推进，黄河口镇渐渐焕发出勃勃生机。新成立的企业如雨后春笋般冒出，年轻的人们抓住了这个发展机遇，纷纷投身到创新创业的潮流中。有的创办了网店，有的投资建厂，他们在这片土地上播种着自己的梦想，为这座小城镇注入了勃勃生机与活力。

小城镇建设不仅为黄河口带来了新的活力和发展机遇，更是让这个曾经沉寂的角落焕发出全新的生机与活力。在这里，每一个创业者都在为黄河口的未来谱写着属于自己的篇章，让这座小城镇成了一个充满希望与无限可能的地方。

黄河口镇：村民生活丰富多彩

民以食为天。

在湖南省道县玉蟾岩，一场考古发现掀起了人们对人类文明起源的思考。那是一片被历史尘埃掩盖的土地，但在一次偶然的发现中，一段古老的历史被重新发掘。

晶莹剔透的两粒半古稻谷，宛若时间的宝石，静静地诉说着远古时代的故事。它们曾被悉心埋藏在土壤深处，等待着有缘人的发现，等待着为人类文明的探索揭开新的一页。

这珍贵的两粒半古稻谷，证明了中国是世界上种植水稻最早的国家。如同一颗闪耀的明星，在夜空中照亮着人们前行的道路。它们是人类农耕文明的基石，是人们挥汗劳作、繁衍生息的源泉。

那一刻，人们被这发现所震撼，被这寻常之地却蕴含着不寻常历史的秘密所感动。人们想象着古人在这片土地上播种、耕作、收获的场景，想象着他们为了生存和繁衍所付出的辛勤劳动。

人类文明如同一颗种子，在这片土地上生根发芽，并不断生长、茁壮成长。而古稻谷是这片土地最初的见证者，见证了人类文明从农耕时代开始的每一个片段，见证了人类对自然的驯化。

在这片古老而神秘的土地上，一切都显得那么宁静而又庄严。古稻谷的发现，让人们重新审视生命、尊重大自然，正视人类文明的发展历程。

这两粒半古稻谷，不仅是一种发现，更是一种启示，引领人们走向更加丰富辽阔的人类文明之路。

1971 年，黄河口镇新安乡就开始进行水稻的试种，当年种植水稻 2200 亩，年产 31 吨；1972 年试种 100 亩，总产量 1 吨。

大河息壤，沉淀了千年的河水与泥沙，含有丰富的有机质。垦荒者们赖以生存的土地，一开始是肥沃的良田，耕种几年后却陷入了难以逆转的困境。

盐分，像洁白的花瓣一样，在土地上绽放。这并非自然赐予，而是随着时间的推移，地下的盐分逐渐浸润至土壤表面，使得原本肥沃的土地变得贫瘠。这种盐碱化的现象，宛如冬日的雪花，轻轻飘洒在田野上，却让人心生无限的忧虑。

看到那片曾经丰茂的土地被盐碱侵蚀，垦荒者欲救回那片被岁月打磨的土地，却发现自己束手无策。岁月的沉淀，带来了世世代代的沧桑，而土地，也在岁月的洗礼中渐渐失去了往日的灿烂。或许，只有等待岁月的洗礼，让地下的盐分悄然消逝，再次让土地焕发生机。

土壤中的含盐量太高，导致水稻的存活率和产量都很低，新安乡的水稻试种因效果并不理想而暂停。

奔着新淤地而来的垦荒户、移民户，望着白花花的盐碱地，犯了愁：今后的日子该怎么过？

穷则思变，黄河口人要进行一场改土适种的战斗。

他们挥舞着铁锹、推着泥车，辛勤地挖掘着沟渠，抬高地势，让每一寸土地都得到呵护。他们引来黄河水，让河水在土地间流淌，冲走盐分，为土地洗净贫瘠。

"深沟大堑，大水漫灌"，他们用这简单而又古老的方法，取得了一定的成功。土地渐渐恢复了往昔的生机，一缕缕绿色在阳光下摇曳生姿。

然而，命运仿佛总是在跟他们开着玩笑，一次次的灌溉超量导致地下水位上升。随之而来的盐分再次冒出土壤，盐碱地再次复活。他们一次次地遭受失望和挫折，但他们绝不放弃，因为他们深爱着这片土地。

于是，他们继续寻找更好的土地改良新方法，一遍遍地尝试把盐碱地变成沃土。

在那片曾经遍布盐碱的土地上，如今已经是一片金黄的麦田。农民们笑逐颜开，因为他们的辛勤付出换来了丰收的果实。他们知道，只要有信念和勇气，就能让那片曾经绝望的土地重新焕发生机，绽放出耀眼的光芒。

1988年，黄河口镇在改良后的土地上试种下2700亩水稻，收获了100吨稻谷，实现了空前的突破。第二年，种植面积扩大到11300亩。也是这一年，黄河口镇又在2700亩稻田里种下希望，得到了193吨稻谷。

稳中有升的产量让试种者们看到了曙光。但因为与其他作物相比，水稻管理的难度相对太大，农户们种植水稻的积极性一直不高，时断时续，没有形成大规模种植。

数据显示，我国盐碱地总面积约15亿亩，占国土总面积的10%左右，其中可利用盐碱地资源约5.5亿亩，是一笔在"沉睡"的宝贵资源。黄河三角洲地区拥有未利用土地近800万亩，东营市盐碱地面积341万亩，占全省盐碱地面积的38%，其中盐碱耕地196万亩，占全市耕地总面积（330万亩）的59%。

把盐碱地变成丰产田，一直是黄河三角洲地区百姓的梦想，为了实现它，人们正通过在"改"字上大做文章，给农业插上科技的翅膀。

黄河口镇先后进行了多次较大规模的农业综合开发工程和中低产田改造项目——黄河口镇5000亩盐碱地开发项目、4000亩荒碱地开发项目和万亩优质牧草开发项目等等。

他们挖沟排盐、种稻改盐、台田降盐、上农下渔等盐碱地改良，植防护林、织绿化网、发展高效农业，一系列举措都是大刀阔斧向荒碱地、盐碱地宣战，向高效农业进军。

经过对荒碱地的改良，2007年，黄河口镇种下了10万亩水稻，当年产量达8250吨，创历史新高；第二年，10万亩稻田用8738吨的总产量再一次刷新纪录；此后几年，水稻种植面积和产量屡创新高。

黄河口大米成为市民餐桌上的新宠。

在黄河口镇，一场革命性的农业变革正在悄然进行。多年来，人们一直习惯于用改良土壤来适应种子，但如今，这种传统观念正在被彻底颠覆。黄河口镇始终坚持"生态优先、绿色发展"的理念，不断探索新的农业发展模式。

盐碱地，曾经被认为是农业的禁地，但如今却被赋予新的生机。在这片土地上，盐碱地特色种业、湿地生态农业、智慧设施农业等新模式不断涌现，为盐碱地带来了新的希望。种子不再被动地适应土壤，而是主动寻找适合自己生长的环境，这种巨大的转变正在悄然发生。

经过改造，盐碱地的面貌焕然一新。地势平坦，田间连片，规模化、标准化、机械化水平显著提升。

黄河口镇正努力打造成为盐碱地生态保护与高质量发展的先行区，为整个黄河流域带来了新的希望与活力。这里正在成为盐碱地高质高效农业的新典范，向着绿色、智慧、可持续的农业发展之路稳步前行。

黄河口盐田米仓效果图

"黄河口盐田米仓"衔接乡村振兴集中推进区是黄河口镇近几年重点推进的项目。

在集中推进区建设过程中，黄河口镇通过产业发展方面的提升，大力提升群众十分关心的农村基础设施建设。投资2750余万元，为沿黄11个村庄基础设施进行换貌升级，改造提升农村公路20余公里，进一步改善了群众出行条件，巩固了和美乡村建设成果。

"黄河口盐田米仓"衔接乡村振兴集中推进区项目总投资7838.7万元，共计实施5大类24个项目，涉及辖区11个村，通过对外租赁或入股分红的方式进行运营，主要实施建设黄河口大米烘干仓储、基础设施配套提升、沿黄稻米主题村等21个链接项目，完善产业结构，建成培育、种植、烘干、仓储、加工、销售为一体的稻米全产业链园区，逐步形成中、高端黄河口大米产区。

"黄河口盐田米仓"衔接乡村振兴集中推进区项目还将在种植、务工、管理、运营等方面持续发力，积极开展"以工代赈"，吸纳周边50余人劳动参与项目建设，累计帮助群众增收10万余元，让以耕种为主收入单一的农民领"双薪"。

同时，他们还整合两套临近黄河的院子，打造成沿黄稻米主题村，将黄河稻米文化等融入设计，配套建设研学游项目、基础设施建设等，提升乡村旅游吸引力。

除了在盐碱地上种植水稻，盐碱地大豆的种植也在黄河口镇有了突破。

2021年10月13日来自《科技日报》的一则报道，吸引了众人的目光：中国科学院遗传与发育生物学研究所的田志喜团队，在完全雨养的条件下，在山东东营市黄河口镇土壤含盐量为0.5%的土地上，种出了亩产520多斤的大豆。

可以通过科学手段在盐碱地上种出高产大豆这个科研成果的含金量巨大，因为在2020年，我国大豆的平均亩产量仅有260多斤。

科研团队经过四年多的研究，发现"化肥+覆膜""化肥+生物肥+覆膜"两项技术，对于提高大豆耐盐碱能力具有显著效果。

在众多大豆品种中，发现TZX-1736、TZX-805这两个大豆品种具有耐盐高产特性，是大豆耐盐碱的重要创新性成果，科研团队提出了"在环渤海盐碱地加大示范面积和加速审定推广"的建议。

我国有1.85亿亩盐碱地，这为大豆增产带来了无限的想象空间。如果实现盐碱地大豆亩产达到在现有良田上130公斤的水平，那么我国就有望实现40%~50%的大豆自给率。

在黄河口镇的土地上，一片绿色的希望正在悄然绽放。面对国家"加力扩种大豆油料"的号召，这里积极响应，建设起了黄河三角洲耐盐碱大豆繁育推广示范基地。

4500万元的投资，让这片土地焕发出了生机与活力，黄河口镇的大豆制种能力得到了提升，日产60吨的种子加工厂在这里傲立，仿佛在宣告着自己的存在意义。而3万亩的大豆复合种植面积，则像是一幅丰收的画卷，让人欣喜若狂。

这里的人们正在用勤劳和智慧，书写着一篇篇辉煌的乡村振兴篇章。他们在这片土地上播种希望，收获梦想，将黄河口镇打造成一个璀璨的农业明珠。黄河口镇的未来如花正在活力绽放，大豆的金黄色在风中摇曳，似乎在向人们述说着自己的喜悦与自豪。这是一座值得期待的农业乐园，这是一段属于黄河口镇的壮丽史诗。

种子是农业的"芯片"。黄河口镇依托衔接乡村振兴集中推进区建设，按照"一核一带四区"的发展布局，通过农村"补基础强治理"、农业"重生态促延伸"两个路径，实施黄河口大米育繁推一体化、黄河口大豆良种繁育等系列项目建设，推进黄河滩区综合农业、耐盐碱水稻、大豆等特色产业发展，逐步建成集研发、展示、示范、推广、交易、服务于一体的多元化、全产业链发展模式，努力打造黄河滩区种业创新高地，打响"沿黄农谷、种业创芯"品牌效应。农业强"种"创新链初步成形。

依托山东种业集团的坚实支持，一支由专业的育种团队和专家组成的队伍正默默地在这片土地上耕耘。他们的目标，不仅是种子的发芽，更是一种生命的焕发。

他们的追求，是为了在2025年打造出全市独一无二的耐盐碱新品种选育基地。在这片凝聚着希望和汗水的土地上，将诞生出一颗颗抵御盐碱荒滩的勇士，为大地的苍茫增添一抹绿色的光辉。

他们的使命，不仅是培育、筛选出两个以上的耐盐碱品种，更是为黄河口镇产业结构的未来奠定坚实的基础。他们依托盐碱地等耕地后备资源综合利用试点项目建设300亩优质水稻试验田基地和万亩黄河口大米种植示范推广基地，建设了"智慧水稻"数字化平台，对农田进行精细化管理、标准化种植，控制资源利用，构建起黄河口大米标准化种植模式。投资4160.55万元实施粮食仓储物流基地建设项目、黄河口粮食贸易综合示范园建设项目、黄河口盐碱地数字水稻种植项目、黄河口大米加工品牌打造产业链提升建设项目，项目建成后，粮食仓储能力可提升4.4万吨，大米产业链条和品牌推广能力将全面升级。加快与专业运营机构洽谈合作，嫁接企业推广销售平台，实现产业链项目启动运营。依托数字化平台建设，实现大米选种、种植、生长、收割、加工全过程溯源，形成让消费者放心品牌。同时，充分利用网络、媒体、推介会等进行品种品牌宣传，逐步提升黄河口大米影响力……他们用智慧凝聚起源源不竭的发展动力，在黄河口大地上谱写出孕育生命和希望的美丽诗篇。

碱地生金，在黄河口镇已成为现实。

为解决水资源供需矛盾，发展工农业生产，黄河口镇政府多方筹集资金，建设了新岛水库、十三水库、建林水库、新兴水库、利林水库等9座平原水库，设计库容量为690万立方米，再加上辖区中部那座设计库容1500万立方米的东营市中型平原水库——垦东水库，为农业灌溉和生产生活用水提供了保障。

在大力发展种植业的基础上，畜牧业、林果业、水产业、工业发展都是一派欣欣向荣之景，旅游业也随着人们生活水平的进一步提升而实现了新的突破。

黄河口镇提出了"农业立镇、工业强镇、旅游兴镇"的发展思路，充分利用旅游资源，进行旅游规划项目建设与开发，打造黄河口品牌，重点打好生态牌、黄河牌、节庆牌、休闲牌、文化牌，增添黄河口旅游魅力，实现黄河口生态旅游发展新突破。

在河水与海洋相遇的边缘，黄河口镇沐浴着自然的恩赐，饱含着丰富而独特的旅游资源。

黄河，那波涛汹涌的母亲河，经过这片土地的洗礼，最终汇入大海，于此处与苍茫的海洋交汇，呈现出一幅令人心驰神往的黄蓝交汇画卷。

在黄河三角洲，一片广袤的湿地景象尽收眼底。这里是大自然的宠儿，未受过人类过多干扰的纯净土地。这片湿地孕育着我国暖温带最年轻、最完整、最典型的生态系统，被誉为中国最美湿地之一。在这片土地上，仿佛有一道道黄河口的"海上长城"，守护着这片土地的纯洁和美丽；夕阳西下时，黄河口的落日余晖将天际染成一片温柔的金黄；万亩刺槐林与芦苇碧湾，像是大自然为这片土地铺下的绿色地毯，恣意绽放出生命的力量。

黄河口镇，是一个充满诗意的地方。在这里，黄河与大海的相遇，不仅是自然的奇迹，更是灵感的源泉。每一次在这片土地上的徜徉，都仿佛是在与大自然对话，在生命的交融中感受着宁静与美好。这里的一草一木，一水一池，都蕴含着诗意与魅力，让人不由自主地沉醉其中，仿佛置身于一幅幅动人的画卷之中。

黄河口镇，如同一首优美的诗篇，永远在大自然的怀抱中徜徉，永远在人们心中留下美好的回忆。这里的风景，不仅是眼前的美景，更是心灵的净土，让人在忙碌的生活中找到一份安宁与美好。愿每一位来到黄河口的旅人，都能在这片土地上找到心灵的栖息之所，感受大自然的恩赐，领略生命的美好。

《山东省旅游发展总体规划》将黄河入海口和黄河三角洲国家级自然保护区列为山东省旅游发展战略中八大旅游区之一；《东营市国民经济和社会发展第十个五年计划纲要》中，黄河口镇被列为全市重点旅游乡镇，将黄河入海口生态湿地旅游列为东营三大旅游区之首。

孤东塔林、海上石油开采平台等别具一格的石油工业景观，以独特魅力吸引着中外游客；星罗棋布的采油树与黄河口自然风光交相辉映。

除了对自然景观等旅游资源的推介，黄河口镇还建设了万尔村农家生态园、龙源特产品市场、黄河口旅游商品集散中心、黄河口休闲小憩园等，旅游南线可直通黄河入海口。把湿地自然保护区、入海口等景点连为一体，为游客带来更多的便利与乐趣。

时代的车轮滚滚向前，人民的祈愿与时俱进。

2012年11月8日，中国共产党第十八次全国代表大会在北京召开。"生态文明建设"作为一个全新的词汇，被写进了政府工作报告。

党的十八大报告提出：大力推进生态文明建设，努力建设美丽中国，实现中华民族永续发展。

历史发展到此，生态文明建设已然成为造福子孙、惠及中国人民千秋万代的最伟大的、根本性的事业。

人们从来没有像现在这样重视生态、重视人与自然的和谐共处。

生态文明是物质文明、政治文明和精神文明的基础和前提，它以人与自然的协调发展作为行为准则，建立健康有序的生态机制，实现经济、社会、自然环境的可持续发展。这种文明形态表现在物质、精神、政治等各个领域，体现的是人类在处理与自然关系时所达到的文明程度。

人与自然协调发展，无疑是生态文明的核心所在。

当年，黄河口镇以"国内生产总值12.5亿元，同比增长17%；社会固定资产投资4.5亿元，同比增长18.4%；财政一般预算收入1521万元，同比增长7.6%；农民人均纯收入达到10268元，同比增长16.5%"的完美答卷献礼党的十八大，也把生态建设的目标进行了全方位谋划。

2013年是全面贯彻落实党的十八大精神的开局之年，也是建设黄蓝经济示范区、和美幸福新垦利的重要一年，黄河口镇将年度发展定位于"生态旅游强镇、现代农业重镇、黄河文化名镇、蓝色经济大镇"的建设目标，推进"中国生态强镇"建设，全力做好现代农业、新型工业、生态旅游、新型城镇、和谐社会五篇文章，在蓝天碧水间实现黄河口的绿色崛起。

从此，黄河口镇的生态发展紧跟中国前行的脚步，把生态、自然、和谐的城镇发展理念贯穿到方方面面。

2021年12月，新一任党委书记王雨石到黄河口镇履新。既有乡镇工作历练、又有县直部门工作经验的她，对于生态文明建设视阈下的乡村振兴路径，有着独到的见解，来到黄河口镇这个传统的农业乡镇，似乎是注定让她的生态文明与乡村振兴思想深扎进黄河口这个与众不同的沃土，来一段不同凡响的怒放。

生态文明建设不是一个宽泛的概念，而是在建立起健康有序生态机制的基础上，在经济、社会、自然环境等方方面面持续改善和发展的前提下，把生态文明的理念从人们的生活、行为、物质、精神等层面呈现出来，呈现出人与自然协调发展的生态样貌。黄河口镇把培育文明乡风与基层社会治理工作有机融合，引导群众共治共建，搭建起乡村治理的连心桥。

"党建引领，跨村联建"，是黄河口镇破解村集体经济发展难题的首选之策。2023年，恰逢黄河口镇成为山东省委组织部20个村党组织"跨村联建"重点跟踪镇街之一，黄河口镇打破就村抓村的格局，按照地域相邻、人文相近、优势互补、共谋发展原则，将全镇63个行政村划分为10个联建片区，探索以村党组织联建共建，推动资源整合、力量聚合、发展融合，全镇在探索

"四型联建、五方联治、一片一特、联商联议"的工作机制的基础上，推出了强村带动型、自然融合型、产业拉动型、城乡融合型四种联建路径，通过发挥引领村、中心村党建资源优势，实现组织联建、产业联兴、人才共育、基层共治，构建起连片振兴的抱团发展新模式，同时，发挥引领村、中心村党建资源优势，实行党建工作同研究、党建资源同分享、党建活动同开展、党建经验同交流的"四同"机制，妥善解决区域产业发展、人居环境整治等问题。

跨村联建，产业联兴，人才共育，黄河口镇迸发出党建引领下的连片振兴合力。按照"依法依规、分类处理、共享共用"原则，建立闲置资产台账，盘活闲置水库、仓库等集体资产，并建立起党支部领办合作社联合社，通过以强带弱、以富带贫、以大带小，因地制宜发展特色产业、开发特色食品、打造旅游路线。同时，对片区的"土专家""田秀才""乡创客"进行不间断的教育培训，整合联建村驻村第一书记、乡村振兴指导员等下派干部力量，在推进乡村产业发展、技术指导、乡村治理等方面发挥作用，帮助解决联建村各类难点、堵点、热点。

万尔片区党委以万尔村为核心，联合周边4个村庄整合闲置土地、大棚、坑塘等资源，招引河入海农业科技公司入驻，发展城郊颐养、农文旅融合等项目，让废弃的资源重获新生，让老百姓实现在家门口就业，村集体实现稳定增收。通过村党组织联建共建，带动不同村庄群众感情融合、行动融合，齐心协力走共同富裕之路，从根本上促进了强村富民。

中秋节到了，建林片区、"五七"片区举办了以"欢度中秋，喜迎国庆"为主题的"村晚"。

鼓点铿锵，锣鼓咚咚。

当威风锣鼓奏响，红红的中国绸，燃起希望的火焰。

黄河口镇的村民们情不自禁地投入到这场振奋人心的表演中。歌声激扬，情景剧跌宕起伏，吕剧和豫剧的传统韵味仿佛穿越时空，让人沉浸在浓厚的乡土气息中。

台上，村民们载歌载舞，展现着乡村振兴的豪情壮志；台下，掌声雷动，仿佛在为这个充满活力和希望的乡村欢呼。他们用舞姿和歌声传递着黄河口镇全面推进乡村振兴的"好声音",用欢呼和笑脸演绎着民生富足的好生活。

这一幕,不仅是一场精彩的表演,更是黄河口镇借助新时代文明实践站的力量,筑牢农村意识形态阵地,为乡村全面振兴注入了精神动力。

在这里,文化与振兴相互融合,激发出乡村社区的潜能,让每一个村民都感受到了文化振兴带来的无穷动力和希望。

在这个美好的夜晚,人们仿佛看到了黄河口镇蓬勃发展的未来,看到了每一个村民都在奋力向前的身影。这不仅仅是一场表演,更是一种对美好生活的向往和追求,让人感动,让人激动,让人为之自豪。

在黄河口镇,一幅幅生动的画面在基层党组织书记的心头构想、脚下铺展。

他们定期汇聚,不是为了琐碎的事务,而是为了一场精彩的盛宴。培训班上,知识的火花在交流中迸发,每一位书记都像是求知若渴的学子,渴望汲取更多的智慧。交流会上,思想的碰撞激荡着他们的心灵,每一次对话都是一次心灵的升华。

这里不仅仅是学习的殿堂,更是友谊的港湾。片区运动会上,他们放松了心情,共同挥洒着汗水,展现着团结的力量。幸福饺子宴上,他们围坐在一起,品尝着丰盛的美食,分享着喜悦和快乐。民生服务大集上,他们用心倾听着群众的呼声,竭尽所能解决问题,让百姓享受到更好的生活。

在这个连片振兴的过程中,他们不是孤军奋战,而是携手并进,共同书写着发展的篇章。在这个共治共享的舞台上,他们不是孤立的个体,而是共同的构建者,共同的受益者。这是一幅团结奋进的画卷,是一首共同进步的乐章,是一段共同奋斗的传奇。在黄河口镇,基层党组织书记们用心灵的火花点燃了发展的希望,在共同的努力中谱写着美好的明天。

在跨村联建片区融合发展进程中,黄河口镇衔接乡村振兴集中推进区建设,与中科院王建林团队、国家青年领军人才朱俊科教授、浙江大学、南京农业大学智慧农业研究院、济南大学、山东理工大学等建立起合作关系,建设了济南大学实践教学基地、就业实习基地,还聘任9名高校教授、专家作为乡村振兴"共富合伙人。

同时,深入实施在外优秀人才回引"雁归计划",积极搭建在外优秀人才工作室 5 家，开展恳谈会 20 余次，回引或聘请优秀人才 12 人。

于林村党支部书记郭孝名入选全省村党组织书记师资库，实现从人才力量到产业优势、项目优势的转化，为乡村治理、乡村振兴提供源源不断的人才动能。同时，坚实的基层党建基础激发了党员干部的内生动力，黄河口镇党建工作捷报频传：

成功申报党建综合阵地省级试点；无花果产业园纳入首批市级组织生活共享阵地；入选"灯塔书屋"市级试点；《盐碱地上甜心果》获评省委组织部电教片二等奖……

扎实开展村党组织领办合作社规范提升行动，于林村党支部领办合作社典型材料《支部带共富，河滩稻飘香》入选全省村党组织领办合作社工作案例选编。

新时代的生态发展和乡村振兴，需要用前瞻的眼光规划绸缪，更需要以党建为引领，扑下身子办好老百姓关切的事、急难愁盼的事。

黄河口镇有 11 个村庄紧临黄河，被河水哺育也被河水影响，汛期涨潮，田地和房屋会有不同程度的损失，再加上村庄已有七十余年历史，村庄的硬件设施相对落后，管网老化、路灯不亮等问题是不少村庄的"通病"。

黄河口镇把问题作为干事的导向，把成效作为成事的标准，把村民反映出来的"问题清单"变成衡量村庄干事创业的"成果清单"，仅 2023 年，就结合美丽乡村建设，发动党员群众 3000 余人次，提升改造水塘 18 口、沟渠 106 公里，安装路灯 770 余盏，绿化补种 6700 余平，硬化道路 2 万余平，拆除"残垣断壁"4320 平方米，清理生活垃圾 0.189 万吨。残垣断壁清理后的场地和房前屋后的零星荒地，也被规整成微菜园、小果园、小花园，耿家村等 7 个村庄尝试在闲置院落里住下玫瑰，一个个小小的玫瑰园，既美化了村庄，又增加了村集体收入，实现了环境提升、集体增收的双赢。

"路修得又宽又平，路灯亮堂堂的，现在吃完晚饭也愿意出去串个门，也有不少人就在街上的路灯下面聊聊天、交流交流信息，眼前敞亮，心里也就更敞亮。"村民们在今昔的环境变化里，感受幸福滋味。

黄河口镇坚持把群众的事情放在心上，把群众的幸福感扛在肩上，惠民实

黄河口镇：打造"养老温馨驿站"

事落地有声。

走进黄河口镇栾家村，满目皆是白墙红瓦的民居，宽阔整洁的水泥路通村入户。据了解，农村既有房屋能效提升项目，是黄河口镇惠及民生的重点项目，通过连续三年打造"温暖农房"，让黄河口镇居民真正住上冬暖夏凉的好房屋。2023年农村既有房屋能效提升项目总投资达400余万元，对小高村、新生村、栾家村、辛庄场村等村庄的200余处房屋进行外墙保温改造。

民心所望，政之所向；民心所归，大事可成。2023年以来，黄河口镇以更大力度、更实举措推进一系列民生实事：

投资160余万元，实施了"一事一议"项目，补齐村庄基础配套设施和环境短板；

投资921万元，对实施生活污水改造的42个村进行巡查管护，对剩余11个村开展生活污水改造，目前已实现农村生活污水沟渠管网全覆盖；

投资492万元，对14个村实施基础设施提升项目；

投资410万元，实施美丽乡村建设；

投资2750万元，实施推进区11个村基础设施提升项目；

投资3.6万元，为18家农家书屋补充更新图书出版物，组织实施公益电影放映活动670场次；

……

一项项民生新政乘风而至、一件件民生实事落地生根，越来越清晰的民生图景温暖着黄河口镇老百姓的心。

一座幸福城镇，温暖明亮的民生是它的底色。惠民实事落地有声，幸福面孔笑靥如花，共同构成了黄河口镇高品质生活的美好画卷。

文旅深度融合，是新时代培育新的经济增长点、促进农文体旅全面发展、寻梦绿色生态增长极的有效途径。黄河口镇独辟蹊径，充分利用镇域内林木众多遮阳蔽日、适宜骑行的优势，全力打造富有乡野情趣的度假地，聆听独属乡村的休闲歌谣。

黄河口镇现代农业产业融合示范园里，到无花果产业园可采摘、研学，进行现代化大棚种植和无花果实景研学课堂的深度探索；想畅快采摘，有着近40年果蔬大棚种植历史的万尔庄村是必到之处，万尔庄园的西红柿、黄瓜、甜瓜等能让你大快朵颐；生态湖面、儿童游乐场、观光亭、萌宠乐园能让孩子们尽情"撒欢儿"；来到五七村的黄河口七畔休闲垂钓园，当亲手钓起的白鲢、花鲢、鲤鱼经过简单处理后，投入木柴热燃的大锅，鲜鱼汤、农家菜，带给味蕾最原始的享受；呼朋唤友、带着家人一起到建林社区的餐饮民宿来吧，茶室、棋牌室、KTV等一应俱全，既能满足朋友聚会、家人聚餐，还能进行团建、研学和中小学生夏令营；藏身于林木之中的民宿，白墙青瓦、木门石阶、鸡鸣犬吠，隔离了城中的喧嚣嘈杂，电影房、亲子房、茶室、影音厅、草坪天幕，尽可体验大自然中的轻松与安闲……

游客采摘无花果

黄河口镇牢牢抓住黄河流域生态保护和高质量发展上升为国家战略、黄河口国家公园建设的重大机遇，围绕"建设国家公园入口社区"的目标定位，努力打造黄河口骑行小镇，把握旅游消费热点，以特色产业为支撑，以"农文旅"园区为平台，促进农文旅"三位一体"、生产生活生态同步改善、一二三产深度融合，努力串联起黄河口镇沿黄旅游风景线。以"骑行+旅游"为理念，以"自行车协会会员+社会群众"为主体,把低碳环保的绿色生活理念与镇域资源推介结合,黄河口镇的生态资源、人文资源和旅游资源在此一一呈现。

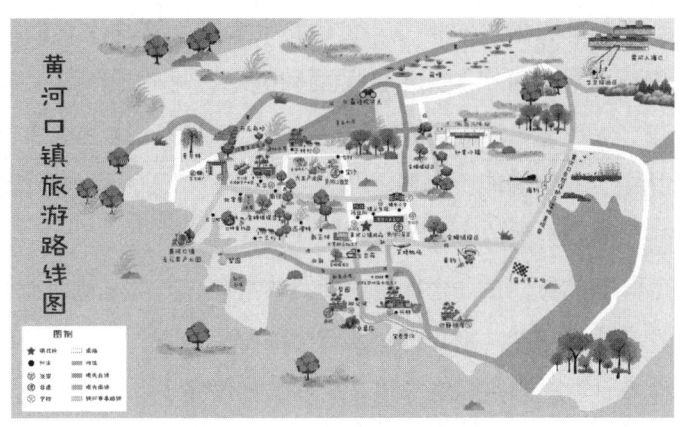

骑行小镇：增添乡村文化振兴活力

"我们将进一步强化全域旅游理念,推进'旅游+'融合发展,通过'旅游+农业+文化+体育'的模式,将黄河口镇打造成沿黄骑行特色小镇,为打造黄河入海文化旅游目的地添加黄河口元素。"在黄河口镇党委书记王雨石的描述中,一座黄河口骑行小镇已雏形初现。

大河汤汤,浩荡向前,九曲十八弯的长途奔波在黄河尾闾逐渐放缓了脚步,在黄河口镇走完最后28公里的归途,轻轻掠过利林村的夜色,义无反顾地汇入大海广博的怀抱。

70年前,被新淤地吸引而来的第一代垦荒人来此立村,来自四面八方的移民把这片黄河滋生的土地建设成了美丽的家园,不论祖辈来自哪里,如今的一代人,已经都是地地道道的黄河口人。

在利林村,芦苇似乎成了一种特殊的生命形态,它们无声无息地生长着,悄悄地改变着村庄的面貌。

春天的清晨,芦苇嫩芽冲破土地冰封,挺立在阳光下,如同一群倔强的少年,向世界展示着生命的力量和勇气。

夏天的午后,齐刷刷的苇荡在微风里摇曳,仿佛在跳着一支优美的舞曲,为村庄增添了一抹绿意和生机。

在黄河汛期,村民们纷纷前往河边,拿着铁叉往水中一叉,捕鱼的快乐回荡在大地间。而在秋天的黄昏,河沟苇塘又成了大闸蟹的乐园,芦苇吐出的白絮如同银色的羽毛,飘散在村庄的天空中,犹如一片奇幻的仙境。

利林村的芦苇世界，仿佛是上天赐予这片土地的礼物，它们在四季更迭中，为村庄带来了无尽的美丽和神奇。每一根芦苇，都是一个小小的生命奇迹，无声无息地诉说着生长的故事，铺展出一幅幅绚丽多彩的画卷。站在芦苇丛中，我仿佛能听到微风与芦苇亲密的私语，看到阳光在叶片上跳动的光影，感受到大自然的力量与温柔。

利林村，是一个被芦苇环绕的世界，一片充满诗意和生机的天地。每一个季节，每一个时刻，都散发着浓浓的芦苇香气，让人心醉神迷，仿佛进入了一个童话般的乐园。在那里，时间仿佛停滞了，一切都变得那么美好和宁静，让人忘却了尘世的烦恼和疲惫。

利林村的芦苇世界，是一处充满着生命魅力的仙境，让人无比向往和动容。

黄河口镇党委书记王雨石经常会被这自然的景色吸引，这几年，她走遍了全镇的大街小巷，沟沟坎坎。她带领乡镇一班人，全面贯彻新发展理念，在把握大势、抢抓机遇中开拓进取，在攻坚克难、砥砺前行中勇挑重担，在应对挑战、跨越发展中担当作为，创下了一个又一个发展新纪录，省级农业产业强镇、第二批山东省旅游民宿集聚区培育单位、乡村治理示范镇、平安东营建设示范乡镇等荣誉，见证了黄河口镇务实苦干、创新突破的信心与决心。

2023年，黄河口镇无花果产业园成功入选省级农业产业化联合体，人居环境整治经验做法在全市乡村振兴现场推进会作典型发言，这些骄人的成绩单，见证了黄河口镇争先进位、勇毅前行的坚定与勇敢。

2024年，就在新一年的岁首，从农业农村部又传来了好消息：黄河口镇成功争创国家级农业产业强镇。当年，全面完成"黄河口盐田米仓"省级衔接乡村振兴集中推进区建设。

黄河口镇实施农业龙头企业提振行动，大力培育"链主"企业，为产业高质量发展提级赋能，带来了别样的精彩。

在黄河口镇，与黄河相伴，从利林村，与黄河作别，心中不免有些许不舍。抬眼望，大河奔涌，东流向海，这是一次开阔的相约，更是一次全新的体验，正是更多不可预知的未来，给人们带来生生不息的希望。

正如一位诗人所说：大河并没有结束，因为大海又开始了涌动……

以林为村，依林而生

黄龙摆尾，大河息壤。

1947年，黄河重归山东利津故道后，在入海口形成宋春荣沟、甜水沟、神仙沟三条入海流路，以扇形姿态流入渤海。

日复一日，年复一年，以甜水沟为界，形成了两个三角形的大片淤地，形似孤岛。

由北至南，神仙沟与甜水沟之间的称"大孤岛"；甜水沟与宋春荣沟之间称"小孤岛"，"大小孤岛"通称孤岛地区，总面积约80万亩。

1947年，黄河新淤出的大片土地等人垦耕，永安区三村村民顺率先来到这里开荒种地，人们把这里称作"老党屋子"或"三村窝棚"，后来，外地开荒者不断涌入，曾经的荒原上农耕渐起。

1948年8月，垦利县成立新淤地安垦委员会，开始在孤岛地区建立政权组织。

1949年7月，黄河于宋圈处决口，虽经全力抢堵，但终因水深流急，孤岛地区再次变为一片汪洋，群众纷纷逃离。

黄河汛期过后，利津县十六户群众赵元伟等7人作为灾后第一批拓荒者，脚穿"王八盖"，拉着"大刀片"，在厚厚的淤泥上种下了第一季冬小麦。

"王八盖"和"大刀片"都是当地的土语，"王八盖"指一种用柳条编织的大底鞋，因鞋底面积大，穿上后能在淤泥中行走；"大刀片"是一种刀片状的播种工具，用于泥地播种，俗称"泥沟"。

1950年，更多的群众涌入了这片新淤地，垦殖耕种。人们搭起地屋子和窝棚遮风避雨，当地民谣戏称："芦苇屋、芦苇梁、芦苇檩子、芦苇墙，晚上铺着芦苇睡，脑袋枕在芦苇上。"

在这种艰苦条件下，人们很少成年累月在此居住，多是农耕、农忙、秋后时节在这里搭建临时的简陋"屋子"居住，收完了庄稼、忙完了农活便返回原籍。只有赵元伟用柳条和淤泥搭建了一座低矮的泥屋子，率先在甜水沟北岸扎下根，人们把赵元伟住处周边统称为"赵元伟屋子"。

简陋的地屋子、临时的窝棚，是垦荒农户的栖身之所。

在朝阳避风的地块上挖一个深约1.5米的长方形坑，再用木头做梁檩排在上面，之上搭树枝、秫秸或芦苇，用黏土、麦穰搅和成泥，涂抹到顶上，这样，地屋子就搭建完成了。

地屋子一半在地上，一半在地下，虽能遮风挡雨，却阴暗潮湿，不能长时间居住。

20世纪50年代前后的地屋子

1953年夏，黄河在小口子处裁弯改道，由神仙沟流路独流入海，慢慢地，大、小孤岛合二为一。

大面积的沃土需要开垦，大片的自然林需要保护，国家在这里先后设立了孤岛林场、一千二林场等，大力开展植树造林、开垦养殖。

天然林的生长与黄河口的垦荒相互陪伴、彼此见证，共同见证了几次大规模的移民潮。

最先看好这片土地的，是周边利津、垦利、博兴、寿光等地的农户。

永林、义林、友林等村庄，多是本县群众来这里开荒种地逐渐形成的。

1951年，黄河新淤地初成，垦利县、永安、下镇等地的部分村民来这里开荒种地，当时称"二十二村屋子"。

1952年左右逐渐形成村落，因为大部分村民来自永安区，而且村子周围是一片树林，村民们就将村子命名为"永林村"，寓意永远安居乐业、树林永茂。

1953年，黄河河道北移，开荒农户增多，形成了村落。由于当时孤岛地区树茂林盛，就取名"义林"。

友林村最初的居民，是因为1953年黄河在小口子附近改道，从神仙沟流路入海，原入海流路甜水沟逐渐淤塞，造出大片良田，垦利县有计划地将十八户、二十村、一村等零零散散的农户集中迁到甜水沟南十二村、王梦先种地屋子处建村。农户虽然来自不同的地方，但相处融洽，友邻互爱，为了突出淳朴的民风，村名逐渐演变为"友林村"，取"共居一处，团结睦邻"的意思。友林村，曾作为县直机关驻地，现在成为黄河口镇政府驻地，她曾见证过垦利县共青团代表大会、党代会、工会会员代表大会的第一次召开。

1962年12月17日，共青团垦利县第一次代表大会在友林村召开，次年9月17日至24日，垦利县首次党代表大会也在这里召开，10月24日至26日，为期三天的垦利县工会首届一次会员代表大会又一次落地友林村。

护林村最早的居民来自利津，广林村、于林村的居民则多数是来自广饶辖区的垦荒人。

1950年，寿光、临淄等地迁来部分垦荒人，由孙龙德、孙芳、席林福、张绊芹等人带领垦荒，后来垦荒人逐渐增多，形成村落，因这里树林茂盛，命名为"盛林村"，后来更名为"胜林村"。

1952年3月，部分利津移民迁到赵袁卫种地的地方开荒种地，时称"赵袁卫屋子"。同年7月，垦利自然林场在这里设了一个护林站，村名就正式改为"护林村"。

广饶县广北八区部分军人退伍、复员后，因人多地少，土地碱化，生活有困难，惠民地区行政督察公署要求划出部分土地，给复员、退伍的军人耕种。他们建起种地屋子，被称为"八路屋子"，后来各地群众陆续迁来，春来秋回，逐渐成村。因国营孤岛林场居此，当时正广植林木，就为村庄取名"广林村"。

于林村虽也以"林"为名，但最初的村名却是沿袭了外迁来垦荒户对老家的思恋。这个村最初的村民是1960年从史口公社于林大队迁来的，建村后仍然沿用村民原籍的村名"于林"，后来，因为村庄在孤岛共青团林场中心保护区保林分场所在地，曾对外称"保林"，1984年重新恢复"于林"村名。

1961—1962年，广饶县北部的部分村庄的村民面临着人多地少、土地盐碱化严重的情况，守在家门口的日子越来越难熬，在政府安排协商下，广饶北部9190人在这里安置了万余亩土地，连同原有垦荒户组建成新安公社。

大片待垦荒地，对于土里刨食的老百姓来说最具诱惑。博兴、寿光、临淄等地也有村民迁居到这里，在黄河的淤积之地寻找生活的希望。1951年，博兴县的复员军人薛成全与垦利、利津、博兴、寿光等县的十几位农民来大孤岛地区黄河故道开荒居住，当时被人称"薛成全屋子"。

1952年，国家号召人工造林，这里地处林场建设核心，并成为林场管理机构驻地，因此将村名定为"建林"。当时，建林村也是孤岛地区第八区的区机关驻地。

除了周边县区的垦荒移民，鲁西南移民黄河口的年份则更早。

1953年，曲阜、泗水两县的18户灾民到这里开荒种地，盖房居住，形成了村庄，当时孤岛林场东林站新育了一片树林，就将村名取名为"育林村"，是孤岛地区建村较早的村庄之一。

1958年，东平湖扩展蓄洪区，梁山县5200余名移民整村搬迁至此，安置到七个村子。幼林、利林、丰林、富林、新林、兴林、东增林、西增林等村子，居住的大多数是由梁山、阳谷、东平等地迁来的移民。

利林村的大部分村民是在1958年8月自梁山县的2950名移民至此。在此之前，1956年，郑绍芹和董集村一带的20余户村民就已经在此垦种，还有广饶县及利津县的100余人也在这里临时居住。1960年3月，此地隶属孤岛共青团林场利林分场，加上这里土地肥沃，有利于发展林业，就依"林"字命名，得名"利林村"。

作为黄河最下游的村庄，利林村四周都是油井，是全镇唯一的油区村，也是胜利油田孤岛采油厂垦利生产管理区机关驻地村，利林村是全镇第二大村，也是全镇最早用上高压电、自来水的村庄。

1960年3月，孤岛共青团林场成立，这里人员越聚越多，为了便于管理，政府就着手规划设村。林场的繁育苗圃建在这里，一棵挨一棵的林木幼苗等待着种植到广袤的原野，"幼林村"村名因此诞生。

垦荒人沿着黄河走，垦荒耕种，依林而生，从移民到落地户，他们对于栖身的土地和树林，寄予的无限希望，都注入了一个又一个村名里。

丰林村，1958年垦利七区八村部分村民是由梁山县、阳谷县迁到这里开荒种地，该村最早称作"八村屋子"，后来因为黄河改道，增加了不少新村民，形成了村落，当时这里自然树林丰茂，所以村名叫"丰林村"。

富林村则是原住垦利七区四村部分原籍梁山县、阳谷县的村民于1958年迁到此处建村，村名取天然树林繁盛、富有林木的意思，定为"富林村"。

1953年，梁山、阳谷等县的部分群众告别家乡，跟着黄河逃荒活命，在黄河故道新淤地上一片到处是新生柳树林的地方安顿下来，逐渐成村，取名为"新林"，寓意"新林、新家、新生活"。

二十八九岁、中等身材、身板瘦削的王成民约着村民们，以村子为中心，在村子四周的荒地上耕种。最初，他们向荒原要食物，吃的是荒原上自然生长的野菜、野大豆，一年后，他们种出的庄稼不仅能解决温饱，还渐渐有了节余，他们用辛勤的汗水在荒原上开辟出一条生存之路。

1957年，三十出头的王成民在新林大队挑起了担子，成了大家伙儿的带头人。他有想法，有胆识，社员们也愿意团结在一起跟着他干。这些背井离乡的农民，在入海口找到一片可以安心生活、安稳劳作的田地，时时以感恩之心向党、向国家、向社会奉献出自己用辛勤和汗水创造的收获。在那些生活并不富裕的年头，不论是交公粮还是出伕，新林大队在全公社的名号都是响当当的，其他各项工作中也多次在乡、县排第一。在大力发展集体经济的年代，王成民带领村民发展养殖业。全村百十来户人家，就有六七十户养羊，养羊数量一度达到万余只，村子也有了"骑在羊背上的村庄"的美誉。

在新林村专门设立的荣誉室里，装在相框中的一张张泛黄的奖状挂满了整整两面墙，不论是"在一九七三年农机工作中成绩显著"还是"阶级感情深似海，舍己救人风格高"的事迹，还是"科普文明村""明星村""市级文明单位""省级文明村镇"等荣誉称号，都是踏实勤恳、无私奉献精神的传承，这种精神特质，影响了一辈又一辈新林村人。

王成民担任村支书40年，是黄河口镇任职时间最长的村支书。1984年4月10日，时任山东省委书记的苏毅然到东营视察时，专程到新林村看望一身正气、一身胆识的老支书王成民。

1989年8月12日，山东省委原书记苏毅然到垦利县新安乡新林村考察党建工作 黄利平/摄

走在新时代的新林村，让村民享受到了更多的新生活。翻开历史的书页，一群英姿飒爽的女骑兵伴着"嗒嗒"的马蹄声，疾驰而来。她们是从近百名女民兵中精挑细选出来的，在辛勤的劳作之余进行艰苦训练，她们跃马扬鞭，跳障碍，跃沟渠，跨马能飞奔，举枪能射击。新林民兵连女子骑兵班不仅是垦利县第一个女子骑兵班，也是山东省唯一的女子骑兵班，在被誉为"孤岛长城"的新林民兵连中，绝对是妥妥的"一枝花"。

1966年，新安公社的新林、富林、丰林、东增林四个自然村的民兵成立了新林民兵连。每个生产小队组成1个民兵排，共有10个排。每个排配备两匹战马，民兵战士配备了步枪，最初配的是三八大盖，后来又改为半自动步枪。民兵战士在劳动之余，还要进行多项严格的军事训练，不定期巡逻。

1972年，新林民兵连成立了一个女子骑兵班，由时任副连长的李秀美任班长。骑兵班的姑娘们训练的第一项必备技能就是骑马，这些在平原上长大的女子，面对高头大马，一开始心里也有些打怵，但她们还是勇敢地翻身上马，在劳动之余开始了艰苦的训练。

她们每天喂马、饮马，有时还给马儿们梳理一下鬃毛，联络联络感情，但真正训练时，奔跑的大马们却不讲一点儿情分，缰绳一个抓不牢，她们就要硬生生地从马背上摔下来，不少人被磕得头破血流。摔下地，再上马，一次次的训练，一块块的伤疤，最终，这些女骑手们把马儿们驯服了。她们骑着大马跳障碍、跨沟堑，骑着马举枪射击，个个成了技艺超群、英姿勃发的骑兵战士，连男民兵也有些自愧不如。

1972年7月，新林民兵连女子骑兵班参加垦利县举行的民兵表演，受到惠民地区、省军区领导的高度评价。

"飒爽英姿五尺枪，曙光初照演兵场。中华儿女多奇志，不爱红装爱武装。"这是毛主席当年为女民兵的题词，也是新林民兵连女民兵班的真实写照。

1958年因东平湖蓄洪搬迁，部分移民从梁山、阳谷等地搬

新林民兵女子骑兵班巡逻

迁而来，最初在友林村后的原孤岛共青团林场车站处建村，1960年迁到现在的村庄地址建村，人们看到这里土地肥沃、树茂林兴，就将"林兴、村兴、家兴、人兴"的意蕴寄托在村名"兴林"之中，将兴旺发达的愿望寄予其中。

黄河口镇带"林"字的村庄里，称"增林"的村庄就有两个，分别是东增林村、西增林村。

按照两个村庄的建村时间来说，东增林村比西增林村建村早一年，可当地却有"先有'西增林'，后有'东增林'"的说法，这是为什么呢？

原来，1958年，梁山县、阳谷县移民来此建村，那段时间，因这个地区"林"字号村庄又增加了不少，所以将村名定为"增林"。第二年，为了方便种

地，部分村民迁到村庄的西南建村，为了区别老村和新村，新建的村便取名"西增林"；原来的增林村在新建的"西增林"以东，按照地理方位，早建村的"增林村"顺势更名为"东增林村"，所以才有了"先有'西增林'，后有'东增林'"一说。

随着村落位置相对固定，村民们的住房条件也逐步改善，他们搬出潮湿阴暗的地屋子，打土垒墙，开始建造地上的土坯房。

先用大量土方垫成台子，再用石夯夯实，在砖墙根铺上一周厚厚的苇子隔碱防潮，土坯垒起东西两个山墙，前留门窗后垒墙，木头的大梁和檩条，再用泥把屋顶、墙面抹平抹匀，透气又宜居的房屋就建成了。

1953年，孤岛自然林场场部由一千二林场迁至现在的建林村以北，以加强对垦荒群众的管理，保护自然林，建造人工林。

1954年，垦利县在这里设立八区，开始建立村级政权组织，由村民推选村政委员会。当时，定居在甜水沟以北范围的农户散落居住，已有村落雏形，因这个村落靠近孤岛林场自然林，孤岛自然林场负责人给这个村落起名"护林村"，有保护林子的含义。甜水沟以南住户居住的自然村落，以靠近当时的黄河，起名为"临河村"。因护林、临河两个自然村距离较近，且护林村较大，便将它们合二为一，选举产生了第一届村政委员会，村名统称为"护林村"。

从1954年开始，林场逐年发展扩大。1957年，山东省林业厅在这里建立国营孤岛林场，并把总部设在了建林村北，下设4个护林站，职工120名，当年造林1669.1亩。

1958年，孤岛林场开始筹建机械化林场，作为全省矿柱林基地。1959年开始调入林业机械，并借用黄河农场职工300人，组织残林地的清理与人工造林，当年造林3501.8亩。

1960年，是黄河口植树造林历史上浓墨重彩的一笔。

经省委批准，共青团山东省委在8个地市调集3507名青年来林场安家，孤岛林场改为国营孤岛共青团林场，职工规模扩大到4000余人，并代管建林、西宋两个公社。

总场设在建林，下设中林分场、新建分场、保林分场、北站分场、四号桩分场等五个全民所有制分场和护林分场、利林分场、西宋分场、三合分场、宋坨分场、五县分场等六个集体所有制分场。

1966年3月，原划入林场的西宋、建林公社移交垦利县，恢复原建制，孤岛林场移交军马场。至此，黄河口大规模植树造林的步伐逐步慢了下来，但这一片一片的林子和造林人传递出来的精神，却在百姓心中扎下了根。

盛夏时节，驾车行驶在黄河口镇临黄堤，满眼的绿是献给眼睛最舒适的礼物。沿新博路、垦孤路、五七沟公路前行，路两旁都是郁郁葱葱的大树，或是两侧大树的枝叶合抱于空中，遮蔽起烈烈的日头；或是笔直的树干伸向天空，诉说着坚毅与热望。

散落在林子里的村庄，与这些树木相映成趣，建林、保林、护林、增林、广林、利林、兴林、胜林、幼林、义林……一个个村庄，以"林"为令，排布起茫茫"林"海，构筑起黄河口上的村名奇观。如果把一个村庄比作一本书，那么，从历史深处走来的它们，书写的一定是凝聚着荒凉与耕耘、奋斗与坚守的创业史。

从散落的垦荒户、种地屋子，到大规模的移民安置、大规模植树造林，黄河口柳林茂密的土地上，组建起一个又一个村庄，村民们感念土地的给予，感念林木的护佑，一个个嵌进"林"字里的村庄，向这片生长着绿意和生机的土地致意。

近几年，黄河口镇不断改革林业经营体制，实现由分散造林向规模化造林转变。他们在六村、万尔村、义和村、四十三户村、小高村和黄河北岸滩地造林，种植速生杨，人造片林分布在黄河以北滩地和黄河以南、建林村以北滩地，以及十三村水库和东增林村东北侧。

小岛河、黄河防护林绿化，孤岛人工刺槐林，黄河入海口自然保护区柽柳林，犹如流淌在黄河口镇的生态血管和外部屏障，搭建起一片宜居、宜业、宜兴的生态沃土。

散落在新淤地上的一个个村庄，完成了在新时代的美丽蝶变。

蔚蓝的天空下，一条条平坦的公路将村与村相连，一条条沟渠贯穿着农田，不论是住房条件、基础设施还是精神风貌，都是新时代、新农村的崭新呈现。

这些变化的背后，是党建引领着村民们致富的奋斗和努力。

村庄里的产业也变得丰富多元，田间地头里种植着各种农作物，农民们在大棚里养殖着各类家禽家畜，不仅自给自足，还销往外地。人们的生活变得富裕了，他们选择的不再是朴素的生活方式，而是享受着现代化的便利和舒适。

一辈辈先人们曾经用自己的双手开垦荒地，耕种庄稼，建设村庄，为后代奠定了坚实的物质基础。老一辈的垦荒精神和开拓实践，像那一棵棵大树深扎进土地里的根系，默默地为大树的生长输送着养分；那一树的绿意盎然，送给世间的，是生命的喜悦和向上的力量！

第二章 东方红，大孤岛

DONGFANG HONG DAGUDAO

红色浸染的土地

黄河口，共和国最年轻的新淤地，如同一幅油画在天地间展开。

风轻轻拂过新淤地，沙粒在阳光的照射下闪闪发光。幼草顽强地生长着，似乎在向过往的风雨诉说着生命的坚韧。荒原中点缀着倔强的三春柳，等待着时光的拨动，将自己的美丽展示给世人。

或许，这一切都是命运的安排；或许，命运的大手早就写出了孕育出无数美好与奇迹的伏笔……

20 世纪 30 年代，这里有一片野生桃林，每到春天，桃花朵朵，分外妖娆，这荒原上的一道风景，被垦荒者亲切地称之为桃花园子。

1935 年，一批鲁西灾民来到这里，他们带着希望和艰辛，踏上垦荒的道路。4200 余人聚集在此，每 200 人编为一组。排到了桃花园子，恰巧是第八大组。从此，这个地方被赋予了一个新的名字——八大组。

随着外地移民的涌入，八大组逐渐发展成为垦区的中心集镇。人们在这里建起了房屋，开辟了田地，搭起了生计的舞台。他们用汗水和辛勤，换来了这片土地的回报，创造了新的生活。

人们在这里种田养家，交流互助，共同奋斗。他们不再是流离失所的灾民，而是这片土地上的主人。

1936 年，国民党山东省政府主席韩复榘为鼓励他的退伍"功劳兵"永远在这里安居，将八大组改为"永安镇"。但人们仍习惯称这里为八大组。

永安建镇之初，街道完全仿照济南道路的格局，纵横交错，横者为经，纵者成纬，就有了经一路、经二路、经三路。

在民国时期，经三路店铺林立。曹同山的中西大药房、老油坊、弹弓房、小学都在这条街上。

抗战时期，日寇的据点、炮楼就修筑在经三路北侧。

1941年8月底，杨国夫司令员指挥八路军山东纵队解放了八大组及其周围地区。同年9月，在这里建立了中共垦区工作委员会和垦区建设委员会。

中共清河区委、行署、清河军区司令部及其后勤机关医院、印刷厂、被服厂、兵工厂也相继移驻永安镇。

当时，永安镇的西十四村是清河军区军医院的驻地，伤员都分散在荆棘丛生的荒草野洼里。后勤部、被服厂驻扎在二十八村，被服厂主要制军衣、军鞋、被褥等。清河军区兵工厂在胜利村。

渤海实验小学在五村，其校舍是当年安置鲁西黄河决口移民的办公室，有大小房屋20多间。大生产运动中，渤海实验小学师生"自己动手，丰衣足食"，开荒200多亩，年产粮食1万多公斤，实现了自给自足。

1941年底，北海银行渤海分行及印钞厂迁往垦区惠鲁村。由于惠鲁村距军区机关驻地八大组很近，时常遭到日伪军的"扫荡"，印钞厂之后又迁到了毕家咀村。

其间，印钞厂规模进一步扩大，工作人员增加到近百人，并增设了办公室、裁印部、成品部等机构。毕家咀印钞厂隶属清河分行发行科，厂长刘克文、指导员曹子明。印钞厂主要设备是3台手摇石印机，开始印制的是"益寿临广流通券"，后来是"清河区流通券"。

这期间，永安镇居住人口由原来的一千多人猛增到三万余人，永安镇成为垦区的政治、经济、文化中心。

1942年到1943年间是抗日战争最艰苦的时期，整个清河平原根据地被日伪军分割"蚕食"后，以永安镇为中心的垦区根据地就成了清河军民坚持抗日游击的可靠后方。

这里走陆路可达冀鲁边区，海路可到胶东军区，是东西联络的枢纽。这里纵横百余里，荆林芦苇，树木茂密，是开展游击战的天然屏障；依河傍海，土地广阔肥沃,盛产粮、棉、鱼、盐等物资,为抗日根据地提供了充分的物质保障。

当时有一首民谣这样唱道:"垦区淤地大无边,十万人口来种田,春天下种秋来收,家家户户吃饱饭。"

八大组以东千余平方公里内,荆棘密布,杂草丛生,特别适宜机关部队生存和隐蔽作战,因此垦区成为清河区党委驻地的首选之地。

这里生产的粮、棉、武器弹药等重要物资,不仅满足渤海子弟兵及后方机关需用,还源源不断地运往胶东、鲁南,支援其他抗日根据地。

为此,日伪军视以八大组为中心的垦区抗日根据地为"眼中钉,肉中刺",发动过多次重兵"围剿"。

1943年9月10日,山东军区向清河军区发出指示:战役性的反"蚕食"斗争应暂告一段落,要分散配合地方工作,巩固胜利,以隐蔽斗争为主。加强政治攻势,准备反"扫荡"。

清河军区在夏季反"蚕食"战役结束后,原本打算休整两个月,但分析认为敌人肯定不甘心失败,必然会在冬季进行报复性的大"扫荡"。

1943年11月9日,日寇"扫荡"鲁中抗日根据地。清河军区得到的情报显示,日寇"扫荡"鲁中抗日根据地的一万余人是从临沂、蒙阴、莱芜、临朐、沂水等地调动的,但是他们集结在益都、张店的部队却按兵不动。清河军区首长分析认为日寇有再次"扫荡"清河区的企图。清河军区和清河区党政机关立即部署开展反"扫荡"战备工作。

果然不出清河军区首长所料,日寇在对鲁中抗日根据地"扫荡"9天之后,由日寇华北派遣军司令冈村宁次亲自策划,调集了日寇第32师团(师团长石井嘉德中将,原驻兖州)、59师团(师团长细川中康中将,原驻泰安)、独立第七混成旅团(旅团长秋山义隆少将)、独立混成第九旅团(旅团长羽宫少将)、骑兵第四旅团(旅团长藤田茂一少将)和伪治安军21、22、24、27四个团,共计26000余人。由日寇第十二军军团长喜多诚一中将坐镇张店督战,独立第七混成旅旅团长秋山义隆少将在利津城任前线总指挥。配以飞机12架、汽车千余辆、军舰2艘、汽艇12艘,采用"长途奔袭、分进合击、拉网合围"

的办法，对清河区进行了空前残酷的二十一天"大扫荡"。

当时，清河军区司令部机关和主力部队驻扎在培李、木李、北隋、牛庄一带。1943年11月18日拂晓前，敌人以骑兵为前驱，向我主力部队包围过来。清河军区司令员杨国夫命令直属团三营阻击敌人，司令部和主力部队利用"抗日沟"，在敌人合围前跳出了包围圈，迅速转移到沙营、六户、辛镇一带。

当天下午，敌人又追至沙营、六户、辛镇一带，并与前夜从羊角沟出发的3000多日寇包围了沙营、六户。杨国夫与政委景晓村等人商量，认为如果贸然突围，部队很容易被敌骑兵冲散。决定在此坚守，坚持到天黑后再突围。

清河军区特务营和直属团三营利用抗日沟作掩护，一连打退了日寇第四旅团骑兵的两次进攻。天黑以后，我军从辛镇西北转移出去。当夜，杨国夫等人研究决定"化整为零，分散行动"。杨国夫与政委景晓村率领一部兵力，采用"翻边战术"，向西面敌人后方转移，从后方打击敌人；直属团团长郑大林带主力一部向北突围到朱家屋子一带；清河军区副政委刘其人与政治部主任徐斌洲带领军区机关一部和直属团一个营转移到八大组一带，坚持内线作战；清河军区参谋长袁也烈带重机枪连、迫击炮连在广北与敌人周旋，并指挥军区侦察队和民兵开展地雷战，拖住敌人，减轻后方的压力。

敌人在辛镇扑空以后，迅速调整兵力扑向八大组。郑大林率部与徐斌洲部在八大组会合以后，认为敌人在广北扑空以后，一定会向八大组扑过来。趁敌人尚未合围，率部从敌人身边猛冲出去，转移到广北敌后。刘其人率领军区教导营和民兵，在摆好地雷阵以后，掩护各后方机关向东北荒洼深处疏散隐蔽。垦利县独立营分散活动，营长张伯令带领两个连分散在黄河两岸，政委王林带一个连前往敌占区，在封锁沟两边活动，力图破坏日伪军的交通线。

当日伪军的先遣骑兵赶到八大组后，立即陷入地雷阵，被炸得人仰马翻。当敌人大部队赶到八大组时，我军早已完全撤离了。

日伪军恼羞成怒，在八大组、民丰、小宁海、双河镇、朱家屋子等处安设临时据点，进行"驻屯清剿"。

日伪军烧杀抢掠，抗日根据地遭到空前浩劫。据不完全统计，这次"扫荡"，全县有99人惨遭杀害，40多人受伤，7人被俘，2人失踪；损失粮食

1000 多万斤，棉花 17 万斤，牲畜 549 头，猪 1000 多头，花生 10 万多斤，鸡鸭 1200 多只，砸毁铁锅、饭碗 8000 多个，烧毁房屋 2479 间。

坚持内线作战的部队，在县、区武装和民兵的配合下，运用地雷战、麻雀战，袭扰敌人，打得敌人昼夜不安，草木皆兵。

早已跳出包围圈并且转到敌人身后的清河军区主力部队，在当地武工队配合下，从广饶、博兴、蒲台、沾化等县积极进行外线出击，打据点、摸岗楼，有力地牵制了敌人对抗日根据地的"扫荡"。

杨国夫司令员带部队先后穿插到东营村、业基王村、盐坨，牵着敌人的鼻子转圈。垦区军分区独立团副政委张辑光率特务连和一连，在沾利滨大队的配合下，攻打侯王庄据点，牵制利津守敌。12 月 6 日拂晓，垦区军分区独立团二营六连在向南部迂回转移途中，在北张村被日寇骑兵第四旅团一部 1000 余人包围，双方展开激烈的巷战。北张村战斗，从清晨一直持续到下午 4 时。英勇的六连指战员毙伤敌人 160 余人、战马 100 余匹。六连除 10 多名战士幸存外，其余 72 名战士全部牺牲。

冀鲁边区部队也参加到反"扫荡"中来，四连、六连分别在虎滩和孙家庄分别与数百名日寇骑兵遭遇，他们奋勇杀敌，毙伤日寇 200 余名。四连、六连指战员除少数成功突围外，大部分壮烈殉国。

从 11 月 18 日到 12 月 8 日，在 21 天的时间里，我军与敌作战 230 次，毙伤日伪军 600 余人。在我军内外夹击下，日伪军的日子越来越不好过，不得不于 12 月 8 日狼狈撤退。日伪军的大"扫荡"以失败而告终。

为了掩护兵工厂、被服厂撤退，在 28 村村北，我军一部与敌人展开一场激烈的战斗，三十多名官兵牺牲在这里。地下党和进步群众把牺牲的战士掩埋在村后的小树林里。

很多年过去了，夜深人静的时候，附近老百姓仿佛还会听到"冲啊，杀呀"的声音，声音不大，却雷霆万钧。也许是烈士的英灵还在为胜利而战吧。20 世纪 70 年代初，三十多位烈士遗骸迁居垦区烈士陵园。

日寇所到之处，实行野蛮的"三光"政策，见人就杀，见物就抢，见房屋就烧。但日寇的血腥暴行没有吓倒垦区的人民群众。

一位贾大娘和她15岁的儿子被日寇抓住，日寇用刺刀逼问她粮食和武器藏在哪里，贾大娘一问三不知。敌人以将她活埋相威胁，贾大娘仍然面不改色，闭口不讲。最后，贾大娘和她15岁的儿子不幸被活埋。日伪军进入垦区的茫茫荆荒，如同进了迷魂阵，既找不到我军的影子，又找不到粮食和水。

面对残酷的战争，垦区的老百姓悟出了"没有国，哪有家；只有赶走倭寇，才会过上好日子"这个真理。母送儿，妻送郎，兄弟争相上战场，书写了一曲曲英勇的赞歌。

一寸山河一寸血，誓死不做亡国奴。垦区军民众志成城，同仇敌忾，保家卫国。男女老少齐上阵，夜以继日，风雨无阻，挖出一条条抗日护庄沟、交通沟、封锁沟，曲曲弯弯，绵延数里；在村头巷尾垒起一道道"抗日墙"，全力以赴反"扫荡"、反"清剿"；抛头颅，洒热血，拿起"万国造"武器浴血奋战，誓与日寇拼到底。

二十一天"大扫荡"中，《群众报》报社有10多人不幸被俘，报务员小赵为保守报社机密，受尽日寇百般折磨，最后被狼狗活活咬死，场面惨不忍睹。还有印刷部校对员刘波，在日寇拉网搜索时不幸被俘，为了保护报社，他假装成哑巴，一句话也不说，被日寇残杀在荆条洼里。

《群众报》是清河区党委的机关报，刚创办时，是不定期发行的油印小报，后改为石印。到垦区后，由石印改为铅印，发行数量大大增加。

当时，在保护报社的斗争中，村民们起了决定性的作用，他们像报社的工作人员一样，没有透露给敌人一点信息。

解放前的垦区，文化教育几乎是一张白纸；垦区解放后，文化教育呈现蓬勃发展的生机。

耀南中学是为纪念八路军山东纵队第三支队司令员马耀南而得名。在抗日战争的峥嵘岁月里，耀南中学和渤海实验小学为清河区保护和培养了大批革命后代，为他们走向新的战斗岗位打下了坚实的基础，为发展垦区教育事业树立了光辉的榜样。

1945年，渤海区成立后，《渤海日报》创刊。为了确保报社免遭敌人的袭击和破坏，每天能正常出版，报社机关和印刷厂奉命由广北一带转移至荒无人烟的垦区八大组。

战争年代办报,最关键的就是安全问题。

为了安全,《渤海日报》编辑部设在永安,印刷厂则放在了距八大组以北20多公里、离海不到10公里的顺河村。

顺河村是处仅有十几户人家的小村子,老百姓住的都是土屋或是茅草屋,村周围遍地的芦苇、荆条、茅草,一望无际。印刷厂就利用这里的地理优势,坐落在这些草窝里。日寇的侦察机来这里侦查,盘旋了几圈什么都发现不了。这种偏僻的地域环境为保证报社正常出报提供了绝对优势。

耀南剧团始建于1938年,原名八路军山东抗日游击第三支队宣传队,后来,在1945年为纪念司令员马耀南而更名为耀南剧团。耀南剧团一直跟随部队活动,转战于清河区各抗日根据地,先后排演了《铁蹄下的孩子》《讨伐归来》《双寻夫》《白毛女》《活捉周叶槐》等剧目,大受群众欢迎。

耀南剧团演出歌剧《白毛女》的剧照

为了克服抗日根据地的经济困难,不加重人民的负担,渤海区党委学习延安大生产运动的经验,在全区广大农村、部队、机关、学校等单位掀起了轰轰烈烈的大生产运动。

垦区大生产运动的主要任务就是灭蝗虫,当时有一句这样的民谣:"垦区三大害,土匪、蚂蚱、顽固派。"

作为蝗虫的滋生之地,每年夏天,行署主任李仁凤都会带领全区老百姓一起进行灭蝗大战,并且据当时的报道记载,参与灭蝗人数最多的一次达到了36万人。同时,李仁凤提出了"三黄"口号:"打皇军、治黄河、灭蝗虫。"

垦区发展史是一部垦区人民与恶劣的自然环境抗争的拓荒史,垦区文化具有鲜明的开拓性;垦区发展史是一部垦区人民抗击敌人入侵和争取自由解放的奋斗史，垦区文化具有典型的革命性；垦区发展史是一部各方群众互相融合，共同开发建设的创业史，垦区文化具有极大的包容性。

2015年9月3日10时，中国人民抗日战争暨世界反法西斯战争胜利70周年纪念大会在天安门广场举行，由300余名抗战老兵、英烈子女、支前模范组成的2个乘车方队，行进在受阅方队最前面。

70年前的硝烟已经散去，但那段抗战岁月仍然历历在目。

这些老同志曾经英勇无畏，披荆斩棘，浴血奋战，捍卫着祖国的领土和民族的尊严。而今，他们已经年迈，步履蹒跚，但他们的威严和英姿依然光芒万丈，岁月的痕迹无法掩盖他们的光辉岁月。

受阅方队中，有来自东营的支前模范孙合全。

当天早上5点多他就起床了，在首都大酒店住了近20天的他终于等到了最幸福的时刻，为此他激动得几乎整夜没睡，他早早穿好衣服、戴好军功章，拄着拐杖来回在楼道里踱步，直到8点50分登上参阅车。

当受阅的老同志方阵车辆行进到主席台前时，习近平总书记向这些老同志挥手致意。那一刻，整个广场静默无声，只有微风拂过老同志们的白发，轻抚着他们沧桑的面庞，仿佛在为他们的英勇表示致敬。

身着对襟布衣的孙合全，佩戴着抗战纪念章，也向着主席台打了一个标准的军礼。这是他第一次到北京，能参加阅兵式，更是他连想都没有想过的事情。

在这个庄严的场合，时间仿佛倒流，将我们带回到那段惨痛而难忘的岁月。我们怀着崇敬和感激之情，向这些老同志致以最诚挚的敬意，愿他们的精神永存，永远铭记在历史的长河中。

"虽然我当兵时间不长，但当兵是我这辈子最自豪的事情。"孙合全出生于1928年，13岁时父母双逝，成为无人照管的孤儿。为了生存，他挨家挨户要饭吃，晚上就随便窝在背风处睡一觉。

1943年，是中国进入全面抗日战争的第六年。那一年，孙合全15周岁。"那个年代，家家都吃不饱。日本鬼子欺负老百姓，说杀就杀，我每次看到都气得咬牙。村里的人都帮着八路军，我就寻思着加入八路军，不仅不被鬼子欺负，还能保护乡亲们。"孙合全的红色种子，是在被压迫的环境里萌生的。

有一次，孙合全和发小刘西九在村里玩耍，遇到了八路军的侦察兵。侦察兵住在刘西九的叔叔家里，白天休息，晚上出去侦察日伪军的行动。年龄小却头脑灵活，又熟悉村里地形的孙合全被侦察兵选中，安排在村头边拾粪边搜集日伪军的情报。后来，孙合全就靠着侦察排长开的介绍信入了伍。

孙合全入伍那天，是 1943 年 1 月 13 日。入伍后不久，他就请了四天假，回到村里结了婚、成了家。之后，继续回部队干着自己的"老本行"——侦察员。"先干侦察员，过了一段时间之后就被安排做交通员，别看我个不高，可我跑得快啊。"孙合全不怕吃苦，在部队里苦练枪法，还凭着自己的真本事当上了警卫员。

"当兵的时候，打过一场特别漂亮的仗，就发生在北陈庄。那是 1943 年的 3 月 12 日，我们想捣毁日本鬼子的一个据点，那里有 12 个鬼子，40 个汉奸。"说起那场战斗，孙合全陷入了深深的回忆里。"别看他们的武器先进，但我们都穿着便衣，又熟悉当地的地形，打起游击战来，他们真不是我们的对手。当时我们乔装打扮，拿着布袋，推着小车，去当地百姓家里收粮食。但是鬼子比较狡猾，自己不出面，把养的军犬放出来，尾随我们。为了找到鬼子隐匿的地方，我们想了个办法，我们把手榴弹丢在那些军犬附近，军犬受到惊吓，就跑回了原来的地方。这样我们就找到了日本鬼子藏匿的地点，专挑鬼子打，两个半小时据点就被我们捣毁了。"

战斗刚打完，百姓就跑出来拍手叫好。"不断往我们口袋里装鸡蛋，现在想起来还是很激动啊。"参加阅兵式回乡后的孙合全，再谈起那场战斗，还是不住地叫好。

每次聊起与战争有关的事情，孙合全总是格外兴奋。从小就胆大的他，说自己从来都没怕过。"真到了战场上，真没有怕死的，尤其是八路军。我们很团结，从领导到普通战士，大家都是一样的吃苦受累，同样的为国为民。"对于八路军，孙合全有着极其深厚的感情。

也许正是因为这样的性格，孙合全在战场上总是积极地往前冲。由于不顾个人生死安危，孙合全在战场上受了一次重伤，也因为这次重伤，孙合全结束了军旅生涯，退伍返乡。

"我记得，那是发生在惠民地区现河村的一次战斗。我当时刚从家里割完麦子回去，不料赶上了日本鬼子'扫荡'。我们一行五人躲在一户百姓家里，却暴露了。为躲避日本鬼子，我们开始分头逃跑，有往东北跑的，有往西北跑的，我和首长一组，结果没想到，首长中枪了，他怕拖累我，就想开枪自尽。"说到这里，孙合全眼含热泪。"我肯定不让啊，我就一把夺过他手中的枪，将他藏在水渠里，然后盖上草，就开始逃跑。但这时，鬼子却射中了我的左手，右腿也被鬼子投掷的手榴弹弹片炸伤了。我一下瘫坐在地上。"孙合全说那时候有些绝望，但真的是一点也没有畏惧。

就在孙合全瘫坐在地上的时候，一下子围上来三个鬼子。"那三个鬼子没准备开枪，看样子是打算用刺刀刺死我。我也不能等死呀，就想着我左手伤了，还有右手呢。我看着围上来的三个鬼子，中间的那个肯定是带头的，我就一枪把中间的那个鬼子打倒了。旁边两个刚要举枪，我的枪已经响了，又打死一个后，剩下的那个鬼子吓得逃跑了。"

鬼子撤走了，孙合全却陷入了更大的绝望之中，因为不知道什么时候能有人找到他。"从早晨开始，我就没吃什么东西，连水都没有喝。就那样一直看着自己的血不断地流出来。"孙合全边说边比画。到傍晚，终于等到了来寻找他的战友，"我也很庆幸自己没有流血而死。"

1946年，抗日战争已经结束。因伤退伍的孙合全回到了家乡，先后组织了数批村民参加支前，参加了解放定陶、汶上等县城的战斗。

孙合全，一个在胜坨镇东王村默默耕耘的人。在全国解放后，他并没有离开故土去追求更大的发展，而是选择了安心留在家乡，守护着那片土地。

起初，他只是一个种地的农民，每天在土地上辛勤劳作，一把锄头、一袋种子，他就能让这片土地生机勃勃。随着时代的变迁，他加入了农业合作社，和村里的人们一起共同种植农作物，分享着丰收的喜悦。

然而，孙合全并没有止步于此，他还带着斧头和锯子，到博山进行过开山的工作。在茫茫山林中，他挥汗如雨，用自己的双手开辟出一条新的道路，让更多的人能够通行，让更多的资源得以开发利用。

孙合全的经历，就像一本鲜活的历史书，记载着他作为一名军人和一名普通劳动人民的奋斗与拼搏。他的坚守和奉献，成就了他的精彩传奇，熠熠生辉，流传至今。他用自己的行动，诠释了劳动人民的价值，用自己的汗水浇灌着这片土地的希望。在这个丰收的季节里，孙合全的身影仿佛在人们心中永远不会磨灭。

战争结束了，和平来临了，孙合全作为一名退伍军人，虽然腿部受伤导致行动不便，但他依然坚守初心，为家乡人民服务奉献。

孙合全自称"跑腿的兵"，他身上不仅有着军人的英雄气概，更有着那份对祖国的热爱和忠诚。即使一条腿瘸了，他也依然不停歇，只为了心中那份永不磨灭的军旅情怀。

他是英雄，他是传奇，他是那个永远被家乡和人民铭记的战士。他的事迹代代流传，他的精神永远激励着无数的年轻人。

军队打胜仗，人民是靠山。

解放战争时期，作为老解放区的垦利人民，在"一切为了前线，一切服从前线"的号召下，一大批优秀青年参军奔赴战场，有12200多名干部群众分9批参加支前轮战营，抬担架、送公粮，配合主力部队转战山东各个战场，在莱芜、泰安、济南、淮海等著名战役中屡立战功。

有133名优秀干部随军南下四川、浙江两省开辟新解放区。后方军民开展了剿匪反特、锄奸反霸和土地改革运动，积极拥军支前，缝军衣、做军鞋，捐献公粮，为解放战争的胜利做出了无私的奉献。

在伟大的抗美援朝战争中，垦利人民为中国人民志愿军捐款9亿多元（旧人民币）。为了人民的解放事业，垦利有490多名优秀儿女血洒疆场，为国捐躯。

历史不会忘记，丰碑永远铭记。

垦区和垦区人民，为我们党领导的中国革命做出了重大牺牲和贡献。

望不尽的历史长河，诉不完的荡气回肠。革命战争年代，在生与死的考验下，处处显现着垦区人民的铮铮铁骨；血与火的淬炼中，有太多可歌可泣的红色故事被后辈珍藏。

东方红，大孤岛

新中国成立，黄河口广袤的荒原迎来了真正的春天。

平展展的沙质土地上，陆续冒出曲曲菜、土里酸、福子苗、草鞋底、野糁子，河沟旁的茅草、芦苇、红荆、小柳树也发芽展绿；秋天到了，只捡拾野果、野豆就能解决温饱，再加上耕种的大豆、高粱有了收成，心里不由升腾起一份安稳。

1950年春，惠民专署林业局在孤岛建立自然林场；1953年，济南军区农建二师进入孤岛地区开发荒原，曾经的荒原掀开了机械垦种的一页。在此期间，相继设立孤岛办事处、孤岛人民公社，此处逐渐成为经济发展和农业建设的主场区。

1955年，国营孤岛林场拉开了人工造林的序幕。

1956年，山东省公安厅在孤岛地区组建地方国营黄河农场。

1959年，济南军区又建立起军区孤岛农牧场，战士们甩开膀子，在这里开荒种地、开辟牧场、筑坝修堤、植树造林。

1960年1月，共青团山东省委组织济宁、青岛、惠民、菏泽、昌潍、烟台、临沂等七个地市共计3507名共青团员和优秀青年，齐聚孤岛，展开了声势浩大的植树造林大会战。

投身于此的各地青年，发动轰隆隆的机械马达，燃油和青春一起点燃了这片沉寂的土地。

百废待兴的新中国，"贫油论"和"华北无油论"就像黑暗的诅咒，笼罩了中国地质学界多年。

按照国家的统一部署，地质部和石油工业部的勘探队伍对中国东部地区进行了资源调查，初步勘察测定，孤岛凸起为古生界潜山基础上发育的披覆构造，具有良好的油气生成条件。

1961年，"华八井"第一次发现工业油流，日产原油8.1吨，石油工业部决定集中优势兵力，对东营凹陷进行重点勘探。

1962年9月23日，在东营构造上打的营二井获日产555吨的高产油流，成为当时全国日产量最高的一口油井，胜利油田的前身——"九二三厂"应运而生。

1964年1月25日，国家正式批准组织华北石油勘探会战，一场继大庆石油会战之后的石油勘探和油田开发建设会战又一次打响。随后，坨-11井和坨-9井分别成为日产超千吨的油井，彻底推翻了"华北无油论"论断，找油大军以胜利油田基地为圆点，不断向外辐射。

1967—1968年，地质部、石油工业部勘探队多次对孤岛地区的石油资源进行勘探，发现了孤岛披覆构造和凸起顶部的油气资源，并标定了渤二井井位。

1968年4月19日，由32105钻井队施工，位于孤岛凸起顶部第一口探井——渤二井正式开钻！

巍巍钻塔，屹立荒原。几千米的钢铁钻杆伴着钻机的嘶吼，开始向地下挺进。连续奋战近一个月，5月17日，渤二井完钻求产，获得了日产13.2吨工业油流。

井场上一片欢腾！渤二井13.2吨的日产量，不仅让它成为孤岛油田的发现井，还成为黄河以北最大的日产单口井。

捷报传遍了黄河南北，当天也传到了北京。

时任国务院副总理的余秋里会同石油工业部部长康世恩，立即向周恩来总理汇报。周总理听到消息也很激动。大庆油田和胜利油田的相继开发，让我国彻底甩掉了贫油的"帽子"，如今，黄河北岸又开拓出新的油藏，怎能不让人振奋呢？

周总理紧紧盯着地图，仿佛听到了这片蛮荒土地上石油会战嘹亮的号子，也仿佛看到了石油正滚滚成河。他的手指轻轻地点着地图，抬起头问："这里叫什么？""隶属惠民专区，出油的位置还是一块无名地。"

周总理轻轻点一点头："这里是渤海之滨、黄河岸边，它在祖国的东方，是渤海湾最早看见太阳的地方，既然还没有名字，就叫'东方红'吧。"

从此，这片地域承载着石油人的自豪和周总理的厚望，第一次有了响当当的名字——"东方红"，这个油田也有了一个名字，就是"东方红油田"。

从此，来自祖国五湖四海的石油工人，在孤岛展开了一场史无前例的石油大会战。他们头顶青天、脚踏荒原，在茫茫盐碱滩上，抗洪汛、防冰凌、战井喷，为实现胜利油田从黄河南到黄河北的跨越。

东方红-71井是石油工人们一腔热血为国找油的"红心""真心"的有力见证。

1971年3月，经过地质勘探，孤岛地区总共发现了50余处油气丰富的区块，经过综合比较后，5月底，最终确定了打井地点，并定在"七一"当天投产，作为献给建党50周年的生日礼物。

距离"七一"只有一个月时间了，时间紧、任务重，6月份降雨量又极大，给施工造成了很大难度。党员先锋队、团员先锋队冲锋在前，喊出"七一完钻，产油过年"的口号，终于在7月1日顺利完钻，日产原油达到10吨。

这口在1971年7月1日在孤岛地区打出的第71口油井，被命名为"东方红-71井"。

1979年垦利县设立孤岛办事处，1983年成立东营市孤岛办事处，划属河口区管辖，1992年11月13日撤办事处成立孤岛镇。曾经的"东方红油田"随着建制的改变更名为"孤岛油田"。

2018年5月17日，孤岛油田勘探开发建设已走过50周年，孤岛油田累计为国家生产原油1.82亿吨，占胜利油田同期产油量17%。有人曾形象地比喻：祖国上空飞翔的十三架飞机中，其中一架飞机的燃油就来自孤岛油田。

孤岛油田开发建设的50年中，连续12年稳产500万吨以上、21年保持在400万吨以上，连续5次被评为"全国高效开发油田"，高含水、高含砂的孤岛油田，它的高效开发，在国内外油田都是一个神话。孤岛油田的名字，被深深地刻在了中国石油工业发展史上。

1991年11月1日，李鹏总理视察孤岛油田，并留下了"孤岛不孤"的题字。

孤岛不孤，因为地底涌动的石油为它的发展奠基，来自全国各地的开拓者，助推了它前行的步伐；孤岛不孤，还因为傍着一条神仙沟，衍生了一双姊妹镇——孤岛和仙河，孤岛镇有孤岛油田，仙河镇则坐落在孤东油田。

关于神仙沟的来历，民间有很多美丽的传说。《孤岛镇志》中讲：黄河在本地入海之前，沿海地带自然形成了大片的牡蛎堆、蚌壳堆。黄河水流经此地，历经数年冲刷，牡蛎堆、蚌壳堆被厚厚的泥沙覆盖。有一年，渔民挖坑时发现竟渗出了淡水。有牡蛎堆、蚌壳堆的地方为什么储存着淡水？没人能够解释，所以大家说是神仙点化的结果，出淡水的地方就此得名"神仙沟"。

孤东会战开始的那一天，来自全国各地的工人，他们是勇敢的战士，是拥有坚定信念的勇士，他们的目标只有一个——建成全国最大的海滩整装油田。

钻机的轰鸣声在午后的阳光下回响，犹如一曲激昂的进行曲，唤起了每个人内心深处的激情与决心。他们团结一致，开始了艰苦卓绝的工作。

一口口油井被钻开，一片片土地被开垦，孤东油田在他们的汗水浸润下，渐渐成形。在那半年的时间里，他们经历了无数次的困难和挑战，但他们从未放弃，从未退缩。

最终，当孤东油田完钻时，那一刻，整个仙河镇都沸腾了。人们欢呼雀跃，庆祝胜利。他们用汗水和努力，打造了一个属于自己的奇迹，一个属于祖国的骄傲。

孤东油田，见证了那些无畏的勇士们的拼搏与奉献精神，也见证了他们的坚定信念和无比荣耀。在那片热土上，留下了他们的足迹。因为他们，孤东油田才得以建成，成为一个永不消逝的传奇。

孤东油田的横空出世，让人们知道了挺立在孤东荒原上的一棵树。对！就是孤东一棵树。

那一棵树，是一棵柳树。种下这棵树的人，叫老杨。

1943年，老杨拖家带口从老家寿光县杨家庄迁到了垦利县北部的十井村，垦荒种地、安家落户。随着新淤地不断扩大，农户的垦殖范围也越来越广，他们往往整个村子联动，向更靠近海的新生土地进发。

1963年，北十井村在孤岛开荒200多亩。1966年，全村又在四号桩地域开荒3000多亩。漫漫荒滩无遮无蔽，人走在旷野里，就像迷失在沙漠之中，常常找不到回家的路。有心的老杨，捎去了几棵柳树，种在了自己家的地头，作为地标。

老杨前前后后种了九棵柳树，在"种棵树比养活个孩子还难"的荒野上，大多数柳树没有躲过枯萎的宿命，只有一棵柳树艰难地活了下来。这一棵柳树，成为人们来往注目的地标。

孤东油田开发建设开始了，会战指挥部设在了这棵柳树附近，石油工人们到前线总指挥部也必须经过这一棵树，在一望无际的荒原上，这独一无二的一棵树成了荒原中唯一的地标，被更多人熟知，从此它不再是一棵柳树，而是成了一个专有名词：一棵树。

这一棵树，随着时间的推移年轮渐增，经过的石油工人看它一眼，仿佛就有了底气，它已经长进了石油工人的心里，成为孤东油田不可或缺的精神符号。

又一个春天来了，小草慢慢从地下冒出来了，这一棵树却没有再发芽。它死了，死在寒冷的冬天，只留一根干硬的树干，挺立在石油工人经过的路段。看它一眼，他们感到仍然有力量涌上来。

孤东一棵树，不仅仅是一棵树，而是成了一个符号，成为一代又一代石油人，在茫茫荒原上用汗珠和青春筑起的参天丰碑。

"为有牺牲多壮志，敢教日月换新天。"一棵树死了，一片接一片的树活了，一代又一代拓荒者、创业者几十年的接力奋斗，使昔日荒凉的孤岛发展为绿意盎然的生态小镇。

见过了河进海退的较量，经过了神仙沟的滋养，孤岛满目的苇荻荆柳中，有了稻田棉田，有了万亩槐林，有了林立的"石油森林"，有了拔地而起的水泥楼房——昔日"荒原变绿洲、沙田变油田"的畅想，都实现在了眼前。

春光四月，郁金香园里姹紫嫣红，红的、粉的、黄的、紫的、白的，法国之光、狂人诗、金阿波罗、阿夫可，颜色多彩，品种多样；一墙之隔的植物园里，海棠、榆叶梅正值盛花期，粉红、淡紫、雪白簇拥在枝头；梨园里上演着"千树万树梨花开"，荷塘里春风拂过涟漪阵阵，花和树都在为孤岛的文旅盛会打前站呢。

不少人笑谈：到孤岛，属于"闻香而来"。他们口中的"香"，一是"槐香"，二是"酒香"，两种香气，已在孤岛飘散了一个甲子。

20世纪60年代，从共青团中央号召广大青年植树造林开始，孤岛逐渐被绿树"占领"；1971年到1972年，大批知识青年响应"知识青年到农村去"的号召，纷纷从济南、青岛来到这里，肩负起了驯养军马、植树造林防风固沙的历史使命；1976年至1985年间，济南军区军马场数千名官兵及其家属子女，采取人工植树和机械撒播相结合的方式，种植刺槐林十万亩。此后，槐树年年栽，香气连绵来。

每年五月，十万亩槐花开得浩浩荡荡，沁人心脾的花香淡而不腻。槐林里扎起帐篷，聆听林间长跑赛场上的喝彩、森林摇滚音乐的激昂，看摄影展和书法展，阳光穿过树梢洒在脸上，心也融化进了无边无际的大自然。

1963年12月，济南军区军马场成立后，接收了国营孤岛林场。当时林场的小酒坊，酿造出的酒仅供军马场内部的人饮用，人们称之为"马场酒"。

后来，军马场酒厂几经搬迁，生产规模不断扩大，工艺不断提升，最终注册了商标，远销海内外。

1995年5月，济南军区司令员张太恒上将到酒厂视察时，挥毫题字，留下了"欣马酒香，飘溢四方"的妙句。酒解乏解忧，也能品咂出岁月的绵香，马场酒香已融入了孤岛人的血脉，回味悠长。

曾经荒凉的孤岛，绿了，美了，富了；今日富庶的孤岛，培根，铸魂，兴业。

文化是根，根深则叶茂；文化是魂，魂立则业兴。孤岛镇搭台，让军马场、石油、槐林与文化联袂，共唱一台文化大戏。

黄河农场

黄河入海，落淤成陆。

1952年2月，毛主席签发了一道中国人民革命军事委员会命令："我们人民解放军在中国共产党领导之下，从创建之日起，就具有高度的爱国主义和国际主义精神，我批准中国人民解放军第97师转为中国人民解放军农业建设第二师的改编计划，将光荣的祖国经济建设任务赋予你们。你们过去曾是久经锻炼的有高度组织性纪律性的战斗队，我相信你们将在生产建设的战线上，成为有熟练技术的建设突击队。"

中国人民解放军第97师是一支光荣的部队，在解放战争中曾转战山东各地，参加过孟良崮、淄博张店与济南等地的重要战役，屡立战功。

中国人民解放军第97师奉命由国防战线转入生产战线，改名为中国人民解放军农业建设第二师，离开繁华的济南市，开赴以盐碱地闻名的广饶北部地区，执行农业生产建设任务。

1952年3月，中央华东局确定开垦渤海荒地，并成立了山东省棉垦委员会，建立棉垦区，拉开了开发黄河三角洲的序幕。

1952年5月1日，中国人民解放军农业建设第二师开赴广饶北部六户一带安营扎寨，开垦荒地。

1953年春，中国人民解放军农业建设第二师抽调一个连的兵力向北进发，进入黄河入海口的大孤岛、小孤岛，垦荒种地，当年就开垦土地4591亩。

1954年8月，中央农村工作部同意并批转《关于开发东北荒地和农建二师移垦东北问题的报告》，同时上报中央军委批准。

1954年9月，农建二师正式接到命令：奔赴黑龙江密山地区垦荒，要在第一个五年计划内开荒种地3万~3.5万公顷。

1955年4月，农建二师组织人员北上踏查。1955年6月，五团在松花江北岸绥滨境内创建农场，六团在松花江南岸集贤境内创建农场。四团起初进驻宝清，9月下旬迁至铁力，2000多人驻扎在铁力县城和附近的村屯。10月5日，在铁力大礼堂举行建场典礼大会，同时将团、营、连建制改为农场、分场、生产队。同年10月，中央军委命令农建二师就地集体转业。

农建二师成了中国人民解放军成建制转业到黑龙江垦殖的第一支部队，由此开始，农建二师这支英雄的部队留在了历史深处。

农建二师调离后，孤岛地区的垦荒耕种工作移交给山东省公安厅领导的渤海农场。渤海农场也称山东第一劳改纵队，1955年，山东省公安厅陆续调入刑满就业人员873名和犯人1378人，分别成立了大孤岛、小孤岛农场。

1956年6月15日，这片土地迎来了新的起点，一个崭新的组织，一个具有历史意义的队伍。

慕思荣，《渡江侦察记》里的侦查英雄原型，如今又肩负起了重任，担任黄河农场的首任党委书记和场长，这份信任不仅来自于他的勇气和胆识，更来自于他对人民的热爱和奉献。他带领着这支队伍，像渡江时一样勇往直前，决心要让这片土地焕发出更加辉煌的光芒。

黄河农场，不仅是一座农场，更是一种精神的传承。它承载着历史的记忆，继承着英雄的血脉。

黄河农场，将永远是一颗灿烂的明星，照亮着整个齐鲁大地。它的成立，不仅是一个仪式，更是一个使命，一种责任。

1919年，慕思荣出生在山东省荣成县的一个农民家庭，他的童年并不幸福，父亲在远方做苦力，母亲独自照顾他和他的姐姐。在生活的压力下，慕思荣在11岁时离开家，去饭店当伙计。

抗战爆发后，慕思荣听说了山东人民抗日救国军第三军在胶东半岛上的英勇事迹，被深深地感染了。于是，他毅然决定报名参军，成为一名战士。

在抗日战争的硝烟中,慕思荣经历了无数次的生死考验,每一次都让他更加坚强成熟。在血与火的洗礼下,他逐渐长大,淬炼出一种坚定的信念和一颗勇敢的心。

慕思荣,他是那个时代的英雄,用自己的生命捍卫着国家的尊严和民族的荣誉。

1947年3月,慕思荣任华东野战军第九纵队司令部侦察科参谋。1948年,在白马关阻击战和孟良崮战役中,慕思荣用创造的"伪装捕俘、查明情况"方法侦察敌情并获得巨大成功。

5月,他担任九纵司令部侦察科副科长。在接下来的潍县、济南战役中,慕思荣又创造了"战中侦察"的方法:边打仗边侦察,弥补战前侦察的不足。这些战中侦察的经验在战场中得到了检验,效果很好。因为在侦察工作中的出色贡献,慕思荣被评为华东二级人民英雄。

1949年4月,为了摸清长江南岸敌情并接应大部队渡江,中国人民解放军第9兵团27军党委决定派遣一支侦察分队提前渡江,摸清敌情,接应大军过江。

经过反复研究,组织认为慕思荣是最佳人选。

4月6日晚,慕思荣带领一个侦察连渡过长江,顺利插入敌后。侦察部队不足半月就摸清了敌总指挥部位置、前防指挥部位置以及弹药库、粮站的位置,还有敌人榴弹炮、野炮阵地的位置,并通过电台报告了军部。

4月20日夜,渡江战役打响了!慕思荣受命首先夺取了敌方的三个山头,接应大军顺利过江。

战后,侦察连荣立一等功,慕思荣荣立个人一等功。

1950年10月,慕思荣随27军受命北上,入朝参战,并参加了两次战役。

1951年4月21日晚,慕思荣奉命率侦察部队插入敌后作战时,被敌人的炮弹击中,右脚踝骨被炸飞,腿部、腰部多处受伤。

在丹东的医院里,医生说必须把小腿切除才能防止感染,保住性命,慕思荣为了能重返战场,恳请医生尽量保守治疗,保住自己的腿。经过13个小时的手术,慕思荣保住了腿,但他的脚踝从此却不能打弯了。

1956年3月，转业到山东省监狱局工作的慕思荣，奉命组建黄河劳改农场，踏上这片土地的那一刻，慕思荣内心就深受震撼。

旷野里，各色杂草、荆棘、野菜漫无边际地生长，荆棘杂草，高得几乎能没过人，狐狸、野兔和獾时常在草丛里出没。

无边无际的旷野让他心生无限豪情，他立誓要在这里建功立业，把脚下的荒滩改造成鱼米之乡。

住，是首先要解决的问题。为了在最短的时间内解决最紧迫的问题，大家就地取材建造临时性住房。

孤岛上生长着的荆条、绵柳、芦苇为大家提供了建造材料，他们选好一处地势较高的地方，确定下房子四壁所在的位置，围着四周向下挖80公分，挖出的土培在四周，再用高高的树枝、茅草束成把子，把顶端拉拢后系在一起，"房子"就基本做成了。用茅草、树枝把大的空隙一堵，再用荆条枝编一个门，里面铺上干草，一座"房子"就完成了，人们把它叫"草把子屋"。

很快，荒原上就冒出来一片"草把子屋"，成为黄河农场创建者的"乡间别墅"。

住在"草把子屋"里，夏秋季节相对好过，但一到冬天，荒野的寒风呼呼地往里面刮，仿佛要把人的骨头吹散。

黄河农场初建时搭建"草把子"屋

为了真正解决住房问题，他们开始学着周围群众的法子，仍然用就地取材的红土和芦苇，建起"土打垒"和土坯房，居住条件才有所改善。

拓荒者们见识过荒原的"威力"，更吃过荒原上各式生灵的苦头，他们苦中作乐，用"顺口溜"表达乐观精神："大孤岛有三宝，苍蝇蚊子加小咬；荆条疙瘩真不少，狐狸野兔满地跑；住窝棚喝卤水，二三年内不洗澡。"

就是在这样艰苦的环境里，他们硬是用锨、锄、镰、犁等落后的生产工具，人畜结合，开荒造地，烧砖建房，战天斗地，艰苦创业。

1956年，黄河农场开垦土地5000多亩，建成了黄河农场一、二、五分场，建起了农场子弟小学，修了长达9250米的子午公路，并建起了加工厂、修配厂、砖窑厂、卫生所、磨坊、物资库、供应站也在同年动工开建。

慕思荣清晰地认识到，农场要想有大的发展，必须搞机械化、水利化和电气化，大力发展机械化这个认知最先成为黄河农场广大干部职工的共识。到1956年底，黄河农场就拥有了13台大中型拖拉机、6辆农用汽车、30台配套机具，黄河农场已渐渐摆脱了传统农耕方式，向机械化耕作迈进。

1958年1月，黄河农场由山东省公安厅移交到山东省农业厅管理，改称国营黄河农场。

2月，全省各地市和省直劳改刑满就业人员850人被调往黄河农场。4月，慕思荣改任省直第八劳改队队长、山东省公安厅劳改局副局长，离开了他亲手创办的黄河农场。此时的黄河农场，已经在原先三个分场的基础上，扩大为五个分场，耕地面积达到8.48万亩，农场总资产实现了大幅增长，管理干部400余人，劳动力3000余人。

1958年9月，经惠民地委批准，黄河农场与孤岛工委合并，成立了全省唯一的县级人民公社——孤岛人民公社。1959年10月，孤岛人民公社撤销，恢复黄河农场建制。

1960年1月，黄河农场改属山东省渤海农垦局领导，属农垦系统。

1961年6月，渤海农垦局决定，青坨牧场整体移交黄河农场，并入土地5292亩，编为黄河农场四分场第四生产队。

1962年，黄河农场四分场第四生产队（青坨牧场）划出，交济南军区后勤部军马场管理。

截至1959年底，黄河农场共开发出宜耕作的肥沃良田90971亩。

黄河农场建场之初，甜水沟、咸水沟、宋春荣沟是流经农场的自然河道，他们开垦农田的同时，对水利建设进行了初步的勘查，并开挖出一条引黄灌渠，人畜用水初步得到解决。

1958年，利用"打渔张工程"的建设机会，黄河农场完成打渔张第八干渠的渠系设计，改挖了 22.5 公里的甜水沟作为引水渠。1959—1963 年，以排水治涝为主，完成省改碱试验项目，改小涵闸 12 座，桥梁 1 座，修建了防潮闸 1 座，到 1966 年，农田水利框架基本形成。

1960 年以后，随着农田基本建设的深入开展，农田灌排沟渠逐步配套，条田、道路、林网规模化程度不断提高，黄河农场耕作制度日趋完善，土地利用面积逐年扩大，种植作物的种类也越来越多。到 1968 年，黄河农场的耕地面积已扩大到 117727 亩，种植的粮食作物除了小麦、玉米、大豆、谷子、高粱，还增加了绿豆、小豆、白豆、地瓜等作物；经济作物的品种也多了，棉花、花生、葵花、芝麻、苘麻、大麻、蓖麻、甜菜……一畦畦，一垄垄，一年四季，大田里春种秋收，接续更替。

1962 年，黄河农场发生大面积病虫害，受灾面积达 10.2 万亩。黄河农场发挥机械化作业优势，没用几天就平稳了灾情。这一年仍然获得了大丰收，粮食总产量达到 573.5 万公斤、皮棉 18700 公斤、油料 31650 公斤。

1965 年 1 月，黄河农场再次划归省公安厅劳改局领导管理。

黄河农场建场初期，使用农业机械大面积开荒

一直眷恋着黄河农场、眷恋着农垦事业的慕思荣，强烈要求再调回黄河农场工作。

1966 年 1 月，慕思荣带着妻子、儿子和年迈的父亲重回黄河农场，立志要把黄河农场建设成为黄河尾闾的经济中心、文化中心，在黄河农场搞"海陆空"立体化养殖，梦想把孤岛建设成为"鲁北的江南"。

慕思荣的重新回归，让黄河农场迎来了又一次快速发展。

黄河农场紧邻黄河，却面临"守着黄河无法下种"的尴尬局面。慕思荣带领全体职工及家属和周边几十个村的群众，在黄河南岸开始了几千人的大会战，赶在 5 月份前，完成一座引黄闸、22.5 公里引黄渠以及几个过路桥、涵、闸的全线竣工。他们把黄河水引到地里，也输送给周边村庄，让周边村庄群众都能喝上水、浇上地。

经过十年的发展，黄河农场已经建成了黄牛养殖基地和肉类生产基地。

黄河农场里，瓜果飘香，牛羊成群——果园里，天津水蜜桃、印度苹果、马奶子葡萄、无核葡萄等水果品种多样；畜牧连里，阿尔登马、伊犁马、蒙古马、鲁西大黄牛、考力代羊等牲畜膘肥体壮；工副业方面，糖厂、酿酒厂、面粉加工厂办得红红火火，就地取材制成的柳编、蒲编、柳条包、蒲草鞋、蒲草包、席子等手工制品远销到济南、青岛等城市。

黄河农场还建起了科研所，不断进行良种试种，推广应用新品种，划出专门地块试种水稻。

稻子成熟了，周围的群众从来没见过，黄河农场安排职工给周边农户送去一些，让没吃过大米的他们尝尝鲜。并告诉他们，哪个村若愿意种水稻，他们会全力以赴提供帮助。在他们的影响下，新安乡开始了最初的水稻试种。

黄河农场还从淄博供电局电网引线输电，建起了1座35KV变电站。1971年3月，变电设备及全场75.5公里高压线路进入实质性安装阶段。1972年7月15日，黄河变电站一次试行成功，为农场带来一片光明，也实现了向各分场及有关单位送电，结束了长达16年的柴油机发电历史。从此，黄河农场实现了电气化。

随着电气化的实现，黄河农场水利排灌设施有了较大改善，工副业生产能力得到提高，农场职工生活质量迅速提升。黄河农场变电站不仅满足了内部供电，而且给周边的新安、建林、西宋、下镇以及垦利县养虾场的住户提供了用电便利，电网覆盖到35个行政村1954户，对当地经济发展和人民生活水平的提高起到了积极的促进作用。

1968年12月21日，山东省革委会决定，黄河农场移交济南市管理，定名为"济南市五七黄河农场"。年底，5000余名济南知青陆续进场。

1969年1月10日，济南九中的孔慧云和同学们一起义无反顾地踏上了去往黄河农场的路，从此，一段青春苦旅便开始启程。

淅淅沥沥的小雨，在寒风的裹挟下扑头上脸，让人感到透心的凉，但这丝毫没有影响到孔慧云和同学们的满腔豪情。

济南市调动了几十辆大客车，为知青们送行。

再见了，济南！再见了，亲人们！

孔慧云回忆道，当时的心情既激动又不安。激动的是她终于奔向广阔天地，终于走上了光明的路；不安的则是她不知道未来会是什么样子，心中一片茫然。

过了辛店，天空飘起了雪花，大地变成了白茫茫的一片。客车开始喘着粗气，小心翼翼地蠕行。

300多公里的路，汽车跑了整整一天。

大雪覆盖下的孤岛，银装素裹，遮住了昔日的荒凉。

孔慧云被分配到了黄河农场一分场一队，后来兵团时期改为1师1团1营1连。

在那些个湿漉漉的日子里，孔慧云和所有的知青一样，苦心志，劳筋骨，完成了一个城市青年到下乡知青的转变。这是质的蜕变，是淬火重生。三年之后，孔慧云因为表现突出，被推荐到济南师范学院读书，毕业后分配到中学当老师，后来又完成了山东师范大学汉语言文学专业的学习，1994年到北京大学做访问学者，现在是济南大学古典文学专业副教授。

1969年1月18日，是孟建新永生难忘的日子。

那天正是他16岁的生日，也是他告别济南，奔赴黄河农场的日子。这个不同寻常的早晨，天阴得特别厉害，雾蒙蒙的天空低垂欲坠，空气都像结了冰。

济南实验中学的操场上，挤满了送行的人群，即将远行的知青在和家人、同学一一告别。

孟建新提着柳条箱子，第一个上了车。他不需要告别，因为他的父母还在省监狱关押着。

从报名下乡到出发，孟建新的心情一直很沉重。

出发前一天，他去了父母劳动改造的地方——省监狱，去和爸妈告别。当他看到正在拉石料的父亲，禁不住掉下泪了。父亲一直是他和妹妹的骄傲，抗日战争时期就在冀鲁边区做保卫工作,解放后成了省公安厅的主要领导。想不到一夜之间,爸爸成了"走资派",这给孟建新洁白无瑕的心灵蒙上了阴影。

临别前,扫雪归来的妈妈叮嘱建新:"建新,你是个坚强的孩子,爸妈对党绝对忠诚,从来没有被俘过,也没有脱离队伍,政治上没有问题。相信党,我们一定会被解放的。"

妈妈的话,像一缕春风,刮走了压在孟建新心头的乌云,他突然感到了人生有了期许和奔头。

一夜未眠,孟建新早早检查行李,没忍心叫醒熟睡的两个妹妹,留了张纸条,就自己去了学校。

再见了,济南!再见了,爸爸、妈妈!

孟建新回忆说,汽车开动的刹那间,突然有种悲壮的感觉涌上心头。他和所有的知青一样,不知道等待他的将是什么。

汽车一路东行,过了广饶县城,越走越荒凉,白花花的盐碱地矗立着一个又一个的石油井架子,树木很少,田野里光秃秃的,只有风在不停地吼叫。到了!到了!傍晚,颠簸了一天的孟建新终于到了黄河农场二分场。

稀疏的星光下,几排低矮的平房显得粗糙不堪,整个旷野漆黑一片。

汽车停下来,几个干部模样的人很亲切地向他们打着招呼,孟建新被领进了一间土坯屋。没有床,地上铺着麦秸,麦秸上面是苇席,由于夏天返潮,麦秸早就发霉了,散发着怪味道。时值寒冬腊月,没有炉子,屋里子冷得很,擦过脸的毛巾,不一会儿就冻得梆硬。

四个人一间屋,其中有徐建洲、郝成达,这俩人都是孟建新的同班同学,是乘坐同一辆汽车来的知青。在车上,彼此之间并没有表示出过多的亲密。在学校,他们分别属于不同的红卫兵派别,从小建立起来的亲密关系因为路线不同而有了间隙。徐建洲的父亲是国内有名的邮电专家教授,很早就被戴上了"反动学术权威"的帽子,很多同学和徐建洲主动划清了界限。后来孟建新的爸爸成了省公安厅的"走资派",孟建新也尝到了被冷落的滋味。

晚上,在昏暗的油灯下,四个人各自吃着从家带来的干粮。上车前,孟建新买了五个烧饼,路上吃了三个半,剩下的,三两口就填到肚子里去了。徐建洲见状，立即从包里拿出了一个夹着几片香肠的烧饼递给孟建新，说："我姥姥做的，快吃吧！"

没有停课前，孟建新去过很多次徐建洲的家，他俩是非常要好的小伙伴。徐建洲有个非常慈祥的姥姥，每次去，徐建洲的姥姥都拿好吃的招待孟建新。

真香！

这个烧饼，在遥远的大孤岛，在下乡的第一个夜晚，让小伙伴们重新亲密起来。一直到后来，徐建洲成了国家邮政局的党组成员、副局长之后，他们也保持着密切的联系。

济南实验中学、六中、十六中、二十中、二十三中、二十七中、三十一中、三十三中、三十五中、四十七中、四十八中、五十中等中学的 1026 名同学，同一天来到黄河农场。

刘兆伦是第一批到达黄河农场的济南知青，那个日子像是刻在他脑子里一样清晰：1968 年 12 月 20 日。

刘兆伦是从铁路中学毕业的高中生，这在下乡的知青中算是凤毛麟角。他和他的同学们都被分到了黄河农场第五分场，要走黄河大坝。刘兆伦现在回忆起当时去第五分场的情景依然心有余悸。

那一天正巧赶上下大雪，汽车在黄河大坝上像蜗牛一样慢慢往前蠕行，到处是白茫茫的一片，分不清哪里是大坝，哪里是沟渠，一不小心就有滑下大坝的危险。同学们都紧张地抓着座椅的扶手不敢动弹。车外冰天雪地，寒气逼人。裹着厚厚的棉衣依然无法抵御寒风的侵蚀，大家的心情和天气一样越发沉重，出发时的热情一下子降到了冰点。所谓的黄河农场不过是苍茫荒原上几排零星的小平房。

老天好像故意考验他们一样，一下车，凛冽的寒风夹着鹅毛般的雪花迎面抽打过来，好像刀割针扎，吹得人站都站不住。他们这些从小生活在省城的孩子们哪里见过这样的天气。看着眼前这大雪覆盖的荒野，有的同学说啥也不下车，非要闹着跟车返回，农场干部好说歹说才将他们挽留了下来。

百十个人一个连队，集中住在五排土坯房子里。睡的是用麦秸打成的地铺，十几个人席地而卧。屋外滴水成冰，零下十几度。没有火炉取暖，没有热水洗漱，牙膏都冻得挤不出来，早晨起来眉毛都结了霜，就像是住进了冰窖。

朱红培是1969年2月3日离开济南到达黄河农场南林站的。

那天早上，她兴致勃勃地起了床，母亲已经包好了水饺，她大口吃着，一抬头却发现母亲在抹泪，姐姐哽咽到一句话都说不出来。朱红培催促着姐姐说："快走吧，别迟到了。"她们刚迈出屋门，就听到身后母亲的哭声，父亲紧追几步站在门口和她摆摆手，眼睛红红的没有说一句话。姐姐把她送上了车，不停地挥着手，两行热泪像断了线的珠子。

一路颠簸，一路欢歌。一路尘土，一路激情。坑坑洼洼的路面，把知青们的骨架都差点颠散了，把他们的兴致都颠没了。车大约行驶了7、8个小时后上了大坝，下坝不远，目的地就到了。"这就是广阔的天地呀？这里哪有遍地牛羊呀？"朱红培在自言自语。

低矮的土坯房，窄小的窗户。不知谁说了一句："这是劳改犯住的房子。"

真的，大家真的看到了一个劳改犯从一所低矮的小房中走出来，大家紧张起来，工宣队的一位师傅说道："没事，你们不要怕。"顿时，稚气未脱的男男女女，装着满腔报国之情的知识青年傻了眼。简单吃了晚饭，各自走进了低矮的宿舍，小小的煤油灯发出微弱光亮。大家你看我、我看你，谁也不愿说一句话。不知谁说了一句："我们一起哭吧！"话音刚落，全宿舍的人全部放声大哭起来。离家时一滴眼泪都没有掉的朱红培也哭了。

是委屈，还是后悔，是害怕，还是茫然？朱红培坐在背包上过了一个不眠之夜。

牛玉华是1969年1月10日离开济南的，说起当年的情景，她依然历历在目。

吃过早饭，母亲用大金鹿牌自行车驮着柳条箱子，牛玉华背着装有毛主席语录的绿色小挎包，扶着箱子来到了学校——济南一中。

"广阔天地，大有作为""我们也有两只手，不在城里吃闲饭"等标语挂满了校门口，操场上挤满了下乡的学生和送行的家长。

也许是因为年龄太小，也许是心中的火苗正旺。牛玉华没有激动和不舍，感觉这就像是一次假期旅行，没有多久就会回来。她被安排坐进了一辆客车靠窗户的位置，当汽车开动，就要驶出校门的时候，她看到挤在人群中的母亲正微笑着朝自己招手，突然觉得母亲好孤独，牛玉华不由得眼泪夺眶而出。

一路上，牛玉华反复想象着黄河农场的模样，心里无数次告诉自己一定好好工作，贡献力量，尽管路途遥远，她心已经到达。车厢里非常安静，大家都沉浸在自己的感情世界里，没有人去打扰别人。中午时分，汽车拐进辛店长途汽车站，稍作休息后汽车调转方向向北驶去。

当眼前出现了"磕头虫"似的抽油机时，有人说这里是九二三厂（胜利油田），感觉农场快要到了，大家的心情一下子激动起来，不停地朝窗外寻觅着想象中的农场。不一会儿汽车驶入土路便开始颠簸起来，前面的车驶过，卷起一路尘埃，不等尘埃落定，后面的车又钻进了沙尘。

白花花的盐碱地一望无际，稀疏的碱蓬草和枯黄的芦苇在寒风中瑟瑟发抖，天地相连，阴沉沉的，一晃而过的没有院墙的小土屋三三两两，沉默守望着辽阔的大荒原。

大约快天黑的时候，汽车在一个土坝围成的大院子里停下。牛玉华赶紧朝窗外望去，只见漫天飞舞的雪花中站着几个农村人模样的中年人正仰着脸微笑着朝车上张望，他们身后有几个很大的柴火垛和一排矮小的土屋。

牛玉华意识到三分场到了，大家在不安中陆续下车，看着眼前的一切，莫名的恐惧袭上心头，脑子里一片空白。有人招呼大家在卡车上辨认自己的行李，也有农场的人帮知青们搬运行李。

突然有人放声大哭起来，按着自己的箱子不让搬，哭着要跟汽车返回济南。紧接着低声抽泣声连成一片。

牛玉华被分到了一连三排七班。她和十几个同学，被人领进土屋后面一排破瓦房最东头的一间。房间很大，墙皮几乎全部脱落，露出的墙壁像锅底一样黑，屋里很暗，只有一面墙上有两个小窗户，窗户很小，玻璃差不多掉光了，不断有雪花飘进屋内。地上铺着厚厚的麦秸，这是为她们准备的地铺。大家互相帮忙把箱子搁在地铺的两边，用砖头垫一下当桌子用，各自取出自己的被褥，先铺上塑料布再铺上褥子和床单，十几个人一溜排开。每人只有一床褥子的面积，仅够一人睡觉。

天全黑了，外面不时传来嘈杂的声响，不断有人从门外走过，是来自其他学校的知青陆续到达。虽然条件简陋，但是人多热闹，大家都会感到新鲜好奇，也顾不上想家。吃过晚饭，大家坐在自己的"地盘"上做自我介绍。牛玉华对面地铺上是学校高中二年级的张心、冯玉梅、陈平、杨玉华几个大姐姐，她们都是济南一中的优秀学生。那个时候，大一点的男生女生都会照顾小一点的同学。大姐姐们把南面朝阳的地方让给牛玉华等几个初一的小妹妹，自己睡在阴冷的北面，然后用暖水瓶打来热水招呼她们一起洗漱，张心大姐吹起了悠扬的笛子，大家感到好温暖。灯灭了，她们挨肩躺下，虽是天寒地冻，偶尔有雪花落在脸上，但大家挤在一起倒也暖和。

在黄河农场的新生活就这样开始了。从那一刻起，她们这些往日的同学便成了同一个战壕的战友，她们将在这里共同奏响青春岁月的和弦。

1974年11月，山东省委、济南军区决定撤销山东生产建设兵团。

1975年1月，黄河农场按属地划归山东省惠民地区管理，定名为"山东省惠民地区国营黄河农场"。

黄河农场职工晒粮

1977年，惠民地区在黄河农场原兵团师部驻地成立惠民地区五七干校。1980年6月，惠民地区五七干校撤销，黄河农场总场迁往惠民地区五七干校校址。

1983年10月15日，东营市成立，黄河农场归东营市管理，定名为"国营黄河农场"。1984年4月，东营市人民政府决定从黄河农场划出第四分场移交东营市司法局管理，组建东营市青坨劳改支队。

日月更迭，时代前行。从艰苦奋斗的年月里走来的黄河农场，在新时代负重前行。

1994年8月，经黄河农场职代会三届十次代表团长会议审议通过，实施公司体制改革，保留原场名，成立"东营市黄河农工商实业总公司"，实行一套班子，挂两个牌子，黄河农场名称继续保留。1997年2月，黄河农场取消内部公司制机构，恢复农场原机构。

2003年10月，黄河农场辖区内14公里防潮坝受到风暴潮侵袭，四处决口，造成黄河农场大面积浸水，直接损失高达167万元，让黄河农场陷入摇摇欲坠的境地。但黄河农场人不怕输、不服输的个性，依然支撑着他们在当年完成了3000亩速生林建设工程，还为一分场、二分场、四分场、科研站通上了柏油路。到了2005年，黄河农场终于扭转了连续多年亏损经营的状况，实现了财务收支略有盈余。

2010年12月，黄河农场和东营市畜禽良种场改革合并，组建成立东营市现代畜牧业示范区。

这是东营市委、市政府为适应"黄蓝"经济区建设需要的创新之举，创新的东营市现代畜牧业示范区，享有规划建设、土地管理、财政税收等经济和社会事务管理职能，实行计划单列，建立相对独立的一级财政体制。

2011年8月，示范区经山东省畜牧兽医局批复为省级现代畜牧业示范区，成为全国唯一具有完整行政建制的畜牧业示范区。

如今，东营市现代畜牧业示范区是一座集农业生产、民生建设为一体的综合服务区，建成了现代畜牧产业园、新兴低碳产业园、现代农业产业园、现代物流产业园等现代化产业园。

东营市现代畜牧产业园将充分发挥示范区土地资源优势，规划现代化牧草供应区、生态畜牧养殖区和农牧产品深加工区。重点布局饲草种植、工厂化养殖、良种繁育推广、创汇畜业、畜产品加工、食品加工、畜成品仓储项目，建设全国一流的现代畜牧产业示范区；新兴低碳产业园，重点布局低碳产业、生物质能源、现代服务业项目，招引新兴工业企业，培育一批拥有自主知识产权的创新型中小企业，形成产业集聚度高、核心竞争力强、专业化分工特色明显的新兴低碳产业园；现代农业产业园重点规划了现代种业产业和现代渔业产业园，重点布局良种研发、设施农业、有机果蔬、种苗花卉、现代渔业项目，建设生态防护长廊，打造集农业新技术研发、推广、应用，特色水产品培育、养殖、加工及生态防护、休闲观光于一体的高效生态农业园；现代物流产业园将依托新博公路、环渤海高等级公路，围绕农牧深加工产品、新兴工业产品、特色水产品、花卉果蔬等仓储、流通的需要，建设多层次、开放式、社会化的物流体系，打造"黄蓝"经济区现代化仓储物流园。

六十多年前荒凉的黄河入海之地，如今新时代的现代畜牧业示范区，正在以能源清洁化、建筑绿色化、社区园林化、服务社会化、管理信息化为方向，打造集生态宜居、行政办公、科技教育、休闲度假、文化娱乐、展会交流于一体的生态小城镇。

兵团时代

在黄河口镇转一转，就能看到不少具有年代感的建筑。有些建筑物的外墙，虽然经历了岁月的风侵雨蚀，仍能隐隐看到"备战防边，生产建设"的字迹。这是一个特定时代的遗存，翻阅这段历史的履痕，"山东生产建设兵团"清晰可见。

1968年底，首批济南知青响应号召，离开城市，来到偏僻的黄河农场。自1968年12月至1969年2月，济南知青分五批进场，共4311人。

1970年3月，经国务院、中央军委批准，由济南军区组建"山东生产建设兵团"，黄河农场为一师一团。

山东生产建设兵团成立后，全省数万名城镇知识青年积极响应党的号召，报名加入建设兵团。

从1970年到1974年，山东生产建设兵团多次招收兵团战士，最多时达2.7万余人。兵团战士把"备战防边，生产建设"作为努力的目标，开始了军事训练与饲养牲畜、护林种田相结合的备战岁月。

从此，在建设兵团的岁月，成为一群热血青年一段难忘的经历，成为他们峥嵘岁月里与青春有关的不可磨灭的回忆。

岁月流逝，回首往事，触摸历史，青春依旧鲜活如初。

山东生产建设兵团第一师师部驻垦利县黄河农场，下辖4个团；第二师师部驻淄博，下辖6个团；第三师师部驻滕县，下辖4个团。

山东生产建设兵团建制归济南军区，党政、军事行政和现役军人的后勤供应由山东省军区负责，工农业生产规划、基本建设投资、地方干部经费、物资供应等统一纳入山东省革命委员会生产指挥部的计划。

山东生产建设兵团第一师师长肖友良，政治委员古稀年（兼）、史坦（未到职），副师长高西浩、刘遥策、陈刚林、慕思荣，副政治委员郝瑞、孙哲民，参谋长殷占惟，政治部主任王长水。

第一师是农业师，下设4个团，1个独立营。

黄河农场改编为中国人民解放军济南军区山东生产建设兵团一师一团；七分场（原渤海农场）划为一师二团；广北农场成为一师三团；清水泊农场是一师四团。

1970年成立山东生产建设兵团一师一团临时党委，按军队编制下设司令部、政治处、后勤处，各分场改编为营，各队改编为连；成立山东生产建设兵团一师一团糖酒厂，为一团直属。

黄河农场七分场改编为一师二团，东工地为二团一营，原七分场一队改编为二团二营，二队改编成二团三营。二团团长闫福喜、政委倪增印都是来自67军201师的团级干部。

广北农场改编为一师三团，1970年3月，济南军区以炮8师为主抽调110名现役军人进驻广北农场，分别担任了团营连主要领导。

按军队编制改广北农场分场为营，生产队为连。广北农场下辖3个营、28个连队，其中牧业连1个，工副业连4个，渔业连1个。

兵团成立后，一师一团设5个营及直属连，共计36个连、129个排，团部、营部设小学、卫生队（所）。

一营下辖5个连、16个排：一连、二连、机务连、畜牧连、营直属、家属连、学校。

二营下辖8个连、26个排：一连、二连、三连、四连、五连、机务连、畜牧连、营直属、家属连、卫生所、学校。

三营下辖8个连、25个排：二连、三连、四连、五连、六连、机务连、畜牧连、营直属、家属连、卫生所、学校。

四营下辖7个连、26个排：一连、二连、三连、四连、机务连、畜牧连、营直属、家属连、卫生所、学校。

五营下辖6个连、17个排：二连、三连、五连、机务连、畜牧连、营直属、家属连、卫生所、学校。

团直属下辖2个连、6个排：科研连、运输连、卫生所、中小学、变电站。

山东生产建设兵团第一师第一团由周伯任团长；由葛子勇担任政治委员。其他团党委成员有副政委王震球、副团长吴秉勋、黄云祥、胡金义、祝家贵。

走过了孤岛大地的四季风雨，经历了一年知青生活的磨砺，在革命理想高于天的精神鼓舞下，知青们用信念和意志支撑着自己的天空。

他们长高了、变壮了。

他们不再柔弱、不再恐慌、不再徘徊，身体的耐受力增加了，思想的承受力增强了，在黄河口这块新中国最年轻的土地上，他们似乎嗅到了春天的芬芳。

1970年，"五一"刚过，大孤岛绿洲滴翠，槐花飘香。

黄河农场三分场全体职工，聚集在场部小广场欢天喜地，载歌载舞，他们在等待那个庄严时刻的到来，他们期待即将到来的兵团生活。

知青王红岩站在凳子上，嘹亮高亢地领唱"一声春雷震四海，特大的喜讯传下来"，大家群情激昂地合唱"热血沸腾，心花怒放，热烈欢迎亲人解放军进场来……"

在激情飞扬的歌声中，知青们迎来了知青生涯的新时代。

牛玉华所在的队改名三营一连七班，至此知青们又有了第二个共同的名字——"兵团战士"。

李岐珊连长、李敬光指导员带着行李来到了一连，和知青们同吃、同住、同劳动。李连长对知青像父亲又像兄长，和蔼中带着威严。知青们有了温暖如春的感觉，知青们期待着生活将要发生的变化。两个副连长是知青，叫颜景祯、丁安宁，连部还配备了聪明能干、热情勤快的知青殷枫做文书，大家很快过上了似解放军又不是解放军的连队生活。

要发军装了，大家喜出望外。经过耐心地等待，衣服终于发下来了，捧在手里左看右看不像军装，黄不黄、绿不绿的，不是大家期盼的国防绿军装，而是"菠菜绿"兵团服，这让知青们有些失落。

紧接着连队要求大家统一着装，集合、开会、出工、整齐划一，人也觉得精神了许多，大家的失落感很快便烟消云散了。

年龄小一点的知青不由自主地产生了对未来生活美好的期待，年龄稍大一点的知青则增加了一丝惆怅，隐约感觉到前途的渺茫：兵团战士是不是意味着身份转换了，只能永远扎根兵团了？

连里配备了枪支，进行射击培训，每人配三颗子弹。一次打靶结束后，全连召开了总结大会。那天大家坐在抗大礼堂西侧的草地上，分别由射击成绩优秀的战士谈体会。

牛玉华打了27环，也算取得了比较好的成绩，当点名让她发言时，她却一下子蒙了，牛玉华便不假思索地顺着前面的发言说："瞄准的时候我把靶心当成了敌人。"其实，牛玉华当时什么都没有想，只是在学校参加过射击队，有过打靶的经历而已。

连队开始跑操了。早上天刚蒙蒙亮，营部高高的木杆上的喇叭就响起了起床号，大家从睡梦中惊醒，快速起床穿衣，以排为单位排好队，然后以连为单位在场院里集合。连长吹着哨子，喊着"一二一"，他们迈着整齐的步子，喊着震天的口号，跑得浑身冒着热气，女生经常会跑得披头散发。跑操结束后只有很短的时间洗漱，每天上厕所都要排很长的队，时常那边厕所里还在排队，这边已经有值日生把早饭打回到宿舍；早饭后有人还未来得及刷碗，连里的出工哨就响了。

兵团战士们举着红旗、扛着工具，排着队，迎着朝阳出工了。

"向前！向前！向前！我们的队伍向太阳，脚踏着祖国的大地，背负着民族的期望……"，歌声一起，兵团战士们就会热血沸腾，浑身充满了力量，那就是他们的精神支柱，力量的源泉。

收工的时候虽然已是精疲力竭，但也定会强打精神排着队。当看到晚霞中迎风招展的红旗，看到霞光映照着战友们满是汗渍黝黑的脸庞，看到大家尽管身上粘着泥土但依然飒爽的身姿，大家就会忘掉一天的疲劳，齐声唱着"日落西山红霞飞"或"西边的太阳快要落山了"，满怀喜悦返回营房。

卢青说，那时候每当他一个人又困又乏又寂寞地赶着马车回来，快到营部的时候，远远看到路上有飘扬的红旗，就知道遇上战友们收工了，便会一下子精神抖擞起来，立马挥动马鞭来一个响鞭，让马车在"叮当叮当"的铃声中从队伍旁奔驰而过。当在余光里看到战友们齐刷刷羡慕的目光时，那感觉好极了，他感觉到自己身上所有的疲倦便消失了。

连队规定了定期的班、排、连点名会，每天晚上便以班为单位召开班会进行劳动总结，对白天干在前面的先进战士提出表扬，落在后面的要做自我批评。为了不在班会上难堪，大家干活的时候总是拼尽全力。有一次，排里召开点名会，牛玉华由于连续两天没有及时起床，影响了排里的集合，受到了排长的点名批评。当时牛玉华感到很自责也很丢人，但是从那以后再也没有发生听不到起床号的情况了。

每当有了突击性的劳动任务，连队都要召开誓师大会，决心书、倡议书、挑战书响彻云霄，"一不怕苦，二不怕累""小车不倒只管推"等都是他们的豪言壮语。

农场转为兵团后，战士们政治上开始积极要求进步，连队经常上党课，开展"谈心"和"一帮一、一对红"活动，一批批表现突出的战士相继入团。在抗大礼堂里，誓师大会、歌咏比赛、文艺演出热烈激昂。连队生活质量得到了改善，大家吃上了自己种植的大米和自己饲养的猪肉，每人每月还有18元的生活津贴，可以满足日常生活所需，好多战友把节省下来的钱寄回家。大家按照"团结、紧张、严肃、活泼"八字工作作风规范自己，用"三大纪律，八项注意"约束自己，尽管穿的不是军装，尽管没戴帽徽领章，尽管手里握的不是武器，却是按照解放军的作风和纪律约束自己。连长、指导员把部队的好作风带到连队，连队完全处于半军事化的管理之中。

后来，青岛、淄博的知青也来了，一批职工子女也加入兵团战士的行列，队伍不断壮大，战斗力不断增强，至1972年前后，兵团进入鼎盛时期。

兵团战士开启了全新的生活模式。

罗家屋子，一个地图上几乎找不到的地方，在山东生产建设兵团第一师一团、二团战友们的心里，是情感和精神的地标。他们为之思、为之痛、为之魂牵梦萦、为之长叹唏嘘。

一百多年来，黄河口那不断增长的新淤地，为灾民提供了一线生机。

寻一方肥庾之地，就地垒坯搭一处柳、杨为檩、苇草盖顶的简易房，于是，在那野柳、芦苇掩映下，被当地人叫作"屋子"的土坯房点缀在这茫茫荒原之中，风翻芦花，屋子若隐若现，朦朦胧胧，倒也增加了几分神秘感。

很简单，屋子的主人姓啥，这个屋子就叫什么屋子。

以此类推，当年罗家屋子的主人肯定姓罗了，据说他是渤海农场的勘测创始人。中华人民共和国成立后，黄河尾闾两次大的人工改道皆源于此地。黄河的最后一个水文站也曾在罗家屋子度过三年时光。

1964年1月1日，黄河口气温骤降，冰凌拥塞，大孤岛的2000多名群众被冰凌围困，生命危在旦夕。经水利部、山东省委批准，决定在罗家屋子破坝分水。自此，黄河在罗家屋子，突然拐了"S"弯，一头扎向西北，由洼拉沟，经刁口河流入大海。

原本在黄河北岸的罗家屋子一下子来到了黄河的东岸。

罗家屋子之所以在知青心中如此的神圣，是因为这在当时是农场最艰苦、最偏远的地方，劳改犯都不愿意去。但是兵团战士在这个几乎与世隔绝的土坝上，点着煤油灯，喝着黄河水，挖渠，种树，修水库，盖营房——硬是把罗家屋子的8000亩滩地开垦成肥沃的良田。

从这里，走出了党的十大代表杨春明和兵团硬汉王鲁岩，他们的故事至今仍然广为流传。

春节过后，工宣队换成了军宣队。不久，二分场的知青进行了"工作分配"。

王鲁岩本来不在调动之列，但他坚决要求到最艰苦的罗家屋子去锻炼自己，军宣队满足了他的要求。

其实，分配之前，王鲁岩已经在罗家屋子干了三个月。他是和开拖拉机的师傅一起去的，大坝上那间破旧的房子，他和司机师傅一住就是三个月，8000余亩滩地在日夜不停的耕耘下散发出了诱人的芳香，王鲁岩一下子爱上了这片土地，从此他的心就被牢牢地拴在了这里。

1970年3月31日，朱红培等28名女知青从黄河农场南林站调到罗家屋子，从此罗家屋子有了姑娘们的笑声。

1970 年 4 月 1 日，从黄河农场一分场调来 22 名职工。

1970 年 6 月 23 日，济南又来了 40 名男女青年。当时正值麦收期间，十几岁的少年，放下背包第二天就下了大田，到了场院。割麦、装包，说干就干，盖房屋垒猪圈，苦活累活，样样都干。

这个时候的罗家屋子正好有 100 名知青，恰好是 50 名"童男"50 名"童女"，后来这里面还真组成了十多对夫妻，其中就有王鲁岩和宋英娜。

当年的罗家屋子，蓬蒿遍地，一片凄凉，坝下只有屈指可数的几间房屋，后来是知青们一砖一瓦，女生和泥、男生垒砖，自己动手建起一间间房屋。

1970 年 12 月 26 日，从青岛来的战士加入兵团。当时正是数九寒天，北风呼啸，雪花打在脸上，像刀割一般。他们没有半刻停歇，而是立即投入到了轰轰烈烈的水利会战。

1971 年 3 月 30 日，来自博山的战士到达了罗家屋子，其中就有高岩和宋英娜，高岩现在是黄河战友艺术团的摄影师，每次战友活动，她都是热心地跑前跑后，照相存照。宋英娜后来成了王鲁岩的妻子。

1972 年 7 月 4 日，自博山来的第二批战士来到罗家屋子，他们个个稚气未脱，但在劳动的第一线却表现得勇往直前。他们年龄小、个子矮，但干起活来，像猛虎下山一般，推独轮车的娴熟技艺，实在让人赞叹！

不管是来自济南、青岛，还是博山，不管来到罗家屋子的时间长短，他们在这片土地上都流过汗、流过泪、流过血。同吃、同住、同劳动，彼此结下了深厚的友情，这情意像涓涓细流，滋润着八千亩大田。从此他们兄弟情义长，从此她们姐妹感情深。黄河发水舍身堵，下雨抱着被褥奔场院。麦场上 180 斤的大包抓起来就扛上肩，挖起沟来大家是抢着干。水渠挖了一条又一条，手上的血泡一串又一串。寒冬腊月，天寒地冻，战友们却大汗淋漓，汗水湿透衣衫。

罗家屋子当年人数最多的时候达到 460 人，有一连、二连和机务连。

当时，罗家屋子的领导是郭元和赵鹏远，司务长是季广森，统计是王振乾。

后来改为二团二营的时候，营长是崔永昌，教导员是那显明，一连连长是王开忠，指导员是袁世清；二连连长是赵景河，指导员是易孝祥。

在董建国的记忆里，他们当年点的是煤油灯、住的土坯房、喝的黄河水、吃的自种粮，苦干六年半，这里变了样。种了绿化带、挖了蓄水塘、修了排碱沟、建了篮球场、起了新猪圈、盖了新营房。

兵团的进驻，为农场增加了朝气，给农场带来了巨大变化。"广阔天地大有作为"，兵团战士满怀以苦为荣、以苦为乐的革命乐观主义精神，奏响了战天斗地、励精图治的凯歌。

1971年底，随着黄河口冬季彻底来临，一年一度的水利会战也打响了。"全团统一行动，挖一条又长又宽的排水沟，直通向海边！"接到命令后，兵团战士们迅速向水利会战工地集结，集体住进一个离工地最近的连队里。草房里挤进了一大批战士，其他的只能住马厩、牛棚，有些战士在地上铺上干草，就做成了软乎乎的"大通铺"。

天刚蒙蒙亮，战士们就抬着沾着冻得硬邦邦淤泥的大筐，步行十余里路到达工地。近海淤地全是又湿又重的淤泥沙，需要在这里挖出深深的沟，培出高高的堤沿。男女战士搭伙分组，男战士装筐，女战士抬筐。锃亮的三棱锨深深地扎进湿土，用力一压锨把，锨头就掘起淤泥，再重重地扔到女战士面前的荆条筐里。为了少跑路，女战士们要求把筐装得满满的，一筐得有二百多斤，两位女战士合力抬起土筐，脚底下就像踩着棉花，歪歪斜斜地向前行进。为了提高劳动效率，女战士们发明了"四人抬三筐"的办法，大家伙儿憋足了劲儿，来来往往，不吝气力。沟越挖越深，坡越筑越陡，战士们艰难地在又滑又陡的沟坡上来回穿行，在劳动竞赛的号子声里互不服输。一天下来，衣服吸了汗水在寒风里冻得硬邦邦，手和脚上总会添几个新的血泡，肩膀也磨破了皮。晚上回到住处，把血泡戳破，第二天再战工地。往往是旧泡未好，新泡又添，一个血泡加一个血泡，都来不及结痂。一个冬天下来，原本软嫩的肩膀也磨得坚硬粗粝。天气寒冷，战士们在野外奋战，手上、脚上和脸上都起了冻疮。回到住处，温度略微暖一点，又大又痛的冻疮就奇痒无比，忍耐不住就挠，直到挠出脓水。

冬天的雨雪，不知何时就会到访。一个午后，战士们正在西北风里热火朝天地劳动，突然，狂风夹杂着雨雪劈头盖脸地打下来了。

20世纪70年代，山东生产建设兵团一师一团一营一连女战士正意气风发地走在上工的路上

"战雨雪，保工期！"队伍里喊出了响亮的口号。雨雪和着泥水，在寒风里结下薄薄的冰碴，路又黏又滑。战士们迎风冒雪，一步一滑地在泥泞的雪地里前进。有的鞋被泥水粘掉了，就穿上继续干。一位女战士为了干活利索，索性把鞋一脱，赤着双脚干起来。一会儿工夫，双脚就又红又肿，却仍然不顾战友们的劝阻，颤巍巍地行走在泥雪地上。老连长有经验，让人找来一些草绳绑到鞋上，鞋也不掉了，也感觉不到滑了。女战士一看此举可行，才简单地擦一擦冻僵了的双脚，重新穿上了鞋袜，投身到好似永不停歇的劳动队伍里。

排水沟终于竣工了！看着又宽又长、笔笔直直的排水沟，战士们扔掉铁锹、竹筐，兴奋得大声喊叫，整个旷野回荡着他们的欢呼声。

兵团战士们的青春与汗水，荒原会铭记、黄河口会铭记。

短短几年时间，兵团战士开挖沟渠、修造条田、平整土地、营造林网，先后建起强排站、扬水站，配套沟渠52条。时光虽已久远，一组组数字却记录着兵团战士在黄河入海之地洒下的汗水、付出的青春。

1970年，新建东南干排4500余米，总出土量42500余立方米，解决了四场、五场1.2万亩土地的排水问题。各营、连共开挖蓄水池20个，出土量11万立方米，蓄水22万立方米，基本解决了人畜用水的需求。

1971年，三干沟清淤9650米，总出土量2.23万立方米，解决了农场和周边乡镇村庄的排水问题。引黄清淤总出土量10万多立方米。

1972年，东南干排加固防潮坝1800米，动用土方7.5万立方米，防止了海潮的入侵。

1973年，在防潮闸北侧建强排站1座，解决了遇涝排水难的困扰。

兵团时期，水利建设共搬动土方310.7万立方米。

兵团战士用铁锹、土筐疏浚了河流，抬平了条田，筑起了大坝，让农田实现了林、田、路、沟、渠一体化，生产粮食76066吨、油料318.25吨、棉花42284担、水果1684.25吨，向国家交售肥猪11134头、蜂蜜18725公斤。创造了累计工农业总值1753.56万元的丰硕成果。

黄河口夏日的风，一夜就吹熟了黄河农场成方连片的小麦，一年里最紧要的抢收时节来了。

俗话说，"三秋不如一麦忙。"农场紧临河海，麦子成熟得晚，所以开镰的时间一般要比鲁西南晚半个月左右，等到了可以开镰的时候，已经渐渐进入多雨的季节了。为了让小麦尽快颗粒归仓，知青们常常几天几夜不休息。听说有位男知青在地里连续干了三个昼夜，被替换回去休息时，竟困得倒在回宿舍的路上睡了一夜。

相对来说，农场的大型收割机械，能大大提高效率。开起联合收割机，"突突"地扫过麦田后，麦秸和麦粒就分开了，麦粒被直接运到麦场上，由战士们铺开晾晒。晒干后扬场，仿佛是女战士们的表演场。女战士手中的木锨仿佛能调八面风，木锨扬起，金色的麦粒撒出一道优美的弧线，麦糠随风吹落。扬掉麦糠后，干净的麦粒就被装进厚实的麻袋。扛麦包则是男战士们的活了，他们扛起近100公斤的麦包，跃上又高又陡的木板，把麦子归垛后，统一运送到黄河码头，装船运送进国库。一天下来，战士们感觉浑身像散了架一样，但第二天回到麦场，一个个又变得生龙活虎了。

"六月的天，小孩的脸，说变就变。"进入雨季，雨点子不定啥时候就打下来，可能中午还是晴空万里，几小时后就狂风大作，暴雨如注了。遇上这样的天气，抢收比一场战斗还激烈。好不容易雨过天晴，得重新压场后，再把麦子扛出来摊开晾晒。麦收，真有种"虎口夺食"的感觉。

与抢收几乎同期进行的，是抢种。小麦割完后，有的地要耕、要耙，有的地要拔秧、插秧、灌水，这个时候，满心满眼都是急活儿，恨不得一个人当三四个人用。

直到七月末，这场抢收、抢种的硬仗才算告一段落，可兵团战士们根本来不及休息，林场上的活儿还等着他们干呢，生产劳动之余，还要进行射击、投射手榴弹等军事训练。生产备战两不误，战士们一年到头，忙碌且充实。不过这时候，就能在晚饭后看几场电影了，《南征北战》《平原游击队》《小兵张嘎》《地道战》《地雷战》，看得人热血澎湃。电影放映队在各个村子巡回放映，周边村里的孩子们追着放映队看电影，不仅记得清楚台词，还经常在一起扮演电影中的情节，嬉笑打闹，好不热闹。

1974年11月23日，山东省委、济南军区党委批准了《撤销山东生产建设兵团交接工作方案》。

1974年12月20日，山东生产建设兵团正式撤销。根据山东省革命委员会的交接安排，从1975年1月1日起，山东生产建设兵团一师一团改为惠民地区国营黄河农场，一师二团改为惠民地区利津县国营渤海农场。

轰轰烈烈的山东生产建设兵团时代结束了，兵团战士的飒爽英姿以及他们创造的辉煌业绩，却永远载入了黄河入海口的发展和变迁史上。

1975年，山东生产建设兵团战士陆续调出。从知青进场到兵团结束，迅疾且匆忙，让不少兵团战士不知所措。他们匆匆办理了手续，奔赴下一个站台，那些苦过累过、哭过笑过的日子，也被一起带走，经历了岁月的沉淀后，又重新一遍一遍地浮现在心头，黄河农场成了他们魂牵梦萦的地方。

岁月变迁，黄河口也变了模样。新时代的气息渐渐为兵团时代蒙上一层尘雾，可一批又一批的兵团战士仍选择回来看看，看看曾经挥洒过汗水的地方，看看年轻时奋斗过的热土。

2019年3月26日，王谦华约着另外五位战友，再次来到黄河农场故地。他们走着看着，谈论着过去和现在，寻找原来在这里生活过的痕迹。

原来二营的驻地已不见踪影，现代化楼房的建设却繁忙有序，现在这里是中科院分子设计育种研究中心，为农业发展注入了科技的力量；原四营所在地青坨农场，早已没有了原来的模样，宽阔的柏油路四通八达，路两边的绿化展现出现代园林景致，黄河佳苑小区内，楼房整齐划一，小区外的超市、酒店、商铺、派出所、卫生院为居民提供了生活便利；笔直平坦的柏油路四通八达，路边点缀着黄河口大闸蟹、海参、对虾养殖场，千亩藕田可以夏有荷花、秋采莲藕，既是一道景观又是一片丰产田。

随着进一步开发建设，中科院、农科院都在这里建立了基地，许多新的农业科研项目也参与了合作，不少企业看到了商机，开始关注这片即将开垦的处女地。合着时代发展的节拍，这里还建起了国内一流的越野赛车场，建立了智慧农业硅谷项目基地，加快了正大养猪场二期工程的建设，六万亩水稻基地的产量令人瞩目。

如果说在目前建筑和景致里寻找黄河口发展历程的影子，是一次烧脑的回忆，那么，在原一师三营旧址上建成的黄河口知青小镇，就能让他们身临其境。

黄河口知青小镇浓缩了中华人民共和国成立初期军垦、农垦，20世纪六七十年代知识青年下乡以及山东生产建设兵团等不同时期的文化元素，犹如一部内涵丰富的历史巨著，百读不厌。按1:1原貌复建的"孤岛汽车站"，曾经是知青和兵团战士来到和离开黄河入海口的必经之地，故人身临此境，初到时的震惊和彷徨、离开时的不舍和留恋，又一次浮现眼前。知青博物馆、知青艺术馆、知青大食堂、怀旧民宿，破旧的军大衣，生锈的搪瓷盆、杯子，泛黄的书籍、笔记本……就像一张张现实主义的胶片，让曾经的知青和兵团战士重温半个多世纪前的风霜雨雪。在珍贵的历史照片里找寻曾经的青春，在当年的老式收割机前回想劳动的场景，石磨盘、古榆树……

修旧如旧的黄河口知青小镇，还延伸出新的时代元素，研学、写生、团建等丰富的活动项目也吸引更多年轻人来到这里，向历史眺望，向前辈致敬。

从黄河口知青小镇出发，再向东五公里，就是黄河入海口景区，大河从这里入海，进入她既定的归宿，也迎来另一个更开阔的未来……

黄河口追梦

HUANGHEKOU ZHUIMENG

【第三章】

黄龙摆尾

1855 年，黄河在铜瓦厢决口之后，弃徐淮故道北徙，再次从山东利津入海。此后，桀骜不驯的它便在黄河口地区任意行走，塑造了广袤富饶的黄河三角洲。

日积月累，沙滩不断扩张，黄河的水流被束缚住了，原本平静的入海口变得波涛汹涌。

巨大的浪花冲击着堤岸，仿佛在呼喊着黄河的不满和愤怒。黄河似乎已经感受到了危机的来临，它开始摆动起来，试图找到一条新的出口，逃离这片淤泥的囹圄。

每一次改道，在百姓的记忆中都是一次灾难。黄河的不羁一次次刺痛着这片新淤地。

"一石水而六斗沙"的黄河把入海口塑造成了世界上独一无二的堆积性河口。黄河恣意淤积、延伸、摆动、改道，信马由缰，狂放不羁。

1855 年至 1946 年，黄河入海行水 90 多年间，尾闾决口、摆动、改道竟达 50 次之多，其中黄河河口摆动幅度大的改道就有 6 次。可以说，黄河在河口地区基本上是三年两决口，十年一改道。"大孤岛，人烟少，年年洪水撵着跑。人过不停步，鸟来不搭巢。"这就是昔日黄河三角洲的真实写照。

1938 年，抗日的烽火燃烧在中国大地，为阻止日寇西侵郑州，蒋介石命令扒开郑州花园口黄河大堤，以洪水阻隔日寇。

洪水漫流，灾民遍野。直到 1947 年堵复花园口后，黄河才回归北道，自山东垦利县入海。

长途跋涉，万里归海。

中华人民共和国成立后，为保障人民群众生产生活，在遵循黄河奔流规律的基础上，实施了三次人工改道，黄河"三年两决口、十年一改道"的状况才逐渐被人为控制。至此，黄河下游治理掀开了人民治黄的新篇章。

第一次人工改道，是1953年在小口子处河道实施的人工裁弯。

1947年3月花园口堵复后，黄河复归山东入渤海，黄河仍沿神仙沟、甜水沟和宋春荣沟三股入海。

行水几年后，人们发现，宋春荣沟作为甜水沟分出的一股，在小口子附近逐步靠近，形成形似"葫芦腰"的座弯，而北面神仙沟流量日渐增大。

当地群众为了方便开荒种地，请求开通引河，让大小孤岛连成一片。于是，垦利县提出"在小口子村附近，甜水沟和神仙沟相向坐弯处挖引河，使三河归一"的请示。

1953年4月13日，山东河务局同意垦利县的意见后向水利部黄河水利委员会（简称黄委或黄委会）写出报告，并提出：甜水沟可能在小水时淤塞，大小孤岛连成一片，此后神仙沟为主通海途径。

6月14日，垦利县组织了220余人的民工队，在垦利小口子村附近对黄河河道进行人工裁弯取直。经过3天奋战，开挖引河长119米，上口宽17米，下口宽10米，共完成开挖土方2570立方米，原河口流路之甜水沟和宋春荣沟淤塞，由神仙沟独流入海，缩短流程11公里。

1953年7月8日，黄河第一次按照人们的意愿，通过引河由神仙沟流入渤海，这是中华人民共和国成立以来首次有计划的人工改道。

1963年8月23日至10月21日，黄河淤积发展更快，小沙以下河槽平均淤高0.9米，小沙以上至罗家屋子主槽平均淤高0.59米，比1958年花园口22300立方米每秒的大洪水水位高出0.3米。这是凌洪壅塞的危险征兆。

12月24日，寒流侵袭，气温骤然下降，最低气温降到-13℃。河道淌凌、水漫大堤，到27日，河水漫溢到防潮坝，潮水淹了小沙村，同时，孤岛进水，先后围困了五营屋子、北站、济宁大队、林场一分场、青年林场、军区牧场。

到了 30 日，清水沟以南两华里的罗家屋子水文站水位已涨到 9.01 米，淹没土地 41 万亩，围困村庄 15 个，2675 人被水围困，倒塌房屋 87 间，村民们爬上屋顶，情况万分危急！

惠民地区专署立即向省委汇报，并得到了"全权处置防凌、救灾事宜"的授权。经过实地调研和分析，为顾全大局，决定在罗家屋子破堤分水。

16 时，人工破堤和爆破布雷准备工作完成，16 时 5 分，第一组布雷起爆；23 分，第二、第三组布雷联发起爆。

顷刻，三个爆破口过水，汇合泄凌，泄水量由开始的 150 立方米每秒三日后增至 400 立方米每秒左右，两三天时间，孤岛凌汛被解。

自此，黄河由罗家屋子改道，扇面形漫流，经草桥沟、洼拉沟，由刁口河入海。

半年后，新河道刁口河和老河道神仙沟河水分流比例发生了变化，新河道由小变大，占黄河来水量的 89%，老河道河水却由大变小，直到 8 月底老河道淤闭。这是人民治黄以来，在尾闾河段实现的第二次人工改道。

十年河东，十年河西。黄河十年一改道，流路不稳定的特性不仅造成河患频发，威胁人民的生命和财产安全，而且它还束缚着黄河三角洲国民经济的发展，尤其是地底蕴藏的丰富的石油资源的开采。

1961 年 4 月 16 日，华八井的油花，吹响了十几万铁军钢马会战华北的号角！那隆隆的钻机声，唤醒了这片沉睡的年轻的土地。与无拘无束的黄河尾闾展开了持久对峙的石油人喊出了"手牵黄河跟我走，叫你咋走你咋走"的豪言壮语，而黄河口人却心藏隐忧。

1964 年 7 月 30 日，胜利油田遭遇开发以来的黄河最大洪水，利津站洪峰流量 8650 立方米每秒，地处黄河滩区的油井，在一片汪洋中全部停产。

1975 年 10 月，利津站洪峰流量 6500 立方米每秒，险情迭出，防不胜防，罗家屋子水位超过 1958 年特大洪水时最高水位 0.57 米！油井再次停产。

在水电部水科院、黄委会、山东省河务局等单位和当地政府的联合查勘下，《黄河河口地区查勘情况和近期河口治理意见的报告》《关于黄河河口泥沙堆积威胁石油基地和下游安全迫切要求治理的报告》《黄河河口清水沟改道工程扩大初步设计》等相继出台上报，初步决定改道清水沟。

与此同时，石油部门在小孤岛发现优质自喷井，充分考虑黄河和石油两个方面的情况，经过多方论证讨论，1970年汛前，政府做出了继续使用刁口河流路，相机改道清水沟的决议。

1975年12月，水电部在郑州召开防洪会议，确定在1976年汛前实施改道清水沟，并确定采取断流堵截改道。

这样有计划、有控制的人工改道，是治黄史上的第一次，更是一项严峻而艰巨的任务。

为确保黄河改道成功，在1976年春完成修复北堤、加培南防洪堤、西河口和东大堤过水门破除及附属工程。

正式截流从1976年4月20日开始，4500余人由两岸向河中进土。进入5月，因三门峡水库水位上涨，截流遇到空前困境，三门峡水库几次控制减少下泄流量，各地区也以最大限度引水。5月15日，土方完成30000m³，口门也由417米缩至140米。两岸进一步集中力量同时进土，6台推土机、近3000辆小胶轮车阵前昼夜抢堵。5月19日断浪，口门由17日的74米缩至47米，罗家屋子水位5.72米。

最后的攻坚战开始了！为了确保万无一失，政府又紧急调来1000名民工补充力量，奋战两天两夜，口门于5月20日下午5时合拢。5月21日，黄河在罗家屋子被成功截流。5月27日，滚滚黄河水按照人们的意愿从清水沟注入渤海，比原刁口河流路缩短流程37公里，黄河入海口任意摆动的历史被人民的力量改写。

十几千米不长，却是清水沟的长度；四十八年匆匆，却书写着人民治黄史上的奇迹。清水沟，这条雨水、海潮冲刷出来的小水沟，长期承担了黄河安澜稳定入海的重任，见证了一代代东营人不懈的探索和付出。

万里归途终入海，人民的智慧与力量，揭开了科学治黄新的一页。

定向入海

  1983年10月15日，东营市正式成立。各项产业的快速发展和机场、港口、铁路等基础设施的建设同步推进，一项被称为"跨世纪工程"的现代化建设热潮在黄河三角洲兴起。

  当时，"利津县四段"以下的黄河治理尚未列入国家计划，但是黄河的决口摆动和肆意横行已经为胜利油田的开发建设、东营市的经济发展造成了严重阻碍，因此治理黄河口的战役便在黄河三角洲打响了！

  1985年，李殿魁任东营市副市长，之后先后任职市长、市委书记、东营军分区政委，在1986—1996年的10年间，李殿魁从两方面出发，着力稳定黄河口入海流路。

  为了掌握黄河口演变规律和决定性工程治理技术，抢占黄河口治理的理论高地，东营市积极申报国内外高端科研机构的攻关课题，在东营市经济研究中心建立了黄河口泥沙研究所和黄河三角洲保护与开发研究中心，广泛联系国内外治水专家，邀请国家部委级领导和国际重量级专家视察勘测黄河三角洲。不久，国家"八五"科技攻关增列专题《延长黄河口清水沟流路行水年限的研究》和《UNDP支持黄河三角洲可持续发展》两大重要科研行动获得支持并同时展开。

  在重大科研项目的引领下，争取黄河河务部门的支持，同步安排实施黄河治理和流路稳定重点工程，不断推进治河实践深入，并凝练为根本性治河方略。

当时在治河界，提及黄河为患的根本原因，专家们有一个共识：水少沙多。

"水少"导致动力弱，大量泥沙沉积在河道中，使黄河成为一条悬河；"沙多"易堆积，水越往下游阻力越大，来到入海口时，由于海洋动力顶托，河流挟沙力锐减，大量泥沙速沉，形成拦门沙，因海潮侵蚀陆地基准面，河道比降倒置，河道失去输水输沙能力，

1988年7月，参加黄河三角洲经济开发与河口治理研讨会的部分专家学者到入海口调研　黄利平/摄

借洪水冲击力，黄河便会另寻他径入海。新河道经过十余年的冲击后，往往再次重复"淤积—延伸—摆动—改道"的规律，这一演变规律被称为"铁律"。

中国治黄史上，坚筑堤坝约束河身的记载很多，治理河口的记载却少之又少，清末重臣李鸿章向朝廷写的奏疏《黄河大治办法》中曾提出"加修两岸堤埝，疏通海口尾闾"，被认为是唯一一次重要的关于黄河口如何治理的记载。清政府采纳了他的建议，拟"先发帑百万"施治，义和团运动后清王朝国力日衰，治河行动被迫终止。黄河改道山东后，整个民国时期疏于治理，灾害频发。

中华人民共和国成立后的很长一段时间里，治河部门未将河口段治理纳入整体治黄规划，黄河口一直处于"任其摆动漫流"状态。

随着胜利油田的勘探开采，开发石油和治理河口的双重课题不可回避地被摆上了重要位置。

1987年，清水沟入海流路已行水11年，黄河到了新一轮摆动期的临界点，1976年的改道成果面临着巨大的考验。那一年，夏季洪汛、冬季凌汛，"一年两汛"的严重汛情似乎是黄河提前发出的预警，让人们心头惊颤。那几年，刚刚开发的河口油田，几乎年年遭灾，洪汛、凌汛把油井围困，把石油工人围困，迫使油井停产，造成严重损失。

当时气象部门预测，1988年黄河流域将迎来丰水年。石油工业部、黄委

会联合下达了黄河口改道北股的文件，要求于 1988 年 5 月执行，并派黄委会副主任杨庆安同志到东营敦促执行。在此召开的东营市胜利油田联席会议上，关于入海河口改道的意见，大家分歧极大，"改道派"和"稳定派"的争议进入了白热化。

"改道派"认为，"十年一改道"是黄河行水的规律，一旦进入周期，黄河必须改道；"稳定派"认为，黄河是否改道应按胜利油田石油开发的需要而定，如果需要保住刚刚开发的油田，就要千方百计稳定住黄河的流路。

联席会议现场，僵局已现，双方相持不下，各有坚守。

"稳定派"一众人的坚持，是要保住刚刚开发的孤东油田。如果黄河改道北股，必须打开孤东油田南部围堰的六号路，刚刚建成的年产 500 万吨的孤东油田将毁于一旦。

"如果你们让黄河改道北股走河，我就躺在这里叫黄河冲走！"时任胜利油田会战指挥部生产办公室副主任的李尚林大声打破了僵局，他情绪激动、慷慨陈词："如果破 6 号路，海堤、顺河路都要破，流路走北股，孤东油田将变成一座四面环水的孤岛，密集的井架和采油设施将很快垮塌在水中，18 个亿建成的高产油田将被迫停产，还将波及孤岛油田、桩西油田，这三个油田的地质储量是 12 亿吨，年产原油达 1200 万吨，治黄是为了保护国家财产，可胜利油田的石油就是国家的财产！"

"你们不要石油，我就不要命。要破堤，必须拿来国务院的红头文件！"一语惊四座。

现场领导紧急上报实施治理河口、稳定和延长清水沟流路行水年限的治河工程方案，经过紧急讨论研究，终于收回了黄河必须改道的成命。

但是，汛期的黄河，立马要给人"好看"！1988 年汛期，黄河水仿佛专门为了"示威"，来势格外凶猛，一次又一次推起高高的浪潮，向着堤岸逼近。面对来势汹汹的险情，时任东营市市长的李殿魁亲临治河现场，率领治河部门相关人员及数千民工，开动数十台推土机，坚守在黄河北岸的堤坝，迫令汹涌而来的黄河维持原河道入海。

汛期的洪水，主流奔窜跳跃不止，浪头有时高出大堤近 2 米，一旦冲出大堤，后果不堪设想。

"稳住！再等等！稳住！"在场的人，心提到了嗓子眼，都在盼望着出现一个奇迹。

八次洪峰一浪高过一浪，第七次洪峰流量达到5600立方米每秒，河口水位反比第一次洪峰流量2800立方米每秒时的最高水位下降了0.13米，第八次洪峰虽达到5800立方米每秒，却也安然入海，奔流的洪峰以巨大的水动力揭起河底泥沙，切深了河道！

黄河堤坝保住了！清水沟入海流路经受住了连续洪峰的考验！治黄人清晰地看到了治理河口的正确方向，"河口可治"的理论进一步稳固。

李殿魁，1939年生于山东省梁山县，从小长在黄河边，少年时曾跟着哥哥到黄河滩区拔草，秋汛时曾掉入过滩区泥沼，冬季履冰过河的经历也让他心有余悸。他求学期间曾在广北农场开过康拜因联合收割机，工作后两次从烟台到胜利油田参观学习，1985年6月，由烟台市调任东营市，从此就与黄河结下了更深的缘分。到任后，他遇到的首要问题就是选址建市，在哪里选址，本质是由黄河口是否能长期稳定来决定的，若黄河仍延续以往自然的决口、改道规律，建一座新城就是奢望。

建设东营市、推动黄河三角洲开发，必须坚决地、科学地、彻底地解决黄河口的稳定问题！

李殿魁查阅了大量资料，结合实地勘测认为，黄河超过80%的入海泥沙主要沉积在河口附近区域，在河流与海洋动力交汇区域形成独特地貌，成为排洪、输沙和航运的巨大障碍，也是黄河口淤积、河口摆动的根本原因。洪水或冰凌期间，水位抬高，发生淤积，河床随之抬高。久而久之，黄河下游成为"悬河"。悬河必决口，所以才出现历史上的黄河"三年两决口""百年一改道"。有文字记录以来，黄河大迁徙26次，关键问题在于"拦门沙作祟"，所以，治河经验谓之：大河之治，必自河口始。

要使黄河实现河口的长期稳定，必须借用渤海海动力把河口泥沙运走，才能永远保持河口顺畅和稳定。黄河自1976年改道清水沟流路的动力条件，对流路稳定非常有利，便于综合治理。根据现行河口的海动力规律，筑双导堤把黄河入海流量引向东北方向，并且固定在东北方向上，通过河口的海流、潮汐、风暴潮浪等超强自然力把河口的泥沙搬走，从而实现河口畅、下游顺、全局稳的治黄效果。

之所以有这样的推论，是无潮点的概念和原理启示了他。

海洋中的潮汐是在引潮力和地球表面复杂的地理环境影响下形成的潮波运动。无潮点是大洋中潮峰绕之旋转的点，以及从该点有若干条等潮线向外延伸。在每一个无潮点处，潮差为零。这种类型的潮汐流是地球自转的结果。地球自转导致北半球的等潮线以逆时针方向转动，而南半球的等潮线以顺时针方向旋转。这种类型潮汐流的典型例子是河口处的潮汐流。在这里，科里奥利力和潮汐流两个因素相结合，导致河口处海面倾斜。河口地带海面的倾斜在一个潮汐周期内绕一个无潮点运动，它的运动方向在北半球为逆时针、在南半球为顺时针。

中国社科院院士、南京大学任美锷教授把 M2 无潮点的概念引进到了中国，李殿魁曾专程前往南京拜访，经过拜读关于 M2 无潮点的专著，终于认清了 M2 无潮点的形成机制，并确定黄河口外的渤海湾正好有一个 M2 无潮点。

李殿魁做过一个很贴切的比喻：如果把渤海湾看作是一个由辽东半岛和山东半岛组成的大口袋，那么从山东半岛的蓬莱阁向辽东半岛的老铁山画一条线，就是渤海湾口，也就是黄海和渤海湾的分界线。这条线上分布着由南长山岛、北长山岛、北隍城岛等组成的长山列岛，把进入渤海湾的涨落潮分成了几股，其中对黄河口发挥主导作用的是两股，一股来自老铁山的老铁山水道，深 87 米，宽 75 千米，涨潮的时候，海水浩浩荡荡地涌入，行至唐山、秦皇岛一带，因被海岸阻挡而分成两条，一条顺时针旋转流向辽东湾方向，一条逆时针旋转经过天津、黄骅、滨州、德州、东营，就到了黄河三角洲前沿；另一条是蓬莱阁的登州水道，深 25 米，宽 12.5 千米，涨潮时沿着南海岸顺时针旋转，经过龙口、潍北等地进入黄河三角洲前沿。这两股潮流来到黄河三角洲前沿的时间相差六个小时，这就出现了一个特殊的现象——半日潮。南潮流上升的时候，北潮流下降；北潮流上升的时候，南潮流下降，中间的"支撑点"叫无潮点，它就像跷跷板，只有无潮点的潮位最低，黄河就自然往这儿流，涨潮落潮的水流就增强了向海的输沙能力。选定黄河河口从无潮点入海，是最佳的方位。

政府出政策，油田出资金，黄河管理部门出方案——李殿魁进一步协调各方，通过严谨的工程试验，在实践中总结出四条稳定流路、定向入海的有效举措。"得用科学的方法，结合黄河口的发展规律来办。"这就是理论实践出真知的有力证明，李殿魁总结的治理河口新办法就是："截支强干，工程导流；疏浚破门，巧用潮汐；定向入海，河口永固；达到河口畅、下游顺，长期稳。"

工程导流。实践证明，黄河入海流量达到 3000 立方米每秒以上，输沙比大于 1，河床呈冲刷状态；3000 立方米每秒以下时，输沙比小于 1，河床呈淤积趋势。淤则堵，堵则改。在自然漫流的情况下，黄河平均约 10 年改道一次，这就是所谓黄河尾闾自然摆动改道的规律。为破解这一恶律，治河人采取工程措施，控制水沙漫流，堵截沟汊，治乱归一，在黄河口前沿建筑导流堤束水攻沙、刷深河槽，保证黄河流路单一顺直入海。通过堵截较大的支流汊沟，收到了强化主干、攻沙入海的明显效果。

疏浚破门。造成黄河主干堵塞、形成分支漫流入海的主要原因，是在河口前端不断形成的拦门沙阻挡了水势，河流被拦门沙堵塞后，极易改道。为使河口畅通、河道稳定，就必须及时打开拦门沙。东营市政府及治河部门利用船刺、拖淤、射流冲沙、定向爆破等多种方法，对河口拦门沙进行疏浚，保证河口畅通。改变了黄河凌汛期"先封河口、再封上游、壅水出险"的结冰规律，使得黄河口多年未发生凌汛灾害。

1988 年 4 月 6 日，东营市政府、胜利油田、黄河修防处（现黄河河口管理局）决定联合在河口进行疏浚治理试验，基本指导思想是："以水、沙为资源，以经济效益为目标，控导自然演变规律，以适应三角洲的新情况；在不影响整体防洪安全的前提下，尽量延长现行流路使用年限，为充分发挥水、沙资源优势，为开发建设黄河三角洲创造条件，为减轻下游凌洪威胁寻求新对策。"4 月 14 日，完成首期工程设计，报经山东省河务局审定并经黄委会批准后，正式实施。所采取的主要措施有：截支堵汊，强化主干。巧用潮汐，定向入海。

截支堵汊、强化主干。针对尾闾河段支汊、沟道较多，分流淤积严重的现实，采用木（钢）桩、苇（秸）、草袋、尼龙袋等简易材料，立堵、平堵结合，软堵、硬堵结合，人工、机械结合等方法进行截堵，先后截堵大小分水沟汊八十余条，促使尾闾河道众流归一。

巧用潮汐。河流泥沙输入深海的数量与潮汐和海流的状态关系极大，这一论点，早已被美国密西西比河成功的治理经验证明，黄河入海口的治理实践又一次证明充分借用潮汐力是非常有效的输沙措施。据统计，在自然状态下，一般输入深海的沙量占来沙量的27%~29%，而东营治河人采取的巧用潮汐工程措施，使入海泥沙量提高到了53%。

定向入海。黄河入海的流向与河口沿岸海流方向二者构成的角度，对输沙量影响很大，当河流与沿岸流接近垂直时，输沙量最大。东营市在修建控导工程和导流堤时，有意识地控制、引导黄河入海流向，使其按照最佳角度切入大海，从而提高了输沙能力，减少了河床淤积。四年时间共修建控导工程2.1公里，修筑导流堤18.7公里，基本上保证了黄河主流按照与潮汐流垂直的方向"定向入海"。四项工程的系统施治获得了黄河水利委员会主任李国英的肯定。取得了"河口畅、下游顺、全局稳"的治理效果。

1989年底，一艘运载大型石油设备的拖轮从天津港海区经河口穿过已打开的拦门沙河段，驶入黄河下游航道，直抵中原油田，实现了黄河历史上的第一例重型工业设施的海河联运。

至1996年，黄河清水沟入海流已运行20年，因黄河口断流日益加剧，给河道、河口的演变带来诸多问题。黄河河口演变的客观形势也要求重新认识河口，采取新的治理对策。结合当时实际情况，利用黄河泥沙淤滩造陆，变滨海区的石油海上开采为陆上开采是胜利油田滨海区油气开发的发展战略之一。1996年6月2日，在李殿魁主持下，实施清8出汊工程，黄河清水沟流路由向南入海改为由东北方向入海，直至今日。

因治理黄河的突出成就，李殿魁被人们称为"黄河书记"。1991年时任国务院总理李鹏视察黄河口时高兴地指出："固住河口，是一大创举"，"山东成功地解决了黄河入海口的河道摆动，保证了胜利油田生产安全平稳，这是很了不起的"。

1994年，时任国家黄委会主任的綦连安和总工程师吴致尧同志联名给东营市政府写了一封信："东营市委书记李殿魁是东营的书记，也是黄河的书记；黄河有了你这位书记，为黄河的根治带来了希望。"

2006年10月15日，山东省科技厅在济南市组织召开了由山东省原政协副主席李殿魁组织实施的山东省"十五"科技攻关计划项目《巧用海动力输沙建设黄河口双导堤工程技术研究》成果鉴定会。专家鉴定委员会对"在黄河口建设两个引导大堤，通过海洋动力将黄河泥沙导入深海"这一研究结论给予充分肯定，认为这项研究已达到世界领先水平。

专家鉴定委员会认为，该项目可行性强，可用于黄河口治理开发，同时也为东营市建设、油田勘探开发、防灾减灾等方面工程决策提供了重要的技术支撑，对全面推动黄河三角洲经济发展具有重要的应用价值。

在东营治黄河建海港的历史进程中，还有一位科学巨匠起到了十分重要的作用。

他就是中国海洋大学的侯国本教授。

侯国本教授，山东人。1947年毕业于西北工学院水利工程系。历任山东大学、青岛工学院、西安交通大学讲师，山东海洋学院讲师、副教授、教授，河口及海岸带研究所副所长，中国海洋工程学会海岸工程专业委员会第一、二届副主任委员，太平洋海洋技术学会夏威夷分会第一、二届理事，山东海岸工程学会第一、二届副理事长。侯国本教授专于海岸工程和水利工程。为国内外水利、海岸工程和港口选址进行过多项实验和研究。

黄河水每年要从上游携带约16亿吨泥沙滚滚东下，其中约10亿吨淤积于河口地区，形成堵塞黄河流路的巨大拦门沙坝，导致黄河入海口每10年左右改道一次。黄河的"摆尾"，严重制约着胜利油田的生产、东营市的建设和黄河三角洲的开发。

侯国本认为黄河之治必自河口始，提出了"挖沙降河"的理论，即每年在黄河口挖取泥沙，降低河口段河床，按照反馈冲沙原理，中下游河道的积沙就会被河水冲移而下，使整个河床降低。

侯国本推算，如果每年在河口段挖取 3 亿立方米泥沙，就可使河道稳定，不再需要改道；若每年挖取 5 亿立方米泥沙，山东境内河段就不再需要加高河堤；若每年挖取 7 亿立方米泥沙，上至郑州的下游河段就不再需要加高河堤。只要每年挖沙不止，30 年后黄河中下游河道积存的大约 600 亿立方的泥沙就会被冲走。

1984 年 6 月，山东省政府发出关于成立"黄河口挖沙可行性研究小组"的通知，成立起由 50 多位专家组成的研究小组。1988 年 6 月，费孝通、钱伟长、姜春云等领导同志召集 200 余名专家进行论证，一致通过了"挖沙降河"的方案，由胜利油田指挥部组织施工。

挖沙降河在 1988 年动工一次，当年 8 次洪峰安然入海。1996 年动工一次，河口流路缩短 60 公里，当年的洪水安全通过。1998 年，黄河三角洲又一次挖河固堤。在侯国本"挖沙降河"理论的指导下，黄河摆尾的现象成为历史。

20 世纪 60 年代，胜利油田创业的喧闹唤醒了东营这片黄河泥沙积淀的大陆。但是长期以来，靠海无港、有河无航的现实严重制约着东营市的发展和黄河三角洲的开发。胜利油田的原油需要经过蜿蜒的输油管道，通过加温加压技术送往 300 公里外的黄岛油港，才能向外输出，每年都有巨额的费用随管道消耗殆尽。

1982 年，原国家石油部部长找到侯国本，要求他在黄河三角洲寻找一个港址，解决胜利油田石油的输出问题，同时为开采渤海湾石油做好准备，这对于华北煤炭的外输也是有利的。

泥沙大量淤积的黄河三角洲一向被认为是建港的禁区。但侯国本不迷信成见，不拘泥陈规。同年 12 月，64 岁的侯国本应邀从青岛来到东营，带上助手，乘上小船，来到汹涌的大海中勘察。黄河口海港由愿望变为现实的重任，就这样落到了他的肩上。

经过两年多艰苦细致的调查研究，侯国本发现，渤海湾的两股沿岸海流在黄河三角洲的桩西沿海交汇，使黄河口的神仙沟形成天然无潮区。无潮区的特征是潮差小，流速大，不淤积，地基良好，属侵蚀性海岸，有自然的冲刷能力，航道不顺可以维护——这恰恰是建设深水大港的良好条件。

侯国本感到异常兴奋，随即撰写了《关于黄河三角洲海港建设与水运建设的设想》的论文。时任东营市委书记兼胜利油田党委书记的李晔读了侯国本的论文后，激动不已，挥笔写道："天下事，难就难在，吼出第一声！"

1984年9月10日，"黄河口三角洲无潮区建设深水港港址论证会"在东营市举行，全国200多名海洋动力专家应邀参加会议。与会专家通过了建设"黄河海港"的决策，并提出了先筑一个试验港，作为胜利油田在海上采油的"工作船只码头"，港口泊位3000吨，水深35米。

"工作船只码头"于1984年底施工，1989年竣工。经过四年的使用，港池不仅没有淤积，而且航道已冲刷到5米深，完全证实了侯国本的理论。至此，所有研究海港的专家在无潮区筑大港的问题上达成了共识。

1992年，黄河海港改称东营港。1995年，海港大堤已修到了水深5.5米，正在向水深10米延伸，一个拥有2万吨、5万吨和10万吨泊位的大油港正呼之欲出。

侯国本说："东营拥有300亿立方米黄河口淡水，可开发出3万多平方公里盐碱地，再加上东营港和储油40多亿立方米的胜利油田，东营的明天肯定会更加美好！"

这，就是传奇教授侯国本。

天堂飞羽

世界上只有一条黄河，黄河只有一个入海口。

黄河在奔向大海之前，把一片壮美的新生湿地留给了黄河三角洲。黄河水携带的大量泥沙在这里沉积，每年新造陆地近2万亩，使这里成为中华人民共和国最年轻的土地。

1992年6月，在巴西里约热内卢召开了联合国环境与发展大会。大会以"可持续发展"为指导方针，制定并通过了《21世纪行动议程》和《里约宣言》等重要文件，正式提出了可持续发展战略。时任东营市市委书记的李殿魁敏锐地觉察到政策变化，立即安排市政府经济研究室关注大会内容，列出与东营发展有交集的项目，进行专题研究，专班推进。黄河口自然保护区就成了当年东营市政府的首选题目，科学规划，积极运作，申报黄河三角洲自然保护区为国家级自然保护区。

1992年10月，经国务院批准，建立以保护黄河口新生湿地生态系统和珍稀濒危鸟类作为主体的湿地类型自然保护区。黄河三角洲国家级自然保护区总面积15.3万公顷，其中核心区5.8万公顷，缓冲区1.3万公顷，实验区8.2万公顷。分为南北两个区域，南部区域位于现行黄河入海口，面积10.45万公顷；北部区域位于1976年改道后的黄河故道入海口，面积4.85万公顷。

黄河三角洲国家级自然保护区是我国暖温带保存最完整、最广阔、最年轻的湿地生态系统。这里水源充足，植被丰富，又因处于黄河流入渤海的交汇处，水文条件独特，海淡水交汇，离子作用促进泥沙的沉降，形成了宽阔的湿地，土壤含氮量高，有机质含量丰富，是多种海洋生物的产卵场、索饵场和生殖洄游通道，极适宜鸟类栖息。

"黄河斗水、泥居其七"，黄河上游每年向下游输送约12亿吨泥沙，带来了约75平方公里滩区和约230平方公里的新生湿地。泥沙造陆的同时，因人水争地、成陆时间较短，带来生态流量保障不足、农业面源和农村生活污染、生态系统脆弱等问题。

黄河口的唯一性、独特性，决定了它的发展之路必须以自身实际为基础，因地制宜，必须站在生态发展与保护的大格局上推进大保护、大治理。

自1992年起，保护区先后编制了3期总体规划。2014年，在总体规划的基础上，又专门编制了详细规划，开创了全国自然保护区详规编制的先河。2020年以来，为切实担当起在黄河流域生态保护和高质量发展中的重大责任，《东营市黄河三角洲生态保护和高质量发展实施规划》和9个专项规划应运而生，其中就包括湿地保护与修复专项规划。从"总规"到"详规"再到"专规"，保护区建设管理正向专业化、精细化走深走实。另外，黄河三角洲生态保护修复有关体制、法规也日臻完善。自然资源、海洋渔业等部门赋予保护区119项相对集中的行政执法权，改变了过去存在的"多头管理"的问题；《山东黄河三角洲国家级自然保护区条例》《山东省黄河三角洲生态保护条例》《东营市湿地保护条例》等一系列地方性法规陆续出台，生态保护修复并入法治轨道。

立法保护湿地生态是东营市高瞻远瞩之举，"河湖长、生态警长、法院院长、检察长"四长联动护河新模式奠定同向共为之基，先后实施总投资12.5亿元的渤海综合治理海洋生态修复项目、自然保护区湿地修复工程等17个修复项目。新建、改建引黄闸6座，在现行黄河流路两侧形成9个引黄口的引水设施布局，将自然保护区内引水能力从不足40个流量提升至131个流量，确保生态水"引得出"；实施水系连通工程，连通水系241余公里，确保生态水"送得到"；恢复、加固生态堤坝约45公里，确保生态水"蓄得住"，近两年生态补水量突破3亿立方米。在黄河滩区实施尾水处理、农业废弃物回收工程和黄河流域入河排污口溯源整治，实现雨污分流、排污溯源、生态治水，贯通起排水与治水的良性循环。新生湿地和河海澎湃的浪潮，张翕自若，吐纳有度。

黄河、陆地、海洋相互交融、依存共生的黄河口，湿地水生植物和野生动植物蓬勃生长，共有植物400余种。其中，野生种子植物110多种，国家二级重点保护植物野大豆分布面积达6.5万余亩，芦苇分布面积达40余万亩。

20世纪80年代，互花米草进入黄河三角洲附近的潮间带，2010年开始在保护区内迅猛扩张，严重影响了滩涂潮汐水文环境，导致盐地碱蓬严重退化。如果不及时控制，局部区域的"红地毯"景观可能会消失。互花米草还严重威胁其他本土动植物的生存和生态系统健康。2016年以来，东营市从技术上攻关，联合中国科学院烟台海岸带研究所等科研单位，利用地理信息系统、遥感技术，结合野外实地勘测调查，通过野外治理实验和室内模拟分析，摸清了黄河三角洲互花米草分布格局和入侵机制。2020年，东营市启动全国系统治理时间最早、面积最多、力度最大的互花米草全域治理工程，形成了围淹加刈割、刈割加翻耕、施用除草剂3种治理方式，修复盐地碱蓬、海草床4.7万余亩，治理互花米草3.8万余亩，累计退耕还湿、退养还滩7.25万余亩，修复湿地面积35.5万余亩，湿地面积增加了约188平方公里，增长了12.3%。

湿地之秋　刘月良/摄

互花米草治理与水系连通、湿地修复工程，合力构建起水、林、田、湖、草、湿地协同治理生态样板。

2003年，东营市第一次发现东方白鹳在自然保护区留驻繁殖。2005年，黄河三角洲自然保护区就成了它们固定的繁育基地之一。

东方白鹳是国家一级保护动物，被《世界自然保护联盟濒危物种红色名录》列为濒危物种。它们喜欢栖息在较高的乔木上，但是保护区是湿地为主，没有它们需要的生存高点。为了解决这个问题，保护区修建了130多个人工巢，让东方白鹳在此繁衍生息。

21世纪初，东方白鹳全球野生种群数量不足3000只，如今已超过1万只。近年来，保护区内东方白鹳数量大幅增加。2005年以来，黄河三角洲累计繁育东方白鹳3000只左右，2023年，东方白鹳繁殖198巢450只幼鸟，保护区成为东方白鹳最重要的繁殖地之一。

在黄河三角洲生态监测中心，工作人员通过大屏幕观察着鸟儿们的一举一动：在直径约2米的人工巢里，东方白鹳们时而翻动树枝"整理起居"，时而眺望远方等待配偶返回，时而悠闲自在开启"带娃"模式，东方白鹳们的一举一动都被工作人员"尽收眼底"。

随着保护区"数智化"水平的不断提升，保护区建设起"天空地海"一体化监测网络，设立66处鸟类监控、75处湿地监控和40余处人为活动监控，在关键区域实现24小时不间断实时监测，5G、智慧感知、边缘AI等技术全天候守护湿地生态安全，使东方白鹳有了"智能"的家。山东黄河三角洲国家级自然保护区生态监测中心副主任赵亚杰说："我们不仅能够直观地观测到它们的数量，看到它们的各种繁殖行为，同时我们也在研发智能识别系统来更方便我们去识别鸟类的繁殖行为。"

作为东方白鹳全球重要的繁殖地之一，东营市被授予"中国东方白鹳之乡"的称号。2019年，东营市将东方白鹳定为东营市的市鸟。

霜降过后，黄河三角洲国家级自然保护区的湿地水面上，先是出现了两只白鹤、六只丹顶鹤，之后是数百只天鹅，成千上万只灰雁、赤麻鸭、红头潜鸭等鸟类。其实，这些浩荡的鸟群只是为更大的鸟类大部队"打前哨"，接下来，

酣畅 孙劲松/摄影

这里将是鸟儿的天堂。

黄河三角洲自然保护区共有鸟类370多种，其中候鸟达200余种，国家一级重点保护鸟类有东方白鹳、丹顶鹤等10种；国家二级保护鸟类有大天鹅、黑嘴鸥等49种。在推进建设黄河口国家公园进程中，东营市持续加强黄河口新生湿地生态系统和珍稀濒危鸟类栖息地保护工作，成为东亚—澳大利西亚和环西太平洋鸟类迁徙路线重要的停歇地、越冬栖息地和繁殖地之一。万千鸟儿翔集黄河入海口，舞起或阔大或灵动的翅膀，如风如涛般的鸣叫汇入黄河与大海对接的合唱。

俯瞰黄河口湿地，可以看到按照生态学的原理塑造的微地形，建设的各类鱼类栖息地、鸟类繁殖岛、植被生态岛，营造适宜鸟类生存的环境，形成了"河流水系循环连通、原生湿地保育补水、鱼虾生物繁衍生息、野生鸟类觅食筑巢"的生物多样性湿地。

鸟儿是湿地的生灵，也是人类的朋友。在黄河三角洲自然保护区，人与鸟和谐相处的故事有很多。

大天鹅"小雪"与老李的故事，到过黄河入海口的人大都听说过。一年冬天，一只大天鹅在越冬途中翅膀受伤，被自然保护区鸟类饲养员老李救起，并对它进行无微不至地照护，看着它洁白无瑕的羽毛，老李给它取了一个可爱的名字——"小雪"。大天鹅"小雪"每天与老李朝夕相处，建立了深厚的信任。有一次，老李因事外出几天，"小雪"就不吃不喝，声声嘶鸣，好像有许多话要说，直到见到老李归来，它才恢复正常。如今，"小雪"已在自然保护区生活了十余年，成了一只"留鸟"。

2024年3月，黄河三角洲自然保护区接到江苏盐城的求助：帮忙寻找从江苏盐城北迁至山东东营的丹顶鹤"壮壮"。

原来，"壮壮"是两年前在河北被救助后放归自然的一只丹顶鹤，前几天它在江苏盐城湿地珍禽国家级自然保护区越冬。根据"壮壮"佩戴的卫星定位追踪器回传的数据信息显示，3月21日18时，"壮壮"已经从江苏盐城一路向北迁徙来到了山东东营，在山东黄河三角洲国家级自然保护区内停歇，他们很想知道"壮壮"的情况，看它是否还能继续它的迁徙之路。黄河三角洲国家级自然保护区的工作人员通过智慧监测系统，在保护区内的多个区域寻找丹顶鹤"壮壮"的身影，却一无所获。工作人员猜测，"壮壮"可能栖息在监控难以拍到的地方，只能通过人工搜寻的方式寻找。

杨斌是护鸟志愿者团队中的一员，他常年在保护区拍摄各种珍稀鸟类，有近十年的拍鹤经验，对保护区地形地貌、丹顶鹤习性等情况非常熟悉。跟随着追踪器记录的点位，护鸟志愿者团队一路追寻着"壮壮"的踪迹。卫星定位追踪器回传的数据

人与鸟儿和谐相处　刘文忠/摄

显示，"壮壮"到达保护区后一直向北行进，在保护区最北的管理站区域内活动，一度到达过海边，随时有可能会渡海向北迁徙。护鸟志愿者团队加快寻找步伐，终于在一处湿地找到了腿上有清晰"V19"环志的丹顶鹤"壮壮"。它捉来水中的小螃蟹享用，不时用喙整理一下羽毛，它的身边，有六只丹顶鹤与它嬉戏打闹，它们张着翅膀跑来跑去……

2020年，东营市各市直部门移交自然保护区执法权49项、委托自然保护区执法权70项，并在整合优化黄河三角洲周边8处自然保护地的基础上，积极推进黄河口国家公园前期工作，委托专业技术支撑单位编制完成了《黄河口国家公园设立方案》。2021年10月19日，国家公园管理局批复同意开展黄河口国家公园创建工作，规划黄河口国家公园范围3517.99平方公里，涉及东营市河口区、垦利区、利津县。

黄河口国家公园对黄河三角洲自然保护区、地质公园、森林公园、海洋特

别保护区、水产种质资源保护区等 8 处自然保护地进行整合优化，它将是我国第一个陆海统筹型国家公园。

2021 年 12 月 31 日，山东省自然资源厅向国家林业和草原局提出评估验收申请。2022 年 3 月完成了省级自评估和国家林业和草原局组织的第三方评估工作。通过国家评估验收后，6 月 28 日，山东省政府向国家林业和草原局提出设立申请，黄河口国家公园正式进入报批设立阶段。黄河口国家公园的创建，可构筑更加完善的生态安全屏障，有助于促进黄河流域生态系统健康发展。

"创建黄河口国家公园，'保护'是第一要务。"2022 年 3 月，经过 700 多个日夜的努力之后，黄河三角洲国家级自然保护区创建黄河口国家公园工作专班终于圆梦。创建工作顺利通过了国家林草局组织的第三方评估验收，这意味着上述创建任务已经完成。

建设黄河口国家公园，首要任务是保持和提高生物多样性，通过对基因多样性、物种多样性和生态系统多样性的系统保护，让湿地、河海、鱼类、鸟类等形成一个自然和谐的共生体系，成为自然界的生命共同体。除了生态治理，还须对影响生态保护的项目进行关停、清退。

按照"取缔一批、治理一批、规范一批"的要求，垦利区自主开发入河（海）排污口管理系统 APP，设置排污口独立二维码，实现电子档案管理一张图，通过"互联网+排污口"的新型管理模式形成权责清晰、整治到位、管理规范的入河（海）排污口监管体系。同时建立科技支撑体系，充分利用无人机航拍、无人船巡查等先进技术手段，配合人员实地踏查，确保高标准、高质量完成渤海地区入海排污口排查整治各项工作。加强排污口"户籍管理"，按照"一口一策"要求，对 87 个入海排口逐个制定整改方案，明确整治措施、完成时限和责任单位、责任人，实行建档上户，实行入海排污口整治销号制度，整治完成一个、验收一个、销号一个，实现入海排污口全部完成整治并进行现场核查销号，省级通过率 100%，全面完成了入海排污口溯源整治任务。

胜利油田作为我国第二大油田，海上钻井和采油技术国际领先，黄河三角洲国家级自然保护区内，建有油井等生产设施 2481 处，其中核心区、缓冲区共有 300 余处，实验区 2181 处。核心区的油井多建在近海滩涂湿地区域，对生态保护造成了严重阻碍。按照估算，若海上钻井退出自然保护区核心区和缓冲区，每年将减少原油产量近30万吨。一边是经济利益，一边是生态保护，孰轻孰重？在重大国家战略面前，决策者当然知道那杆生态之秤的重量！

胜利油田启动了分类整改工作，提出了油井和辅助生产设施逐步退出的方案，并于2020年底全部完成。除了清理整治核心保护区和缓冲区内的设施，胜利油田还主动出击，对实验区和非保护区内的设施进行了一番大整治。他们先后投资6000万元，对区域内的高速公路、东营至入海口两侧各两千米范围内的油气生产设施，进行改造升级，坚决杜绝溢油风险和生产污染。

黄河三角洲国家级自然保护区内，共记录各种野生动物约1632种，发现鸟类约373种，有38种鸟类数量超过其全球总量的1%，成为东方白鹳和黑嘴鸥全球重要繁殖地之一、丹顶鹤重要越冬地和潜在繁殖地之一、白鹤全球第二大越冬地、卷羽鹈鹕东亚种群最大的迁徙停歇地。保护区内植被资源丰富，记录各种野生植物约411种，根据监测，近几年由海岸到内陆分布的盐地碱蓬、柽柳和芦苇等主要植被群落面积逐年稳步增长，呈正向演替。

黄河入海口拥有"河海交汇、新生湿地、野生鸟类"三大世界级旅游资源，每年都有大量游客前来观鸟、摄影，领略黄河入海奇观。这里还形成了以海洋文化为主题，以赶海拾贝、红毯观光、温泉养生为特色，集海水浴场、水上乐园、水上高尔夫、精品民宿、特色餐饮、养生度假、会议接待及研学拓展为一体的综合性高端旅游区，构建起黄河远望楼、湿地公园、鸟类科普园等场所及配套设施，被评为"山东省十大魅力景点""中国最具影响力的十大生态旅游区"。

2013年10月24日，在第三届中国湿地文化节暨东营国际湿地保护交流会议上，国际湿地公约组织负责人宣布：经国际湿地公约组织最新确定，包括山东黄河三角洲国家级自然保护区在内，中国的五个国家级自然保护区被正式列入国际重要湿地名录。

2023年11月30日，国家林业和草原局公布《陆生野生动物重要栖息地名录（第一批）》，山东东营黄河三角洲候鸟重要栖息地在录。

独特的生态环境，得天独厚的自然条件，造就了黄河三角洲自然保护区新、奇、特、旷、野的美学特征。

　　持之以恒的保护，科学规范的治理，造就了黄河三角洲自然保护区水清滩净、鱼鸥翔集的生态胜景。

红毯飞羽　刘月良/摄影

一位村支书的守望与畅想

黄河入海前，流经的最后一个城市是东营市，流经的最后一个乡镇是黄河口镇。

黄河口镇的不少村庄，静卧在黄河的南岸，于林村就是其中之一。

过去的于林村，路上满是坑洼，泥泞不堪，仿佛一片被遗忘的角落。家家户户的房子破旧不堪，透出一股沧桑的气息。贫困如影随形，无论是褪色的衣服还是匮乏的食物，都在无声地诉说着这里的困苦与艰辛。

孩子们在村里长大，被这片贫瘠的土地束缚住了脚步。那些敢于冒险的孩子，他们挣扎着逃离这个穷村，寻找更好的生活。他们不甘心被困在这里，愿意冒险去追寻自己的梦想，去开辟一条属于自己的路。

而其余的孩子长大后，只能继续留在村里。在老一辈们传统的习俗和生活中。他们看惯了贫穷，习惯了苦楚，生活在这个穷村里，像是被囚禁在一座没有希望的城堡中。

于林村，是一个既穷困又沉闷的地方。在这里，人们的心境也变得涣散，无力抵抗生活的艰辛。但无论怎样，总有一些孩子，他们有勇气去翻越这片贫瘠的土地，追求自己的美好生活。他们是村庄的希望，也是村庄的未来。

郭孝名现任于林村党支部书记，他就是在于林村长起来的孩子。

28岁那年，郭孝名也走出去了，为了还结婚欠下的外债，他只身一人外出闯荡；42岁那年，他回来了，带着鼓起来的"腰包"，只为了带着全村老少摆脱困扰于林村的那个"穷"字。

郭孝名是过继来的孩子。

郭孝名的老家，在东营区史口镇。

20世纪50年代，郭孝名的爷爷奶奶追逐着黄河口的新生土地，带着一家人到于林村垦荒糊口。后来，爷爷奶奶在于林村落户，郭孝名的父亲返回史口镇，守着祖屋过日子。

那个年月，家家户户吃不饱，父母接连生了四个女娃，到老五才盼来了一个男娃，取名郭孝名。本想好好疼着，可又添了老六，家里的日子实在难熬，就想为孩子找个"出路"。

老大、老二大一些了，能给家里出力了。老三送到姨家，老四送到镇上一户上班的人家。到老五郭孝名，虽然万般不舍，可还是只能忍痛分离。

"我弟弟家两个女孩，他平时在乡里放电影，日子比咱宽裕，让孝名跟着他叔吧？"父母和叔婶私下商量好后，叫来刚刚七岁的郭孝名。

"你爹年龄大了，身体也不好，没法照顾你爷爷奶奶，你去叔叔婶婶家，在那里上学，也替你爹照顾爷爷奶奶，行不行？"七岁的娃娃无法识破父母的"谎言"。

"行，我试试看。"七岁的郭孝名不知内情，却扛下了与年龄不对等的重担。

父亲领着小小的他，抱着两件仅有的衣裳，来到黄河口镇的于林村，来到这个能听见黄河水响、看见黄河水流的小村庄。

叔叔家两个妹妹，七岁的郭孝名成了当之无愧的"长子"，平时上学，假期帮叔婶干活、照看妹妹、照顾爷爷奶奶。

在他心里，在叔叔婶婶家、在爷爷奶奶身边，跟在父母身边没有什么两样。可是，随着年岁渐长，又听到村里人的议论，他才有点回过神儿来，虽然他名字没改，对叔婶的称谓也没变，但他七岁来到于林村的那一刻，就成了过继给叔叔和婶婶的孩子。

于林村，成了见证他童年和少年成长的地方，也是接纳了他的村子。

说实话，他从心里怨恨亲生父母：怎么让我糊里糊涂地当了别人的儿子？他也怨恨那贫苦的岁月：为什么村里人不能安逸富足地生活？

被送到姨家的三姐知道实情后，跑回家了；被送到镇上人家的四姐知道实情后，也跑回家了。可同样知道了实情的郭孝名，却选择守在于林村；叔叔婶婶在县城买了房子，两个妹妹随父亲搬去了新家，可郭孝名却还是守在于林村，因为于林村，有他的爷爷奶奶，有他七岁时许下的承诺。

初中毕业了，郭孝名退了学。听说村里有小伙伴到胜利油田打工，他也经人介绍，到正在建设中的测井公司建筑工地上找到了一份工作：推小车。

在坑坑洼洼的工地上，推起装满砖头、砂石等建筑材料的独轮翻斗小车。郭孝名虽有干农活的劳动经验，但农活和工地上的活，简直是两个概念。一天下来，肩疼脚累，手磨起泡，但他还是咬牙坚持。他每一天都过得很充实，一天12元的工资更是让他满足。

之后，他先后辗转孤岛、孤东等建设工地，干的多是出苦力的工作。在这种高强度的劳动中，郭孝名身体壮实了，眼界也开阔了。

就像飞倦的鸟儿贪恋归巢，就像游累的鱼儿期待浅滩，在外奔波打工十余年的郭孝名，想要有个自己的家了。

1997年，他把心仪的姑娘娶到了于林村那个清贫的院落。按照当地的传统，儿子结婚后就要跟父母分家。三间土屋、一个旧拖拉机头、12500元外债，成了他和新婚妻子的全部"家当"。

一万多元外债，怎么还？刚刚回村的他又出了村，他只得又回到了工地上。

之后的岁月里，他摆过地摊，干过装卸工，当过业务员。苦或累，他不计较，只要能赚来钱，他什么累都能够承受，什么苦都能吃，他不想看着巨额的外债压垮刚刚搭建起来的"小巢"。

时间滴答前行，汗水无声蒸腾。

五六年的光阴流过，他才觉得一身轻松——压在身上的债务，终于变成了零。喜悦只是一闪而过，郭孝名的眼睛里，又充满了忧虑：年过三十，一事无成。他有些沮丧。

正巧，生父母家的四姐，开始做起了生意。他与四姐，虽然没有在一起成长，却总有一份血脉的连接。他也想跟着四姐学做生意，四姐同意了。

在四姐的带领下，郭孝名的生意开始渐入佳境，手里也有了点积蓄。

就在这时，一位同学找上门。一问才知道，同学当兵复员后，把家安到了诸城，夫妻二人想办个加工厂，可苦于资金短缺，"还差十万元，能不能从你这里借点儿？"

同学张了口，郭孝名一定要帮，这是他的性格。

可当时他的全部存款只有三万元，怎么办？

"你稍等等，我再帮你借点。"他把电话打给了四姐，"我跟你拿七万。""行！"四姐一句话，解了燃眉之急。

一年后，借钱的同学又来到郭孝名家，一起带来的还有二十万元现金。

同学说："我有两个想法，第一，连本带利一次性还你20万元；第二，你把这20万元入股，咱们一起干。"同学说得直白，郭孝名回得也干脆："那就入个股，试试看。"

郭孝名投资入股的是一家专门做一次性纺织用品的加工厂，郭孝名和同学一起扛过了艰难的开拓期，迎来了事业的蓬勃发展阶段，工厂员工从一二十人发展到七八百人，工人最多时到了1300余人，并在另外一个县城建起了分厂。

若干年后，不惑之年的郭孝名，终于不再为钱发愁。

事业顺风顺水，郭孝名的心，却又有点儿空了——离家日子久了，他又想家了。

想家了，他就开着轿车，回到于林村，吸几口于林村的空气，再返回城里苦拼硬干。

变化不大的于林村，能让他找回童年和少年的回忆，也能给他带来心灵的安宁。发展缓慢的于林村，也让他屡遭尴尬，村子紧邻黄河，进村的路，只有村北大坝下面的一条蜿蜒曲折的土路。

若是晴天，不过弄一身土，可一遇下雨天，就是一身泥水了。进村时有多风光，出村时就有多狼狈。郭孝名往往要找来邻近的老少爷们，齐力推车，有时候竟要用拖拉机把轿车拖到村外，车和人，都是一身泥。再后来，他就把车停到村外的大坝上，步行走回村，他车里随时备一双雨鞋，下车时换上雨鞋回村，吃完饭穿着雨鞋走出来。

回到于林村，郭孝名就会与同学、发小凑到一块儿，海侃一番，他们愿意听郭孝名讲外面的事儿，也愿意把家里的苦水向他倒。郭孝名听着看着，思索着：如今外面的城市发展迅猛，几个月就变个样，可于林村几十年仍是老样子；村里的同龄人，大多还守着几亩薄田，每年年底靠赊账租借农资，庄稼收成之后一算账，辛苦忙碌一年的钱所剩无几。

有一次，郭孝名与一个在村委任职的发小聊起来，他忍不住说："看看咱村里破败成这样，你任村委，给老少爷们想想法，这样还行？再说，村里这么多地，想想法不行吗？"没想到，他的话却引来发小的怒斥："哪有那么好弄啊？你能，你倒发展个给我看看！"

郭孝名一股豪气直冲脑门："看看就看看！"

发小也有点儿恼："村里正要竞选村主任呢，你来竞选吧，选上就带着大伙干。"

"选就选！"郭孝名认了真。

村里人得知他要竞选村主任，也认定了他选不上。"他在外面干买卖，又是个外来户，谁能选他？"

可村里的乡亲就是那么怪，虽然笃信他选不上，可见了他却总想往这事儿上扯几句。

"要参加竞选了？"

"嗯。"

"选不上可别恼。"

"不恼。"

或许是看他态度认真，还有人进一步深聊下去："在外面干得好好的，回来受这个累干啥？""你要是选上了，想咋干？"

这是一个现实的问题：为啥受这个累？具体要咋干？"我参选的目的，就是想让老少爷们的日子变得好一点，我有多大劲就使多大劲，我想试试看。"郭孝名说。

开始投票了。447票满票，郭孝名得了395票，成功当选于林村村委会主任。

就像做梦一样。郭孝名也没想到，他竟然当选了。

既然当选了，就得有个态度。"这是老少爷们对我的信任，说实话，到现在我还不知道能干啥，也不知道该咋干，但我也得先给老少爷们表个态，只要干一天村干部，自己的工资和所有待遇都不要，绝对一分钱不少全部拿出来，给村里60周岁以上的老人发福利。"

又是一诺。

从2011年起，郭孝名的工资，真的一分没给自己花。2011年，他每月工资2500元，村里60岁以上的老人共有108名，春节前，他买上米、面、油，逐一给老人们送到家。当年的工资不够，他又另外掏了1万多元贴补上。

2021年，村里60岁以上的老人增长到了187名，郭孝名仍然一人不落地给他们发福利，现在的福利已经增加到每年两次，重阳节发一次，春节前发一次。

每年腊月十六是保林集。那一天，附近几个村的村民大多会去赶集置办年货，可于林村的老人们却是蹬着三轮、拉着小车等在家门口，因为郭孝名的"年货"就要到了。身体好的就自己到村委领，身体不好的就在家等着，会有专人送到家里来。

除了"一老"，还有"一小"。郭孝名说，老人得孝敬，小孩子也要关爱。每年六一儿童节，村里的孩子们都会收到郭孝名为他们准备的节日礼物，图书、书包、学习用品，衣服、鞋、羽绒服，自行车、平衡车……郭孝名变着花样地"宠"祖国的花朵。

十年里，郭孝名的工资涨了不少，到2021年，他的工资是全镇党支部书记中最高的，每月4397元。

2021年春节前，于林村所有人都上了郭孝名的"发福利名单"，老人有老人的，孩子们有孩子们的，除去这"一老一小"之外的所有人，以家庭为单位，米、面、油、面条、马场酒，谁也落不下。

有人问，老人们的福利你都发了十年了，还继续发下去吗？"继续发！"郭孝名一点儿也不犹豫，"都是看着自己长大的老人们，能让他们失望吗？但凡能做到，就不能让他们失望，这是一个共产党员的承诺，也是做人的原则。"

心里有谱的，他决定了就坚持下去；心里没准儿的，他就向乡亲们讨主意。

刚上任时，郭孝名看着村里的一个个烂摊子，不知道先干啥好，就先从老百姓最需要的事做起吧。问问乡亲们的意见,大家说,要是能修修路就好了。

"行,那咱就先修路。"

村子虽穷,但面积大,修一条主干道,得 200 多万元。村集体没有钱,这路咋修?

郭孝名在村里发起了号召:"启动资金我来出,先拿 50 万,咱们先把项目启动起来,其他也请老少爷们帮帮忙,有车的出车,有力的出力,你们看这样行吗?"

"行!"村里的老少爷们,第一次这么心齐。

心齐好办事。修路的过程中,郭孝名忙着,也看着、记着。拉土的车是谁出的,需要人工时谁家积极得很,这些事虽省了钱,可他得把这笔人情账记下。

5500 米的主干道路、4200 米下水道全线完工了,就像突然打通了乡亲们的心结,大家伙儿一下子觉得喘气儿都顺畅多了。

路竣工了,年关临近,要工程费用的来了。郭孝名看着自己新买的车:"兄弟,你看这车咋样?刚买俩月,开了不到一万公里。你觉得能行,就开走;要是觉得这车不行,就稍等等,春节后把钱结清。"

来人围着车,转了两圈:"只能顶 20 万。"

郭孝名也直爽:"开走!"

那一刻,他心里有点儿轻松:终于在年关之前把修路的欠账结清了;同时,他心里也有点儿郁闷:22 万元买的新车,一个月折旧两万元。

几件事办下来,于林村的村民都打心眼里佩服郭孝名。他们佩服他定了的事就敢干,还能干出个样儿来;说了的话就能兑现,从来不打折扣,他们打心眼里庆幸这个村主任选对了!

听着这些当面的、背后的夸赞,看着离老远就打招呼的乡亲们,郭孝名很知足,他越来越觉得,"吃亏是福""有付出就有回报"这些老话儿在他身上都实现了。

有人说,真心也不一定换来真心,可郭孝名却在真心的奉献之后换来了乡亲们的真心和拥护。

这是他在舍与得之间，做出选择之后的收益，是他认为最有用的"投资"。

对于钱财，他有一个不同的认知：经自己手花出去的钱，才是自己的，挣的钱存到存折上，只是一个数字，不一定是自己的钱。最初，村里不论支出大钱小钱，都是他自掏腰包。像每年的汛期，于林村这个滩地数量多的沿黄村，防汛任务异常艰巨，各项防汛支出都需要村里负担，可村集体没有钱，他又说话了："当书记不出谁出？！"每年的防汛费用，他都需要支出几万元。

"这些年一共为村里自掏多少钱？有账吗？"

"没有账，没算过，也不想算。给老少爷们做的贡献，难道还能要回来吗？"这是郭孝名的价值观。

郭孝名把于林村当自己家一样用心投入、用情改善，把全村老少爷们向好的心气儿调动起来了，他们逐渐摒弃了"靠天吃饭"的陈旧观念，也想凭一己之力改善生活、造福乡邻。

年轻人有的外出打工学技术，两口子都在家务农的，也会利用农闲时间试着做做小生意。沉寂多年的村子，开始有了生机与活力。

2014年，于林村被划定为"贫困村"，也就是这一年，郭孝名被推选为于林村党支部书记。

脱贫攻坚的步伐进一步加速，郭孝名感到从来没有过的压力：得先带着大伙儿把这顶"贫困"的帽子摘了！

郭孝名愁容满面，在大片河滩地上走着、转着、看着、想着。其他村的地都三四百元一亩承包给外面的公司集体种植，可于林村的地，80元一亩都没人要，村里人也很害怕再种地。

"地多水多，有优势也有劣势，可以借助优势，种植不怕涝的作物啊！"郭孝名灵光一闪，改变传统种植模式的想法让他不由得紧拍几下大腿，迈开双腿往村里奔。

经过反复商量，村里决定借助黄河水优势，连片发展优质水稻产业。

郭孝名发动党员和有思想、想进步的村民，成立了丰硕合作社，把村里的土地流转出来，让年轻力壮、有意种植的村民承包，搞大规模、成方连片式种植。"第一批流转的土地，必须从贫困户入手。"他们锚定目标，以水稻产业助力乡亲脱贫。

产业带动脱贫，是一条有效途径，但每个村有每个村的具体情况，具体的政策咋定？流转金一亩多少钱？他们都不知道。

郭孝名了解到邻村的土地以每亩430元的价格流转给一家公司种植油莎豆，"那咱也按430元来流转。"郭孝名一锤定了音。

经过反复斟酌，为贫困户争取更大权益的目标，他按照一亩水稻一年的种植成本大约是900元，每亩地能产1000斤左右的实际情况，定出了年底的分红政策：按照每亩水稻产量1100斤为基数，超出的产量，由种粮大户和流转土地入股的贫困户四六分成，种粮大户拿6，贫困户拿4。

这样一来，种粮大户有意见了："我们种地受累辛苦一年，贫困户已经有了承包费，多打了粮食再给他们分红，不合理呀！"

郭孝名不着急，因为他心里早就算好了账："你们觉得不合理没关系，我给你们说个合理的方法。"他先跟种粮大户娓娓道来：水稻年初种秋后收，你们种一亩地要垫付千元左右，种得越多垫得越多，我帮你们做贫困户的工作，先不收你们的承包费，等秋后卖了粮食再支付，你们白使他们一年的钱，不用付利息，只是到年底付给他们超产粮食的40%，这样你们觉得合理吗？"这样嘛……还算合理。"种粮大户点了头。

他又去流转土地的贫困户家中做工作：千数块钱的承包费你们也不着急用，可以先借给种粮大户使着，到年底还能得4成的分红，这个账，能行不？"这个账，算得好。"贫困户也同意。

说干就干，当年就从全部贫困户手中流转来1000亩河滩地。土地有了，可是怎么种？土地整理、沟渠桥闸、种植成本加起来有130多万元，村集体当时只有23万元扶贫资金。

为了打消大家顾虑，郭孝名又保证："剩余的钱我来出。"郭孝名从家里拿出100万元交到合作社，短短2个月内修整了4200多米沟渠和桥闸，全村千亩土地实现了"成方连片"。

2015年，合作社试种的1000亩水稻喜获丰收，总产量达到120万斤。全村131户贫困户实现全部脱贫，于林村也有了建村以来的第一笔集体收入。

回想起当时的情景，郭孝名说他其实是捏着一把汗。一开始，大家心里没底，说三道四的也有。其实，合作社真正能办成啥样，他自己心里也没底，但他有一颗公心，还有一腔勇气。"咱试试看。若是合作社赔了钱，这一百万就权当我交的学费。"他给大家伙拍胸脯保证。

看到合作社的政策好，很多人也以土地流转的形式入股了丰硕合作社，成了股民。于林村也陆续办起机械合作社、大米加工厂、农产品交易中心，都是村民以资金或土地流转的形式入股，共同致富，而不论是哪个合作社，郭孝名"年底超产部分由股民与承包户四六分成"的政策，一直没变。

郭孝名认付出，讲奉献，可他有他的原则。就拿承包户和股民共同分红这个政策来说，是他有效团结于林村全体村民的一次有效尝试，"庄里庄乡的，不能见钱就忘了情分，一个村里住着，有累一起受，有福一块儿享。"如此一来，大家都赞成，并形成分红的长效机制，今后不论谁干，都可以按这个制度执行。到2021年，于林村的集体收入达到了60万元，村民们一人一年的分红也能到4000~6000元，村民们终于脱了多年来的"穷"帽，敞敞亮亮地过日子了。

于林村党支部领办合作社，既壮大了村集体经济，还让村民得到了收益，更让种粮大户有了种粮积极性，是一举多得的良方，远近的村子看到于林村的成功，纷纷来"取经"。郭孝名把过程和经验一一交出，也忘不了谦虚一下："这是一步一步蹚出来的。"

黄河口镇于林村村民喜领合作社分红

"咱脱了贫，还要致富；富了口袋，更要让脑袋富起来，让生活美起来。"

郭孝名带着于林村的村民，越干越有劲，越干越清晰。

在于林村长大又回村任职的郭孝名太了解普通老百姓的所思所想了，他们不是不想好，是心里真的不知道怎么干，他们不愿意听那些花里胡哨的大道理,只要身边有人做出样子,他们就愿意跟着干。"党支部和党员就该给老少爷们打个样儿出来,让他们跟着干。"回村任职多年,郭孝名清醒地认识到,村庄要发展,首先要让党建引领筑牢根基,党员先锋履好职责。

俗话说:村看村,户看户,群众看党员,党员看支部。为了激发村干部干事创业的动力,于林村明晰了村干部职责,制定出"共性清单"28条,"个性清单"4条,实现村干部分工备案管理。村里还实行村级事务"报告日"制度,每月村"两委"向党员群众报告履职情况,接受群众质询监督,探索并建立了"五个一"村干部履职规范机制,村班子凝聚力、战斗力、向心力持续提升。

于林村还探索出"四会四带头"党员工作法,充分发挥党员作用,划分出党员责任区、党员示范岗,让党员率先示范、认领包户,做到"三必到、三必访",累计开展"有事您说话""微心愿"活动5期,完成"微心愿"认领152项,村里还成立了党员志愿服务队和"爱心车队",每年开展志愿服务50余次,真正架起了党员和百姓的"连心桥"。

为了提升村民们的幸福指数,于林村定位省级衔接乡村振兴集中推进区核心村庄,强力推进基础设施提升,新建混凝土道路1100米,排水管道2392米,场地硬化2299平方米,种植绿化树1800余棵,推动和美乡村建设取得新进展。

于林村成立了垦利区首家农村"在外优秀人才工作室",建立了于林村在外优秀人才资源库,制定《于林村在外优秀人才联谊活动机制》,吸引优秀在外人才反哺家乡建设,向优秀的于林人"借智",并邀请20人成为"乡村治理指导员",吸纳建议30余条,筹措发展资金20余万元。

人心稳是基础根基,产业兴是长久大计。

于林村全力打造出"于林家"大米品牌,让于林大米逐步走出滩区、走出农村、走向市场。

2020年10月12日,黄河三角洲盐碱地水稻产业发展研讨会在垦利区黄河口镇举行,由黄河三角洲可持续发展研究院管理中心牵头,山东省农科院、河北省农林科学院滨海农业研究所、中科院遗传与发育生物学研究所、滨州学院等水稻种植专家悉数到场,在于林村的400亩"黄河口水稻研究中心种植示范基地"里，各种专家对示范种植的水稻进行了小区测产。

土壤含盐量：0.25%；灌溉方式：排盐沟内微咸水直接灌溉；灌水含盐量：平均为3.1‰；管理方式：大田粗放管理；旱直播水稻亩产量：660.94公斤；插秧水稻亩产量：517.57公斤……一组组详实的数据表明：于林村示范种植的水稻取得了较好的示范效果，"黄河口水稻研究中心种植示范基地"在领导和专家们的见证下，正式揭牌亮相。

"黄河口镇水稻研究中心"在于林村落户，并与中科院、青岛农业大学、滨州学院等科研机构、院校建立长期合作关系，以科技引领、提升水稻品质。2021年，于林村争取到中央扶持村集体经济资金，联合周边12个村建设了大米加工厂，配备了大米精深加工设备和优质大米安全检测体系，直接带动集体经济增收30余万元。"于林家"成了于林村全面振兴的"金字招牌"。他们进一步实施产业升级，凝聚合力，主动抱团发展，建设起集水稻晾晒、大米深加工、农机停放等功能于一体的水稻综合加工基地，可晾晒储存水稻500万斤，日加工大米40余万斤，辐射带动了周边20多个村水稻产业提质增效。

环境影响人，人心更思进。郭孝名回村任职以来，村里的大学生就先后出了二十余个，教育和文化成为土里生、土里长的农村娃娃腾飞的"双翼"。

于林村变了，变得美了、亮了，变得有生机、有后劲；于林村的人变了，变得爱说、爱笑，变得有梦想、有目标。于林村从省级"贫困村"变成了远近闻名的省级"文明村"，郭孝名也先后被评为"山东省担当作为好书记""全国乡村和文化旅游能人"，还被山东省委、省政府记一等功。2022年初，他又作为"五类人员进乡镇班子"人选参加统一选拔，被任命为人大副主席，兼任黄河口镇北部工作区书记。

村庄富了、美了，人们的心劲儿更足了，郭孝名又做起了"别墅梦"：于林村村民最早是沿着村子中央的一条沟居住，渐渐才形成了一个自然村落；现在是646口人住在868亩土地上，沟北一条公路；如果在沟南再修一条路，把那条沟修整美化之后，沿着水沟，南边建一排别墅，北边建一排别墅，那于林村也有曲径通幽的美了。

"这是我的别墅梦，想在十年内实现。"缓了缓，郭孝名继续说，"当下最要紧的，还是在于林村的带动下，让黄河口镇北区的另外12个村集体摆脱'空壳'，快速发展起来。"

黄河口镇出台了旅游线路的规划，摘无花果、游万尔村、赏于林村貌，之后再参观知青小镇、游览黄河口国家公园，这条旅游线路的开发打造，就能带动几个村庄的联动发展。

万尔村前几年的蔬菜大棚种植确实给村民带来了经济效益，但随着第一批种棚户年龄渐长，不能再从事繁重的体力劳动，年轻人对大棚蔬菜种植又没有太大兴趣，所以大棚蔬菜的种植量明显减少。但建好的大棚闲置在那里，着实让人心疼，所以，两三个紧邻村庄开展"支部帮支部"共建活动，万尔村的人种大棚的少了，可以让其他村的年轻农民来种，这样既解决了大棚和劳动力的闲置问题，还能让两三个共建村形成合力，促进产业转型升级。

笃行实干，铺展画卷。

2023年，于林村累计投资1300余万元，牵头成立了合作社联社持续完善稻米全产业链条；借势国家公园入口社区建设，打造出一条集黄河文化、垦荒文化、休闲乡游为一体的"农文旅"线路。面对片区治理融合度不高的问题，开展民生服务大集等活动8场次，搭建片区融合沟通的有效平台；实施片区党群服务中心建设项目，推动片区服务事项延伸下沉，建立群众家门口的便民服务中心。

人心思变，就有奔头；人心凝聚，就有未来。

郭孝名，一位朝气蓬勃的农村党支书，站在村口迎风而立，眼神中透着坚定和执着。他的脸上布满了岁月的痕迹，但那双眸子却依然充满了决心。在他的带领下，于林村这个曾经贫穷落后的村庄焕发了新的生机，道路宽敞，房屋整洁，绿树成荫，田间地头种满了瓜果蔬菜。郭孝名不仅致力于乡村振兴，更是将目光投向了生态建设。他带领村民们改变了种植方式，提倡绿色环保的农业生产，让整个村庄充满了生机和活力。

郭孝名用自己的实际行动告诉了大家，只要用心去做，就一定能够收获丰硕的成果。他的成功也影响着周边更多的村民，让更多的人走上了乡村振兴和共同致富的道路。郭孝名开拓、深耕，不断收获成功的果实，并将这种成功的道路分享给更多的人，让更多的村民富裕起来。

第四章 美丽乡村的样板

MEILI XIANGCUN DE YANGBAN

万尔庄：黄河边的绿色庄园

春天刚来临的时候，最先透露消息的，是无私的大地。

在寒冬里，广袤的土地仿佛是一位刚强而坚毅的战士，用坚硬的身躯对抗着严寒的侵袭。寒风呼啸，冰雪纷飞，但他毫不退缩，守护着这片土地，等待着春天的到来。

待春天来临，新的轮回即将开始。春雨淋漓，冻土被打湿，仿佛是被一壶温暖的水慢慢唤醒。惊蛰之后，土地便像是放下了所有的警戒，温柔地张开了双臂，柔软地铺展开身子，仿佛在对农人们展示她的柔情和期待。

农人们也被这份温暖和期待所感染，他们拿起手中的锄和犁，开始在土地上忙碌起来。种子被撒下，希望与期待也一同埋入土地之中。而那片柔软的土地，则敞开胸怀，接纳一切的希望和美好，等待着春的绽放。大地是最无私的母亲，春耕、夏耘、秋收、冬藏，年复一年，无声地哺育着勤于耕种的人们。

大地传出的每一丝信息，李言成都能准确接收到。

空气里仍时不时闹一点春寒，李言成就用笆子轻轻地勾开了小菜畦上覆盖的麦穰。

入冬前种下的菠菜、蒜苗好像有点受不住这突如其来的春寒，禁不住打了个哆嗦，"吹吹春风晒晒太阳，鲜嫩好吃又有营养。"80岁的他看着这些菜苗，就像对着一群小娃娃，爱怜中还有几分严厉。

在土地上种出庄稼、长出蔬菜，对于很多地方的农民来说，是轻而易举的事情。但对于李言成来说，却是酸甜苦辣咸，五味俱全。

李言成是黄河口镇任职时间最长的村书记,不仅县里有名,整个东营市人民提起他来,也是纷纷竖起大拇指。

1984年,李言成当选成为万尔庄的党支部书记,这一干就是33年,这是一份担当,更是一份对乡亲们的忠诚。

他用塑料大棚和农业新技术,开始在这片荒凉之地上尝试种植果蔬,不断摸索,不断尝试,最终打造出了一个"绿色庄园"。在他的呵护下,这片土地一点点变得生机勃勃。

每天清晨,他都是早早起来,带领村民们在塑料大棚中忙碌劳作。他的脸上洋溢着对这片土地的热爱和责任,他的眼里闪烁着执着和坚毅。他用自己的行动,展现出了一位村支书应有的担当。

这个绿色庄园的故事传遍了黄河口镇,成为了一段佳话。人们赞誉他的勇气和智慧,也感叹他对土地的热爱和对村民的关怀。他用33年的奉献和坚持,让这片原本荒凉的土地焕发出勃勃生机,让万尔庄村焕发出新的活力。

在这个绿色庄园里,他不仅种下了希望的种子,更栽培出了一颗颗绿色的心。他继续守望着这片土地,用自己的行动传递着对家园的热爱,他成为了黄河口镇值得尊敬的一面旗帜。

黄河淤积的大片土地上长满了芦苇、茅草,被生活所迫的受灾农民只得暂时离家,到这大洼里垦荒种地,寻找希望。

从20世纪40年代开始,大荒洼里先后有利津、博兴、梁山、东平来的农民、灾民,到这里开荒立业,落户成家。

20世纪50年末,一部分寿光的农民也开始兄弟相携、父子同行,背着包袱、扛上锄头,到这黄河淤地上垦荒生存。

队伍里,十六七岁的李言成并不显眼,长期的饥饿让他双眼无光,单薄瘦弱的身子已略显佝偻,如果不是实在太饿,他也不舍得离开老家和亲人,去外乡讨生活。

他们晓行夜宿,带的饼子吃完了,就一路讨着饭、问着路,向着那片陌生却寄托着希望的荒洼行进。

野地里荒草横生,野物奔突,他们想找一块有人烟的去处。初来乍到,有人烟的地方才有安全感。

在一望无际的荒洼里走了几天后,终于看到了零零散散的土坯房,像极了雨后野地里冒出来的"蘑菇",周边开垦出来的荒地里,生长着大豆和高粱。

一直悬着的心,可以放下来了,手中拄着的树枝子"拐棍"也好像失去了支撑,身子骨也像抽空了一般,一行人坐到地上,好久没能动弹。

"这里是贾玉成屋子,也叫生产村,再往北是万尔庄屋子,那边紧靠黄河大坝,没开荒的地还有很多。"一位年长的大爷从旁边的种地屋子打听到一些消息,跟大家伙传达着。

李言成一行人决定再往北去,靠着黄河水垦荒,种希望。

最早到万尔庄屋子开荒的,是1957年从六户到此开垦的万姓人家,他们搭起窝棚安身,这里就叫了万尔庄屋子。后来,牛庄的贾姓乡亲也来了,寿光的张姓、李姓、韩姓,史口、辛店、惠民的王姓乡亲也来了,他们比邻而居,垦荒互助。

在那个困难的年月里,大荒洼用无言的接纳,给了他们最安稳的依靠。

落脚在万尔庄屋子的人们紧邻黄河大坝,每年秋冬汛期,他们的心也随着黄河的涨落起起伏伏,有一部分人便想另寻一处靠近水源的地段,开垦新的荒地,也能暂时躲避黄河的侵扰。最终,他们落脚在五七渠以北,开垦新的荒地。那一年,李言成也跟随着他们来到新的垦荒之地,已经成年的他吃着黄河口的庄稼,谋划着未来的生活。

1968年,因黄河改道,万尔庄屋子的农民也搬到了五七渠畔,再加上生产村第六生产队、新兴村种地屋子也迁来部分村民,先到的农民仍沿用原称呼,成立了万尔庄小队,归建林公社四村大队管辖,当时小队里最值钱的生产资料就是两驾马车。

1972年,原万尔庄村与六村从四村大队分出来,合并为六村大队。

1984年,建林公社改称建林乡,万尔庄村又从六村大队中分出来,建立万尔庄村村民委员会。

1984年,李言成四十岁。

他已经不单靠地里刨食,而是利用靠近黄河的地域优势,与人合伙在黄河渡口做船运，还购买了铲运机，利用农闲找点活干，日子比光靠种庄稼的村民们过得好一点。

村民委员会成立，需要找一位"能人"带头，有本事的李言成被村民们推举了出来。

"既然当了领头人，就好好领着大家干一场。"李言成在心里发了愿，但他也知道前路注定坎坷。

万尔庄村是全乡有名的穷村，全村约1050亩土地，约有850亩是河滩盐碱地，广种薄收甚至广种不收，算来算去，只有村南、村北的200多亩地是可耕种的土地。对于一个200多人的村子来说，人均最多一亩地，只能种植一些基本的粮食作物，解决最基本的温饱。一到春天，不少村民家的粮瓮就早早地见了底。

黄河上的渡船

"若还沿袭着旧习惯，在荒碱地里刨食，到哪年能富起来？"李言成想另辟蹊径。

此时，在李言成的老家寿光，正悄然发生着一场"粮转菜"的种植改革。

20世纪70年代，靠着良好的土地和气候条件，寿光的农民一直以种植粮食作物为主，瓜菜仅限于自给自足。寿光的农作物种植情况，也是山东省农作物种植情况的一个缩影。1975年，寿光的农民的人均纯收入是64元，与山东省农民人均纯收入的91元相比略有差距。

1979年，中央实行"大管小活"政策，对八成蔬菜继续保持计划性的收购，同时放开两成蔬菜的自由经营。1980年1月，时任寿光县委书记的王乐泉在讲话中适时提出：必须改变农业构成，调整作物布局。但是，相对于其他地区农民依国家政策而变，及时调整作物种植结构的行动，寿光的农民行动则相对迟缓。

1980年，寿光农民的人均纯收入是99元，与1975年相比增长55%，而那一年，山东省农民人均纯收入已升至 210 元，增长 131%。当时，潍坊市农民人均纯收入 182 元、全国农民人均纯收入 191 元，寿光农民的人均纯收入远低于全国、全省以及潍坊等地市的一半左右。

显著的差距体现在粮食和蔬菜产量上，相比 1975 年，寿光粮食产量增长 12%，略高于全省 10% 的增长幅度；蔬菜产量却比 1975 年下降了 5%，而那一年，全省蔬菜产量飙升到 67 亿公斤，相比 1975 年的 12 亿公斤，增长了 458%。寿光"粮转菜"步伐的停滞甚至倒退，导致寿光农民人均纯收入与全省拉开了巨大的差距。

寿光进一步精细化调整农业产业结构，确立为南部种菜、中部种粮、北部开发盐、虾等产业，为了鼓励中南部农民早早完成传统种植模式的转变，"要想发展快，抓紧种蔬菜"成为寿光中南部的响亮口号。

从 1981 年起，寿光的蔬菜产量就开始逐年攀升，直到 1984 年，寿光所有经济作物中，粮食的种植比例从 80% 降到 60%，蔬菜的播种面积从 9 万亩增至 18 万亩，产量从 1.26 亿公斤增至 4.7 亿公斤，寿光农民人均纯收入在这一年达到 455 元，首次超过山东全省 395 元的平均水平。

寿光的蔬菜以白菜为主，销路基本在周边县区，最稳固的外部消费群体是黄河尾闾胜利油田的职工。当时，胜利油田职工多达 30 万人，职工收入比当地农民稳定，食堂和工人们常常到寿光去采购蔬菜，需求量很大，无形中成为稳定蔬菜销量的"定盘星"之一。

已在黄河口落户多年的李言成，一直与寿光的亲属保持着联系，一年里总能回去一趟，看看亲人，串串亲戚。老家种植结构的变化被他看在眼里，心里也泛起了阵阵涟漪。随着蔬菜种植经验的增多，寿光种植的蔬菜品类也发生了改变，除了传统的大田白菜，也开始尝试用塑料布、竹竿撑起一个小小的拱棚，在早春种下韭菜、菠菜、芹菜、西红柿等蔬菜，因为有塑料薄膜保温，这些蔬菜往往比传统露天种植的菜品更早上市，丰富了市场品类。

1985 年 1 月 1 日，中共中央、国务院发布《关于进一步活跃农村经济的十项政策》，第一条就是改革统购制度，要求除了个别品种之外，政府不再下达农产品统购任务，而是以合同定购或市场收购代替，从此，浩浩荡荡的农产品流通体制改革开启了。

"在黄河口的淤地里种蔬菜。"李言成将国家政策和老家的种菜信息融合在一起思考,有了一个大胆的规划。

他组织了一部分村民到寿光学习蔬菜种植技术,并对村庄的发展进行了全面的规划,动员村民们撑起塑料拱棚,尝试种蔬菜。

"盐碱地里庄稼都不好长,怎么种菜?"他的想法,引来了很多质疑的声音。更大的"拦路虎"还有一个:在李言成规划的种菜地块上,前几年种下的树正长得起劲,要种菜就必须把树砍掉,"胡闹!"有个别村民话说得又直接又难听。

乡亲们反对,在李言成看来,是因为村里种蔬菜的先天条件太薄弱了。当时,大家种植的粮食作物主要是小麦、玉米和大豆,盐碱地里种上一些,良田里种一点,一家人累死累活,一年到头,10多亩地的收入还不到1000元,而建一个拱棚的成本,就需要1300~1500元,如果不成功,那就是赔个"底儿掉"。但爱琢磨爱尝试的李言成,在老家寿光刚刚时兴"粮转菜"时,就买来种子,在地头畦边种上了白菜、韭菜、芹菜,几年的简单尝试,他觉得选中的地块完全能为蔬菜提供良好的生长条件。

但还有一个急需解决的问题,就是浇地用水问题。李言成与村委会商量决定,紧挨村子东侧,修一座能蓄水的水库。经过成本核算,大约需要10多万元。这个数字,对于这个全靠农业维系的穷村来说,是个天文数字,从哪里弄钱呢?大家都沉默了。

李言成从老家亲戚那里借了一部分,又退出了黄河渡口的股份、卖掉了运营中的铲运机,有了大部分资金垫底,水库就开工了。在修建水库过程中,李言成又多方协调资金,直到一个南北、东西各120米、深5米、面积20余亩、蓄水6万余方的中型水库建成,李言成也支付完了建设水库的全部费用,算一算,整整12万元!

黄河水被引进水库,沉淀之后,就是很好的浇水水源。

水库建成,人们看到了李言成种菜的决心,但对于能否成功,大家心里还存在很多疑虑。李言成没有强求,他要先找人带起头,给乡亲们"打个样"。

李言成多方动员，找了党员朱立华、两位村民高红山和李庆春，说服他们每人建一个塑料拱棚种芹菜。

思想上做好了动员，可资金上又遭遇危机。

按每个拱棚 1300 元~1500 元的成本来算，三个棚保守投入就得 4000 元，他们三家凑也凑不出来。李言成二话没说，拿出自家的 2000 元积蓄，又回寿光老家借了亲朋好友 4000 元，三个低温拱棚就开建了。

为求稳妥，三个拱棚里全部种上了芹菜。李言成又四处寻销路，生活相对困苦的日子里，周边老百姓对这鲜灵灵的芹菜并不买账，李言成只好把销售的路径再向外拓展。他挨个向油田单位的食堂、乡镇机关单位的食堂问询，虽然困难重重，但总算有了销路。经过半年多的忙碌，到年底一算账，每户的纯收入竟达到了 2000 元以上。

不比不知道，一比吓一跳，一个拱棚仅占地一亩，这有限的一亩地里，长出的可不是普通的芹菜呀，它们就像是一棵挨一棵的金苗，晃着更多村民羡慕的眼。

有了试种的成功，李言成进一步扩大的蔬菜种植"动员令"就收到了较好的反响，抱着试一试心态的农户，开始多了起来。

1988 年，农业部首次提出"菜篮子工程"，要建立全国肉菜蛋奶生产和服务体系，旨在解决副食品市场供应短缺问题。

可 1989 年秋天，丰年的白菜却再一次陷入了滞销的窘境，这是继 1983 年、1986 年大规模扩种引发的白菜丰年过剩危机的又一次显现。

因危机发生而愁眉苦脸的菜农们怎么也不会想到，就在大家"望菜兴叹"的时候，寿光孙家集镇三元朱村竟放了"卫星"！他们在刚刚建成四个月的冬暖式大棚里种出的黄瓜，竟卖出了每斤 10 元的"天价"。

三元朱村的村支部书记叫王乐义，带领大家伙儿种冬暖蔬菜大棚多年，靠烧煤炉提温的拱棚，成本高、效率低，为此王乐义就萌生了种反季蔬菜的想法。为了让理想照进现实，他曾到北京人工调控的大棚考察，但听到建成成本高达 100 万元后，就把理想暂时搁置了。

1988 年腊月二十八，王乐义的堂弟王新民从大连回老家过年，带回来两斤新鲜的黄瓜,这再次引燃了王乐义暂时按捺下的心头火苗。大年初六,村里还不时有鞭炮炸响,王乐义就带上村干部和技术人员,由王新民带领着,去种出反季黄瓜的瓦房店"取经"了。

在瓦房店,他们看到种黄瓜的东北菜农韩永山,他利用背后大山作遮挡,建起了保温大棚,大家伙感觉大开眼界,但联想到地处平原的寿光,无天然大山作倚仗,就向韩永山请教如何解决这个问题。韩永山沉默不语,王乐义一行只得悻悻而归。几日后王乐义又一次来到瓦房店,仍然吃了闭门羹。当他第三次满怀诚意、真心讨教,韩永山终于说出了"建借助日光提温的蔬菜大棚"的技术方案。

王乐义乐了,高薪聘请韩永山到三元朱村做大棚顾问,现场指导高温蔬菜大棚的建造,通过增加坡度、增加塑料薄膜透光度、精细定位方向等举措,提高大棚吸收日光的效率。1989年8月,寿光蔬菜种植发展史上的第一代冬暖式大棚正式亮相,17个由土筑墙、水泥立柱、竹竿、无滴膜和稻草帘搭建而成的冬暖式大棚一出现,就成了当地最受瞩目的"景观"。

同年12月,严寒笼罩了我国北部,当大部分菜农面对着一地销不掉的白菜一筹莫展时,三元朱村17个长50米、占地面积约半亩的冬暖式大棚里,黄瓜迎来了丰收。在满大街的白菜堆里,绿莹莹、鲜嫩嫩的黄瓜一上市就被人们"瞄"上了,每斤10元却仍供不应求。

那一年,以王乐义为首的17户黄瓜种植户,平均每户的纯收入在2.7万~3万元,创造了寿光历史上"双万元户"和"三万元户"的历史纪录。寿光,正式迎来了主种白菜到菜品丰富的转折点。

也是在那一年,生活在黄河尾闾的寿光人李言成,在建成村中水库的基础上,各方协调资金,建起了全县第一座水塔,水塔连接上水管,通到各个蔬菜大棚。具有蓄水和自动送水功能的水塔一建成,万尔庄村村民的饮用水和菜地自动浇水的问题就同时解决了,既方便了村民的生活用水,还节省了浇菜浇水的劳动力。

在寿光中南部地区农民如火如荼进行"粮转菜"实践的时候,寿光北部的"寿北大开发行动"也正轰轰烈烈地开展着。

寿光北部临海，五分之三的土地是盐碱地、滩涂和涝洼，为了改变经济产出少的状况，1987年起，"寿北大开发行动"拉开了帷幕。

约85万亩盐碱地改造成条台田，约40万亩潮间带改成标准盐田；约20万亩浅海滩涂改成养虾池。

条台田是指把泥土堆高，泥土中的盐碱下渗后，就可以在土台上种植作物，土堆之间的沟渠还可以养殖水生物；潮间带是指高潮位和低潮位之间的海岸，潮间带会随着海潮的水位变化，土地在被淹没和露出来之间"切换"，一会儿被淹没，一会儿露出来，这种情况因地制宜改成盐田最为合适。

"寿北大开发"从1987年春开始，一年时间就完成约60万亩条台田，约40万亩盐田，约20万亩养虾池的基础建设。

经过连续几年粮转菜且"单品到多种"的变革和寿光盐碱地综合开发利用，到1990年，寿光的蔬菜产量达到1980年的10倍，农民人均纯收入达到911元，是1980年的9倍，同年山东省、全国农民人均总收入分别为680元、686元，已经被寿光农民远远地甩在了后面。

寿光的每一次变革，成功和失败，都牵动着李言成的心，他紧紧跟在寿光老乡们的身后，实践成功经验，也规避着风险。

1990年春，在李言成的带领下，万尔庄村效仿寿北的条台田改造，在台田上种植水稻，改良盐碱地，秋后将水稻归仓后，又组织人马不停蹄赶往寿光学习、复制冬暖式大棚的建造方法和黄瓜、西红柿等蔬菜的反季种植技术。

1991年秋天，11座冬暖式大棚就立在了黄河岸边的万尔庄村。

为让每家每户种植技术过关，李言成还从寿光请来了技术员驻村指导，从此，万尔庄村的蔬菜大棚数量开始逐年递增。

李言成还在多方考察论证基础上，认准了反季节上市早、科技含量高的大棚果树种植，从山东农业大学果树研究所、寿光农科所等科研单位引进了春艳桃、巨峰葡萄、

产业扶贫助贫困户甩掉"穷帽子"

红丰杏等最新研制的果树品种，还聘请山东农业大学教授陈学森担任技术顾问，建起果树大棚 12 座。

寿光和黄河口，两个遥遥相望却拥有相似土质特征的地方，因为李言成的奔波往返，有了更紧密的联系。但是万尔庄村对寿光的学习，却不是"复制""粘贴"般的简单照搬，而是李言成在基于万尔庄村特点的基础上，对寿光做法的有益借鉴与尝试，面圣困难时勇气可嘉，独立创新时精神可鉴。

蔬果数量多了、品种多了，销路也基本打开了，但把蔬果运出村的过程太难了。

万尔庄村五六十户人家，窝在五七渠北侧，进出村子只有黄河大坝通向村北的一条窄窄的土路，刚刚能容下自行车通行，双轮并行的地排车进出都是难题。小路坑洼不平，雨雪过后行走，不是泥泞得拔不出腿，就是滑得直摔跟头。要想把蔬菜运出村，需要多番倒腾：先是人力把蔬菜抬到自行车上，用自行车运到村口，再把蔬菜架到地排车上，才能拉起地排车，到相邻乡镇售卖或送到有需求的单位食堂。

那些年，李言成和乡亲们为了卖菜，去过利津、走过胜坨、跑过广饶，寒风里，他们行路艰难，逆风而行。出村难、行路难，是他们的切实困难。

随着 1997 年蔬菜种植专业合作社的成立，人们对一条宽阔道路的期盼越来越强烈。1998 年，李言成多方协调来 10 万元资金，在村南的五七渠上架起一座南北的石桥，从此，万尔庄村这个曾经闭塞的小村，用宽阔笔直的道路迎接着各方宾朋。

道路通了，就像打通了万尔庄村的"任督二脉"，蔬菜收购商开着大车来到了村头，开到了大棚旁边。当年，万尔庄村成为建林乡首批步入小康的村庄。

到 2000 年，万尔村家家户户都种上了大棚蔬菜，蔬菜大棚的总量达到了 120 座，果树大棚 48 座，大田杏 300 亩。村民们根据自己的特长，有的种西芹、西红柿，有的种桃子和樱桃，还有的种黄瓜、西葫芦，万尔庄村的村民切切实实尝到了"粮转菜"的甜头。

万尔村蔬菜种植专业合作社的社员由成立之初的十几户到 2001 年的 60 多户，在李言成的带领下，将合作社打造成为市级农民专业合作社示范社，万尔庄村也于 2005 年成为东营市市级小康文明村，村内主路罩了面，围村路面也一一进行了硬化，出入不便的情况在万尔庄村成为了历史。

依托合作社发展，万尔庄村实行村社一体化经营，为社员统一良种供应、统一技术指导、统一品牌营销，大力推广农业科技，与油田大中型物业公司对接，打响万尔绿色蔬菜品牌，推出一批精品放心蔬菜，年销售绿色果蔬达 100 吨以上，村集体按入股比例年实现合作社分红 2 万余元。

这个曾经穷得叮当响的穷村，经过 30 年的发展，到 2010 年实现了人均纯收入 8700 元，并先后获得省级旅游特色村，市、县双文明单位，县级"五个好村党支部"，县综合治理先进村等荣誉称号。到 2015 年，村人均纯收入跃升至 12238.21 元。土地经过盐碱改良后，耕地面积从 20 世纪 80 年代初的 200 亩扩大到 299.94 亩。万尔庄村，已经渐露生态村庄的"真容"。

在蔬菜种植与市场销售的时代大潮中前行了 20 多年的李言成，依旧用锐利的眼光关注着周遭的一切细微变化。他越来越觉得，随着市场经济的发展和市场竞争的激烈，市场环境较之前相比，更加错综复杂、瞬息万变，原本风光无两的冬暖式大棚种植也面临着品种变化不大、病虫害频发的现状，大棚蔬菜种植已渐渐失去了往日的优势，经济效益也大不如前。

面对又一个抉择的路口，万尔庄村该何去何从？

李言成彻夜难眠，四处考察，寻找市场空白点，寻求增强万尔村果蔬大棚竞争力的途径。通过大量的市场调查，他发现黄河口特有的曲曲菜，在各地饭店的口碑和销路都不错。2009 年 10 月，在李言成的建议下，万尔村第一个曲曲菜试点——吉孟新占地面积约半亩的野菜曲曲菜大棚建成了。截至 2010 年 3 月，吉孟新种的大棚曲曲菜就收了五茬，每茬收获 100 斤以上。李言成跑到东营、河口的一些宾馆联系销路，以每市斤 40 元的价格出售，半亩地 5 个月收入 2 万元以上。李言成的试验又一次成功了。

李言成还发现，随着人们生活水平的不断提高，大部分市民对吃穿用度的需求已经得到了基本满足，而吃绿色有机食品、玩短途休闲度假的愿望却不好得到满足。如果把村子打造成一个集观光游玩、休闲垂钓、自由采摘等项目贯穿的生态休闲观光景区，一定能吸引乡镇、县城和市内的人群。万尔庄村投资

360 余万元建成万尔农家生态乐园，2009 年国庆节，第一届万尔蔬菜采摘节开幕了。集亲子同游、果蔬采摘、家庭互动、休闲垂钓于一体，于是，万尔庄村在七天的小长假里，迎来了 10 万余游客，打响了万尔农家生态游的知名度和影响力。

为了提升农家生态游的品质，万尔庄村在村内道路硬化和村庄绿化上大做文章，成立了旅游专业合作社。2014 年，东营市亲子体验营万尔第一营基地落成。

党的十八大以后，生态旅游的前景更加广阔，黄河口镇适时出台一、三产业融合发展的思路，与创建省级旅游强镇结合起来，做生态融合文章。在挖掘整合自然、生态、文化等资源，突出生态环境保持良好的优势的基础上，编制了黄河口镇旅游总体规划及重点区域控制性详细规划，同时，积极开展招商引资，建设打造集生态旅游、休闲度假、温泉酒店、特色购物、文化体验、旅游客栈、农家乐于一体的文化旅游商业综合体。以有机种植闻名的万尔庄村立足本村资源特色，制定出了以打造农业公园、休闲农场、民俗农庄为目标，建设生态餐厅，完善四季采摘产品，开展农事体验活动，引导和扶持现有设施农业向精致农业、有机农业、休闲观光农业转型的精准发展思路。

万尔庄村写出了一篇篇绿色生态的文章：2014 年，万尔庄村获得"好客山东最美乡村""山东省旅游特色村"等荣誉称号，被评为全省首批 17 个宜居村庄之一；2017 年，万尔庄村又被省林业厅评为"山东省生态文化村"；也是在这一年，中国最美村镇出炉，山东上榜的 3 镇 18 村中，万尔庄村是东营市唯一上榜的村庄。

2017 年，万尔庄村多项荣誉加身，带领村庄大跨步发展了 33 年的老书记李言成也站完了他村支书任上的最后一班岗。73 岁的他不再担任村支部书记职务，由村民推选出的新支书，是他的大儿子李庆明。

这不只是一次父传子的传续，更是民意的信任。

面对新时代，李庆明牢记父亲对他的叮嘱："一切以老百姓的发展和利益为重。"他知道肩上担子的分量，比起艰苦创业时期的父亲，此时面临的挑战更大。

村里最先尝试种植蔬菜的那一批人渐渐老去，年轻人的心思已不再围绕着这一亩三分地，相比侍弄庄稼，他们更愿意到工厂打工，村子里原本成排成行壮观的蔬菜大棚，在岁月里逐渐隐没。"不能让蔬菜种植的技术在万尔村停滞。"李庆明与依然坚守着蔬菜种植的村民，一起想着破解之法。针对越来越快的生活节奏，他们用"净菜"团购、送货上门的方式，稳固住了一大批城区客户。在原先的蔬菜大棚里育出各样的蔬菜苗：西红柿、黄瓜、丝瓜、芸豆……万尔庄村带着露珠的菜秧刚拿到早市就被爱种菜的市民争购一空。

富裕了的乡村和村民，更需要享受到完善的基层治理和创新的服务提升。2023年，黄河口镇以承担省委组织部村党组织"跨村联建"试点工作为契机，探索以组织联建推动资源整合、力量聚合，聚焦志愿活动开展、特殊群体关爱、民生服务保障、疑难问题共商等片区治理，下沉服务力量，提升服务效能，增强片区党员群众的幸福感。

作为黄河口镇跨村联建示范片区，覆盖五个行政村的万尔片区以发挥党组织引领的辐射带动作用为重点，打破区域界限，整合利用资源，最大限度补足发展短板，不断加强和创新基层治理，集中力量办好事、办实事、办贴近老百姓需求的事。

万尔片区的905户划分为纵向"片区党委—联建村党组织—联户党员—群众"4级网络、横向5大网格，聘任了6名在外优秀人才、老党员担任"片区治理指导员"，并建立起群众说事、党员议事、联动办事、片区晒事、百姓评事"五事工作法"，解决邻里纠纷、产业发展、人居环境整治等各类问题，还梳理制定出"问题清单""责任清单""资源清单"三张清单，重点问题"挂号解决"。片区70岁以上的老人每年都会有一次"幸福家宴"，这些辛勤劳作了一辈子的老人聚在一起聊聊天、说说话，不论吃什么，都是舒心的味道。

李庆明还着力在盘活闲置资源上下功夫，万尔片区通过盘活片区闲置资源，开发出果蔬采摘、烟火夜市、城郊颐养互助等特色项目，盘活闲置大棚20间、民宿15套、闲置坑塘水面1处，预计每年增加集体经济收入12万元。在此基础上，他们还注重深化产教融合，与浙江清华长三角研究院签订共建生态黄河口战略合作协议，聘任3名专家教授作为乡村振兴"共富合伙人"，在发展现代生态农业、开发生态农产品、推广使用富营养堆肥技术及培养农业生态人才等方面深度融合、深入合作。

从一人富到全村富，由一村美到片区美，以万尔庄村为辐射原点，村强、民富、生态美的乡村共富新图景，已经悄然绘就。

"大家都说住在咱万尔片区很幸福，大家伙儿的日子越来越好，我就更有干劲了！"忙忙碌碌的李庆明进村出村，总会看到父亲在大棚前自留的菜地里忙活，松松土、除除草，跟来往的村民打个招呼、聊几句。每天中午和晚上，喝上二两白酒的父亲，怡然自得。

"退休"后的李言成也闲不下来，除了早晚侍弄菜园，李言成又把精力投向了关心教育下一代上。把万尔庄村打造成一个综合性未成年人教育基地，是他一直在做的事情。

李言成经常邀请教育专家，到村子里与家长们面对面交流，越来越多的家长学到了科学养育、有效沟通等家庭教育知识。李言成还利用村里的民宿，打造了一个由父亲带领孩子参加的"周末去哪儿"项目，让孩子在父亲带领下体验真正的农村生活，父子或父女共同完成既定任务的过程，加强了亲子间的沟通与了解。结合乡村文明行动，万尔庄村在主要街道两侧开辟了经典国学文化走廊，通过《三字经》《弟子规》等经典国学诗文图画的展示，不仅在全村营造出浓郁的国学经典文化学习氛围，还让村里的未成年人在优美的字体、诗画意境中获得美的熏陶，品味中华文化浩瀚深邃的丰富内涵，感受中华文化奔腾不息的宏伟气势，激发了孩子们积极向上的思想和儒雅尚善的涵养，有力地推动了村内未成年人德育工作的开展。

每年假期，时常有各类学生团体与李庆明联系，想要听他的父亲讲述当初艰苦奋斗的创业故事，李庆明总会及时架起这道沟通交流之桥。父亲笑眯眯地讲，学生们认认真真地听，讲到高兴处，父亲挥起双手比画着。他在农田、菜田里耕作了一辈子的那双手，手指已然伸不直，但双手上下挥就的弧度，依然力道十足。李庆明眼里看到的，依然是当年硬闯勇干、英武十足的父亲。

一位村支书的生态循环实验

"风清露冷秋期半"的秋分时节,从黄河口镇镇政府出发,沿着繁茂草丛中延伸出的一条柏油路向南,车行十余分钟,就能来到一个静谧的小村——十四村。

十四村现居43户人家,最初到访这片土地的,是20世纪50年代垦利下镇公社十四大队的部分农民,他们在这里搭建起种地屋子暂时栖身,垦荒收获粮食果腹。20世纪60年代,十四大队的部分农民在此定居。后来,又有一批移民陆续从永安公社及周边村庄、寿光、台前、阳谷等地迁来定居,沿用最初迁来的十四大队名称,谓"十四村",为了与下镇公社的原村区分,当地村民也习惯称这里为"北十四村"。1984年,建立十四村村民委员会。

进村的路修得又宽又平,道路两旁的海棠树迎风招展,像是在列队迎接每一位进入村庄的人。

村支部书记王爱芹正在她的鸽舍外忙碌,今日的鸽舍虽已没有往日的风光,但每天到鸽舍来走走看看,仍是她每天需要完成的"功课"。

孔雀、元宝、俄罗斯大鼻子、淑女、红袖……她指着鸽子的品种,说着与它们的故事。

王爱芹是靠养鸽"起家"的。

十四村是王爱芹的婆家,她的娘家永胜村在十四村南邻。

王爱芹是村里第一个大学生,毕业后在外打工几年后,在邻居的介绍下认识了十四村的小伙儿,两人之后走进了婚姻的殿堂。

婚后，王爱芹本想继续外出打工，可丈夫决定留在村里发展，她也就扛起农具，走向了田野。

可从小做题的她哪里摆弄得了田野的庄稼？当她发现自己在地里竭尽全力也比不过别人按部就班地耕种得来的收成，又看到大部分人家的主要收入全指望那"三亩薄田"，冬季闲下来只能靠打扑克、唠家常、纳鞋底来消磨时间，她心里涌动着激情。"上了那么多年学，如果依然是回到村里种种地、看看孩子，心里也是不甘的。"

那一年，农民远程教育落户到村，有文化的王爱芹被选为远程教育管理员，虽然村里的网络卡得厉害，但她也通过时通时卡的网络看到了一个崭新的世界。她每天在网上查找致富项目，村里的网络不好用，她就坐公交车到东城的网吧继续查。养貂、养龟、柳编、插花……她做了密密麻麻的笔记，又从网上查询这些项目的可行性、发展前景、适不适合落地在黄河口，最终，她把目光锁定在肉食鸽养殖上。

养鸽子需要本钱，2008年，王爱芹跑回娘家，找大哥借了1万元到潍坊购进了100对鸽子。回来边养边琢磨，才发现自己好像"上当"了：100对鸽子里，有70对不下蛋。原来，对鸽子不熟悉的她买来的大多是被淘汰的鸽子，加上她最初公母不分，任卖主随便抓来100对鸽子。她虽然心生懊恼，但也很快接受了现实，立志不论如何，也要把鸽子养好。

鸽子买来了，日常的喂料是必需的投入，王爱芹一时又犯了难。恰巧黄河口镇妇联到村里宣传"信贷助推农村妇女创业行动"，她终于申请到5万元贷款，暂时渡过了难关。

王爱芹自此就"长"在了鸽舍里，观察、学习、摸索，第二年上半年，鸽舍里就有200对鸽子的存量了；到下半年，鸽子达到500多对。养鸽子需要不断接收新鲜信息，网络上的信息并不太全面，王爱芹先后多次去外地先进企业学习技术，还参加了清华大学"中国女性创业管理"培训班，经过理论和实践武装的王爱芹养鸽经验越来越丰富。2010年的时候，王爱芹的鸽舍养鸽数量达到1000多对。2011年，2000对鸽子让王爱芹拥有了"鸽王"的美誉。

随着鸽子数量不断增多，王爱芹用全家人的口粮田置换了村东南的一处机动地，又在镇妇联的帮助下，申请了 15 万元政策性贴息贷款，她建起了高标准的鸽舍，成立了东方肉鸽养殖合作社，把身边的养殖户都吸引了进来，实现饲料统一采购、鸽舍统一防疫、肉鸽统一销售。到 2012 年，她的鸽舍已经达到了 22 栋，存栏量达到了 2 万余对，并实现了自动喂料，机器孵化。

王爱芹成了黄河口镇女性创业的典范，村民们看到她通过养鸽致富，日子越来越好，不少乡邻找上门想跟她学技术、搞养殖。双义河村的李文红是黄河农场退休职工，腿脚有残疾，干不了重活，王爱芹免费送了他 60 对种鸽，并给他提供鸽子饲料、鸽子笼以及其他配套设施，并指导培训。后来，李文红不但还清了债务，还成了养鸽的行家里手，养殖规模一度达到 500 多对。同样受到王爱芹帮助的，还有双义河村的刘宪花、丰林村的李霞……在她的示范带动下，最多时，仅黄河口镇上养殖肉鸽的农户就达到了 50 多家。

王爱芹一直记得自己艰难时来自政府、亲人的助力，也有自己清晰的认知：要想不被淘汰，不是保留技术，而是应当不断创新、不断壮大；带着大家一起做，这既是一份责任，又是集合大家的力量一起推动产业革新向前。

2012 年，随着事业的进一步发展，她又从自己的养殖基地中腾出了一排鸽舍，用作高标准培训室，为养鸽子的乡邻做免费培训，让更多的乡亲们掌握养殖技术有致富能力。同时，她还让缺少资金、场地或身体残疾的养殖户入驻，有效解决了他们的后顾之忧。身单力薄的王爱芹，就这样带着大家伙儿昂首走在致富路上。

2012 年、2017 年，王爱芹两次当选山东省党代表，也先后荣获"山东省巾帼星火创业之星""山东省优秀共产党员""全国农村青年致富带头人"等荣誉称号。2019 年，王爱芹成为山东省首批"高级职称农民"。她备受鼓舞，也更加鼓起了干劲。"这辈子就养鸽子了！"王爱芹暗暗地想。

生活中出现的很多事情，或许都有目的。有的是为身处绝地的人们鼓舞，有的是给顺风顺水的人们考验。

2013 年，王爱芹遇到了她人生中的一个"大坎"。一场禽流感，让鸽舍遭到重创，鸽子一茬一茬死去。王爱芹不吃不睡，在鸽舍杀菌、喂药、打针，即便昼夜不停，也赶不上病毒传播的速度。

她千方百计寻找对策，也尝试了很多办法，增加种鸽库存、尝试网络销售、进行冷冻加工……但每一种方法都像隔靴搔痒。

那一年，她亏损近 60 万元。这让她认识到流行性疾病对养殖业的危害之大，更让她进一步思考，如何再寻找另一个项目，既能规避养殖的潜在风险，还能进行可循环的利用？

那年暑假，即使三十八九度的高温也没能暖好王爱芹被禽流感冻伤的心。在外读研究生的弟弟正放假在家，见姐姐情绪低落，就时常过来帮忙，跟姐姐泡在鸽舍里，饲喂为数不多的鸽子。

看着原本生机勃勃的鸽舍忽然变得空荡荡，王爱芹心里痛苦，更有不甘，但她似乎走在了一条幽暗的胡同里，前路迷茫，不辨方向。

一天中午，日头正盛，在地里忙活的村民都陆续回家了，只有王爱芹和弟弟忙着把鸽粪刮干净。

弟弟禁不住打趣："姐，你看村里人都回家了，只剩咱一个研究生、一个大学生，在清理鸽子粪……"王爱芹没有说话，她看了看只有 200 多对鸽子的鸽舍，又低下头，默默地刮着粪板上的鸽子粪便。

"唉，像咱这么养鸽子啊，好像永远也挣不到钱……"弟弟见她不语，又继续慨叹。

"那怎么能挣钱呢？"王爱芹搭上一句。

"姐，你看，这鸽子粪里有不少没消化的粮食，如果经过发酵后养猪，是不是能减少点浪费？如果能形成种养循环，是不是能形成一条产业链？"

王爱芹懵懂的心头仿佛出现了一道光，她感到心头一阵轻松："研究生是比大学生厉害！"她调侃起了弟弟。

虽说弟弟的想法不知道可行不可行，但她却想试一试了。

打碎的豌豆、玉米、高粱、小麦，是王爱芹用来饲喂鸽子的四种主粮，但鸽子品种不同，爱吃的粮食也有所不同。大部分鸽子爱吃豌豆，它们往往在拣食时把玉米甩出来，甩得满地都是。王爱芹也早就注意到了这个现象，为了减少浪费，她曾尝试着把鸽子不吃的玉米再喂鸡，但鸡吃了混合鸽粪的玉米容易脱肛，便只好作罢。

听了弟弟的话，"发酵"这个词儿印在了她的脑中，她想换一种方式，把鸽粪中的粮食再次利用起来。

王爱芹开始上网搜索发酵鸽子粪喂猪的具体操作了：用无霉变无病菌的新鲜鸽子粪 60%、玉米粉 15%、谷糠 10%、麦麸 5%、农盛乐饲料发酵液 0.5%~1% 和等比例红糖充分搅拌均匀，调节水分到 60% 左右，若用手紧抓物料一把能成团，松手落地能散开，就说明水分正适宜。然后，装入塑料袋或能密封的池子，密封发酵 5~7 天，当鸽子粪呈黄绿色，无臭味且略带酒酸味时，发酵基本完成，即可饲喂。经试喂表明，利用发酵新鲜肉鸽粪喂猪，对猪的采食和生长无不良反应，说明用鸽粪喂猪是安全可行的。据试验，利用鸽粪喂猪可大大减少精饲料用量，降低约 60% 的饲料成本，猪每增 1kg 体重，饲料费用减少 45%，增加经济效益 5.6%。

看到这样的介绍，她心里有了底，又看到一组可支撑的数据时，她禁不住跃跃欲试了：发酵优良的鸽子粪，可消化蛋白质提高到至少 18% 以上，粗蛋白含量 27% 左右，代谢能增加 500 千焦/公斤以上，粗纤维降低 50% 以上，钙磷的消化吸收率也大大提高，鸡粪中的磷钙大都以植酸盐形式存在，消化吸收率不到 20%，但发酵后，钙磷的可消化率提高到 80% 以上，植酸盐基本分解成肌醇和磷酸盐形式。微量元素矿物质被有机酸化，消化率也大大提高。

王爱芹购进三头猪仔养在养鸽场，开始了发酵鸽粪喂猪的实践，她又把猪粪进行水厌氧发酵产生沼气，沼液用来种菜。猪肥菜香，王爱芹尝到了"发酵"和循环利用的甜头。

家人承包了 20 亩苹果园，王爱芹又把一群鹅散养在苹果园里，鹅一边溜达一边拣食鸽粪里的粮食，地里剩下的鸽粪也肥沃了苹果树。那几年，苹果树不用专门施肥，苹果的口感却格外好。又是一条生态循环链！

"既然养殖可以生态化，那种植业乃至日常生活呢？人们说给垃圾换个地方就能成为宝贝，是真的吗？"带着这样的想法，王爱芹找到一些志同道合的伙伴，成立了"博爱"团队。

由鸽舍为原点，王爱芹养殖、种植互相依托的生态种养模式雏形初现。垃圾分类、酵素、生活垃圾发酵等名词，又一个个地被她熟知，连苹果皮、纸箱子、烂木头等都可以发酵再利用，这些知识的接连掌握，仿佛预示着她能尝试的领域也在一步一步扩大。

她一边在自己的生态养殖基地大搞实验，把各种粪污、养殖垃圾等发酵还田，种出味道甜美的瓜果，一边找来垃圾无害化、资源化专家，到处给村民讲解垃圾如何分类，厨余垃圾如何制作成酵素，如何堆肥成微生物菌肥来代替化肥的课程，进一步推广生态绿色的养殖模式。

鸽舍经历了一轮禽流感后，也在慢慢重振，可王爱芹的心里想的事儿，却不像原来那么单一了。禽流感让周边养殖户减少，王爱芹意识到，即便再发展，她养鸽的规模也不会再恢复到之前的鼎盛状况了。

她想尝试新的发展之路，但想要把养鸽的事儿割舍，却也真心舍不得。鸽舍里的鸽子已经经过了几代繁育，王爱芹拿起一只白玉王鸽，轻轻抚摸着它的羽毛，白玉王鸽温顺地发出"咕咕"的声音，像向她问候；来到瓦舍鸽的喂养区，原本悠闲踱着步的鸽子看到熟悉的主人，扑棱棱飞过来跟她亲近。在她眼里，这些肉鸽并不是商品，而是她养的宠物，她喂养着它们，它们慰藉着她。

养鸽厂的一砖一瓦都是她参与建设的，一草一木都是她亲手种下、养护的。但此时，她走到了一个必须抉择的痛苦十字路口。

再三权衡之下，她逐渐减少了鸽舍存量，每个品种留下几对用以抚慰她对鸽子的依恋，她把更多的心思放到了对生活垃圾循环再利用的尝试上。

2019年冬天，王爱芹和她的"博爱"团队与垦利区两个社区进行了合作，一举解决了这两个社区的落叶处理问题，还顺带产生了良好的种植效益。随着时间的推移，她渐渐把垦利街道的一处闲置地打造成了集"种养结合，阴阳棚生态综合利用"的现代化休闲观光示范农场，打造出拓展运动区、农事体验区、手工作坊区三大区域，实现传统文化与生态旅游的巧妙结合。团队的影响力逐步扩大，越来越多人开始受他们影响，采用各种各样的形式，加入了绿色大军之中。

2021年3月，十四村迎来新一届村委换届选举，敢想敢干、能拼能干的王爱芹当选村支部书记，她肩上又添了另一副沉甸甸的担子。

"党委政府的认可，是动力，也是压力。"面对组织的信任，王爱芹又一次回到十四村，她想尽己所能，为村庄做一些事，为乡亲们做一些事，她把着眼点放到了村庄的绿色生态循环和"零污染"村庄的打造上。

十四村按照"五分两拣分类、两定一式收集、三化处置"的模式进行生活垃圾处置，循序渐进推进农村生活垃圾分类、收集和处置的新模式。

"五分两拣分类"是先由农户把生活垃圾按有害、可回收物、易腐烂、不可燃烧、其他等五种类别进行分拣，有害垃圾装入配发的红色专用垃圾袋，易腐烂垃圾倒入门口绿色垃圾桶，不可燃垃圾倒入门口黑色垃圾桶，其他垃圾倒入门口灰色垃圾桶，可回收垃圾按种类自行存放，等回收企业定时定点按照市场价格上门收取或送到分拣中心回收。经过分门别类处理后，村内的保洁员每天定时对农户门口的易腐烂、不可燃、其他三类垃圾桶进行上门收集，对农户分类不准确的垃圾再次按五种类别做二次分拣。

"两定一式收集"就是把垃圾进行定时、定点收集，保洁员每天至少一次对农户门口的三类垃圾桶定时上门收集，环卫企业对有害垃圾和可回收物每周定点、定时上门收集一次。

"三化处置"就是有害垃圾由环卫企业收集后，交由有害垃圾处理企业进行无害化处理；可回收物由环卫企业收集后交由再生资源公司进行资源再利用；易腐垃圾由环卫企业收集后交由专业公司生态处理；其他垃圾由环卫企业运至垃圾焚烧厂焚烧发电，做无害化处理；砖瓦陶瓷、炉渣煤灰等不可燃垃圾由环卫企业收集后就地再利用。

为了让整个流程顺畅运行，十四村把本来沿路设置的垃圾桶撤掉，移到了村外的垃圾暂存点，为每家农户配备了绿、黑、灰三个 15 升的垃圾桶，每个月或每个季度配发 4~10 个红色垃圾袋，另外，还有农户按要求分类垃圾并把有害垃圾和可回收物定时送到村中回收点时，可以换取物品奖励等激励政策。与奖励政策配套的，当然还有处罚制度，生活垃圾分类"红黑榜"也张贴到村委门口。在王爱芹的倡导、一系列制度的规范下，十四村的老百姓也赶上了垃圾分类处置的"时髦"。

农村垃圾实现分类，农村面貌随之改观。到十四村，不仅入村的道路平整干净，村庄里也看不到一片垃圾，有的住户还利用大门口的空地，种上了果树、花草，周边用竹竿围起就是最质朴的乡村田园风。

在村委大院里的陈列室里，摆放着不同原料制作的酵素产品，这些都是十四村的村民在王爱芹的带领下制作的。这些酵素产品，也成了王爱芹推广的环保生态循环中的一环。她推出了"积分管理"制度，把党员、志愿者参与学习、志愿服务等活动都一一记录，对应上相应的积分值，大家可以按照自己的积分兑换洗衣液、酵素清洁剂、手工皂等生活用品，激励党员群众保持学习热情，提高党支部号召力。用厨余垃圾发酵成的酵素制作而成的肥皂不但具有很强的去污能力，而且还有杀菌消毒，洗菜、刷碗、洗衣服等多重用途，让十四村的积分兑换活动因此办得红红火火。

受村民喜爱的手工皂、酵素等产品的生产地点，就在十四村西南，那是村里的酵素加工厂。酵素制作间里，数十个正盖着盖子发酵的大桶十分醒目，上边贴着不同的原料名称。这些酵素原料不同，用途不同。比如用瓜果皮制作的酵素，主要用于农作物的营养肥；加入了大蒜、辣椒的酵素，将主要用来杀灭田里的害虫。村民生活产生的有机厨余垃圾、小果园里剩下的烂果，大多被回收制成了环保酵素。

为了让生态循环模式走向产业化运营之路，十四村党支部领办了自然源绿色农业专业合作社。流转 12 亩土地，由村民入股，建立起有机肥堆肥厂和农产品深加工工厂。利用微生物，酵素将户内垃圾农田废弃物等堆肥还田，同时将高品质酵素结合功能性植物如马齿苋，艾草等萃取物制作成肥皂，洗衣液等生活用品。

追随着王爱芹来到村东南的有机肥堆肥厂，她的嘴巴比脚步更快：

"这个有机肥堆肥场地，是通过酵素发酵技术探究土壤、作物以及微生物之间如何产生更好效应的实验场，我们用秸秆和牛粪掺在一起，最上面用干草覆盖，添加上菌种发酵，现在正在发酵呢。

"你看，那个高高的就叫生态垄。这里原来是一片树林，为了进行生态循环实验，把树砍伐后，剩下的树根怎么处理呢？我们就想了一个办法：挖一条深沟，把烂树枝、树根、树叶全部埋在里面，泼洒上菌种，两边覆上厚厚的干草保湿。这样一来，两边的草在天旱时能保持水分，下雨的时候又能吸收水分，一段时间后，深埋的树枝烂草成为肥料，在生态垄上种白菜、黄豆、紫甘蓝，就能实现免耕免浇免施肥。日常的厨余垃圾经过发酵后，会生出一种液体，就是农用酵素。洒到地里，就可以作为化肥使用；若在农用酵素中添加上苦楝子或韭菜、尿液等，就可以作为叶面肥喷洒，蔬菜不会生虫。整个环节完成，就实现了生态种植的循环。

"你看，这里是我们的钥匙孔种植床，是厨余垃圾处置和生态种植相结合的试验田。将厨余垃圾倒入后用土或干草覆盖，不会产生臭味。半年后发酵而成的肥料，就地堆在一旁，就成了蔬菜的肥料。我们用姐妹种植法，在三个'钥匙孔'种上了甘蓝、乌他菜、蒜苗，也可以在边上种豆角、南瓜，种上之后用干草覆盖，就像一层厚厚的地膜。钥匙孔内的种植土呈坡状，下雨不存水，种的菜足够一家人食用。经过生态种植的土地，本身就有源源不竭的肥力，肥料和农药不再成为必须，慢慢地，土地结构也从板结重新恢复松软，而且，种满各样蔬菜的钥匙扣种植床绿油油的，出产的作物不仅营养丰富，口感还好。可以说，这是把乡村的美结合在厨余处理、生态种植中了……"

沿着一条宽1米、长400余米的砖铺小路向前，洋洋洒洒盛开着的各色喇叭花时不时撩一下"裤腿"，蝴蝶翩翩飞舞，"花开蝶自来"，王爱芹脑随景动，并作出贴切的表达，又飞快地转换思路，继续着她的介绍："我想利用这十二亩地做出一个样板来，利用堆肥技术把所有农田废弃物都利用起来，最起码生活垃圾和农田废弃物少了，就能减轻政府处理垃圾的负担，老百姓也能利用有机肥和酵素产品，不仅节省了开支，也给土地减轻了负担。"

王爱芹的家门口，也被她分隔打造成堆肥模式体验区。在这里，她重点进行的是波卡西堆肥法和伯克利堆肥法。

波卡西堆肥法是由日本比嘉照夫教授研究开发的。"波卡西"这个名字来源于日语单词"BOKASHI"的音译，在日语中的意思是"发酵过的有机物"。波卡西堆肥是将活菌制剂混合到厨余垃圾中，一起放进密封的、底部可排水的堆肥桶内，通过厌氧发酵来分解厨余垃圾的方法。加入的菌剂是由各种不同的光合菌、乳酸菌、酵母菌组成的。在堆肥过程中，它们可以抑制有害微生物产生，也能够避免堆肥发出难闻的气味。波卡西堆肥法是有效利用厨余垃圾进行生态堆肥的方法之一，发酵过程不但没有臭味、周期较短，还具有储存方便、操作方便、节省空间、成本低廉等优点。经这种方法发酵之后有两种产物，一种是发酵过程中收获的发酵液，另一种是发酵成功后的产物，也就是固体状的有机肥，可以用作绿植肥料或农业施肥。

与波卡西的冷堆肥方法不同，伯克利堆肥法采取的是热堆肥方式。伯克利堆肥法的命名，源于此种堆肥法是由美国伯克利大学加州分校的一位教授发明的。

伯克利堆肥法多是针对生活垃圾进行处置的方法，树叶、树枝、杂草等干枯的植物以及牛粪、鸡粪、绿草、绿叶等进行堆肥发酵。与冷堆肥不同的是，伯克利堆肥过程中，需要关注堆肥的温度，一般需要将温度维持在55~65度之间。堆肥期间不但要时刻关注温度，还要每隔一天翻一次。一般情况下，只需用18天时间，原本的废弃物，就成为可育苗、可种菜的有机肥了。

为了进行有效的实验，王爱芹除了自己制作简易堆肥箱，还从网上买来塑料堆肥箱、旋转堆肥箱。村集体没有收入，购买物品以及进行生态循环发酵的所有投资，都是由她个人垫付的，"我很想赶紧把这个产业做起来，不仅能减轻土地的负担、老百姓的负担，更能减轻政府的大规模处理秸秆的财政负担。在减轻一系列负担的同时，十四村的村集体也就有了集体收入，从真正意义上实现'破壳'。"王爱芹说，随着人们对生活环境和身体健康的重视，实行"循环利用+生物酵素+厨余堆肥"垃圾分类模式，进行垃圾分类收集处理，能真正实现乡村农产品和城市社区对接，更长远一点看，解决的将是城市垃圾围城以及饮食日用品健康问题。2022年，黄河口镇全面实施"零污染"村庄创建行动，以十四村为试点，探索生态循环农业发展模式，用生态的手段解决垃圾源头减量和农业废弃物循环利用的问题。王爱芹相信，随着更多生态循环理念在农村、农业发展中的践行，一定会有更多的"零污染"村庄、"零污染"社区层出。

在十四村，有一处房屋与其他房屋不同。砖垒起半墙，半墙之上，是黄泥和秸秆糊成的墙壁。进入室内，地锅、大炕，还有纸糊的窗户，不论是摆设还是房屋样式，都透着与众不同。这是20世纪70年代建的民居，黄河口镇政府投资进行了修旧如旧的修缮后,作为留住记忆、记住乡愁的实景场地,向年轻人还原老一辈曾经的生活场景。受这个改造的启发,王爱芹谋划着:等村集体有了收入,她要把村里几所无人居住的破败院落进行全方位整修,打造成民宿。那时候,集采摘、食宿、手工制作、农事体验等功能于一体的农业观光、研学项目,将落户十四村,十四村也将迎来全新的蝶变。

初秋的风撩动王爱芹额前的一绺黑发,她被阳光亲吻过的脸庞上,几粒雀斑灵动跳跃。她的目光看着近处的村舍,又望向远处的田园,眼中满是希望,心中满是憧憬。

祝愿她梦想成真,祝愿她的愿景实现。我们的土地需要王爱芹这样的人,我们的农村需要王爱芹这样的人。正是有像她一样深爱着土地又敢想能干的人,在土地上进行着绿色生态的尝试与探索,我们的土地才能生生不息,耕种出无数的希望。

生态考题前的舍弃与坚守

"轰隆!"

刘美利含着泪登上了他那台熟悉的挖掘机。

20多年前,他曾指挥着它,在旷野荒原掘出厚厚的红土,挖出了一道道深深的壕沟。

这是他发家致富的伙伴,也是他朝夕相处的战友。

今天,刘美利开着它,铲平的对象却是他费尽心血创建的莲藕加工厂。

"这里是办公室。"他心里清楚得很。

这个占地近18亩的院落,图纸是他画的,布局是他设计的,地基是他开着挖掘机挖的,这里的一点一滴都是在他的指挥和参与下,从图纸上站立起来的。

在这里加工的黄河口白莲藕走出国门,走上了迪拜、西班牙、肯尼亚、马来西亚等国家民众的餐桌。

厂房必须拆掉,是因为它与黄河三角洲国家级自然保护区相邻,在环保要求下,一部分生产类厂房和可能对生态造成影响的养殖场,都要迁除或搬离。

"就从这里开始吧。"他心里想着,眼看着铲斗就要落下,他却突然停住了手。

院子里站着十几个人,都眼巴巴地望着他,又看向抖然顿住的铲斗。

他明白这些人心里想的跟他一样,都不想拆掉这厂房、这院落,可他们心里也明镜儿似的:这厂房和院子,今天是一定要拆了!

2018年底，刘美利就收到了镇上下达的厂房拆除通知，他心里一直祈祷着能有回旋的余地。

"那时候，心里天天盼着政策有所松动。"但事与愿违，他们期盼的结果并没有如约而至。

2019年的春天，刘美利又一次收到了拆除通知。

"心真疼啊！"夫妻俩知道，这一次的拆除通知，也是在正式告诉他们，拆厂房是板上钉钉的事了，他们再心疼，也要搬出设备，腾空院子了。

"大家伙儿都看着呢，咱拆！"刘美利杨新凤夫妻俩几夜不眠之后，咬着牙把早就在心里翻滚了若干遍的话，说到了明面上。

"我有一个请求，能不能让我自己把这厂房拆了？"刘美利忍着痛，向相关单位工作人员提了一个让众人都有点儿吃惊的要求。

"行啊！"工作人员很爽快地答应了。

他重新收回目光，看一眼操作台上的主按钮，即便闭着眼睛，仅凭手上的感觉也能自如地作出指令。

他猛地睁开眼，被定格了的铲斗正冷静地注视着他。

"就这样吧！"他心一横，眼一闭，手一动——"轰隆！"房顶落地了，坐在中控台上的刘美利听到的声音并不是太大，但他的心里却被重重地砸了一个窟窿。

质检室、冷库、生活区、宿舍、食堂、浴室……他强迫自己完成一串连贯的动作，"轰隆"声不断传来，把他的心砸了个千疮百孔。

他的妻子杨新凤此时也站在院子中央，在她看来，这个春天，比刚刚过去的冬天还寒彻心扉。她双唇抖动，扬起的尘土和着泪水爬了她满脸，每一声"轰隆"就像抽一次她身上的筋，残留的一丝理智支撑她站着，眼看着偌大的厂房成为一片废墟。

是的！站着！

这个从小要强的倔强女子，遇到任何事都告诉自己：要站着！不能让人笑话！

站着心痛，比扑倒了痛哭更难忍，可她还在强忍着。她忍着痛站着，也是在告诉几十米外正在操控挖掘机的丈夫,她还站着。

经风历雨、相濡以沫27年的夫妻俩,了解对方就像了解自己一样。她知道,这个时候,她站着,丈夫就倒不下去。

"幸好,我们还有藕池……"杨新凤的过人之处之一,就是永远能从绝望中找到希望。可谁知道,被她作为最后安慰的藕池,也将在不久后,面对迁址的现实。

黄河口镇第一家种植莲藕的,就是刘美利杨新凤夫妇。

1991年,新安乡永林村的刘美利和西宋乡栾家村的杨新凤结婚了,婚后他们做过小生意也打过工。

2000年以后,东营市的开发建设进入火热期,挖掘机数量却不多,瞅见商机的刘美利在2003年贷款买了一台挖掘机,奔忙在各个建设工地。很多时候他忙得顾不上回家吃饭,在家种地看孩子照顾老人的杨新凤还是他的得力帮手:没油了送油到工地,到饭点了送饭到地头。

有一次,刘美利的工地在黄河北岸的孤岛,杨新凤也时常跑去,干送油送饭的"老本行"。往返几次后,她注意到路边有一大片莲藕长势旺盛,就朝着刘美利嘀咕了几句:"看那片藕池长得真好,跟咱们就隔了一条黄河,土质、地貌、气候都一样,莲藕在黄河北长得好,在黄河南肯定也能种。""那咱试试!"夫妻俩随即决定在黄河南岸做一次莲藕种植的尝试。

刘美利能钻研,善交友。他早就听说"横店地"那片的撂荒碱地正愁没人承包,就前去打听情况,表达了想承包土地种植莲藕的想法。

"横店地"是浙江横店集团的承包地,以前是种植苜蓿的。

2003年前后,横店草业相继在东营开发平整了几十万亩盐碱地,进行了国际标准土地激光精平,建造了配套的水利系统,种了苜蓿草、苏丹草等作物,后来逐渐撂荒。

当年横店集团开发荒地的时候,刘美利也是其中的一员。他开着挖掘机,在盐碱地翻起沙土。沙土层下面是红土层,红土层下面还有沙土层,每一层土质都留下了黄河水层层叠叠奔涌又沉寂的印痕。

可时间不长,耐盐碱的紫花苜蓿和苏丹草却被返碱的土地折腾得奄奄一息。

即使财力雄厚的横店集团，在黄河三角洲也没有逃脱"水来碱退，水退碱来"的自然规律，承包的大片土地如何有效处置，成了一大难题。

刘美利的到来，正解决了他们的愁事。

"你可是真要承包？可别种不了两年就打退堂鼓！"对方有些将信将疑，也不忘适时"激将"一下。

"那肯定是真承包，我说话你还不信？"刘美利也小小"激将"了一把。

其实，这"横店地"在刘美利脑中，已不知道出现了多少回。起初，他想到这块地时，是百思不得其解：黄河初淤成时，这里的土质能长出各类野草和野菜，种下庄稼也能收获，可随着时间推移，海水遗存的盐分慢慢渗回黄河的落淤中，地面泛上一层白花花的盐分，可随着当地政府和人民对盐碱地的不断改良，用大水漫灌、深沟条田等方式在其他地域进行了有效地尝试，土地已慢慢成为良田，可为什么这片土地改良的成效会反复循环？他一次次地问，一次次地想。

"难道是这层厚厚的红色胶质土层阻挡了随水而下的盐碱？"当他心中闪过这样的问号时，思绪感觉一下子都通了。

刘美利发现了一个共性问题，凡是没有开发过的原始淤地，往下一米左右，就有一层密度极细的红胶泥状土层，这层红土是怎么来的呢？原来是缘于黄河近淤沙、远淤红的特质。

黄河水的主流中，泥沙俱下。主流经过的地方，最先沉淀下来的是沙质土；水中漂浮的细细的红泥颗粒，需要等水流逐渐沉静下来之后，才在远处的水中慢慢落下。时间累积，主流落沙的土地增高，主流也就移动到原本落红的泥质河床上，将大量的沙土覆盖到原来的红土上。这样一来，随着黄河的自然摆动，一层沙、一层泥的自然淤积土质就形成了。

黄河淤积的过程中，海水依然日日涨落。大潮上来的时候，淤地被海水灌满；潮水退去，一部分盐分却留了下来，淤地若被淡水浸泡，盐分会被稀释蒸发或随水而下；可渗到红泥层的时候，细密的红泥层阻挡了盐分继续下落，时间一长，被阻挡的盐分又会"卷土重来"。"没有打破红泥层"成为盐碱地虽经治理却经常返碱的原因。刘美利又联想到在深沟条田的改良中，往往挨着坝子的地方压碱压得最好，那是因为坝子那里挖沟挖得最深，把红泥层打破了。

结合几种场景交替思索，刘美利更有信心在新承包的土地上，做一个盐碱地改良的实验了。

他操纵着挖掘机，每隔十米就挖出一条壕沟，把红土层翻到上层见见日头，一个十米一个十米往前推进，一条壕沟一条壕沟不断往下深挖，直到把那一大片土地都翻出了厚厚的红土层。"让沉睡的土地好好喘口气吧！"他也仿佛呼出了积压多年的一口气。

冬天来临前，刘美利杨新凤夫妇在深翻的荒碱地上，注入足量的淡水，让透过气的土地享受着淡水的浸泡。他们的土地，享受了一个冬天和一个春天淡水滋润后，在挖出的200亩藕池中种下了嫩嫩的藕芽，夫妻俩的希望随着莲叶蓬蓬勃勃而茁壮生长。莲藕收获完成后，一算账，当年的莲藕获得亩产1000余公斤的好收成，他们注入这片土地里的钱财、精力、心血都得到了回馈。第二年继续扩种，他们试种的成功也吸引来了刘美利的同学和战友一起包地种藕，到2010年，曾经繁华复又荒芜的"横店地"，莲藕种植面积就达到了六七千亩的规模。又过了两年，几万亩藕池就建起来了。

"藕池的发展和扩大，都是她的功劳。"刘美利夸起妻子来毫不吝惜美言。从2008年起，刘美利在永林村担任村支书，村里、镇上安排的工作千头万绪，他把主要精力放到了村里事务上，藕池就全权交给妻子杨新凤管理。

杨新凤在管理藕池的具体工作、有条不紊地筹谋计划等方面，一点也不输刘美利。

她牵头成立了新凤家庭农场。随着莲藕种植面积的快速扩大，2013年1月，她又联合27家莲藕种植专业户，成立了垦利汇鑫莲藕种植专业合作社。她想方设法寻找优质莲藕品种，并打造出占地160余亩的良种繁育基地，试图提高种植效益。

2012年，她打听到湖北有一种名叫"鄂莲六号"的莲藕品质不错，想预订一些种苗，却被告知当年的藕苗早已被订购一空，她没有迟疑，当即预定了第二年的种苗。

2013年4月13日，第二次预订的种苗到达了黄河口。25元一斤的藕苗，杨新凤一下子订了7000多斤，种在了名为"荷塘月色"的良种繁育基地。接下来的几年里，她先后繁育出适合黄河口地区种植的莲藕，培育出了鄂莲五号、鄂莲六号、鄂莲小霸王、碗莲、籽莲、满天星等数十余个品种，栽植在黄河口地区十余万亩藕田中，"荷塘月色"成为黄河口地区优质莲藕品牌，育种基地也成为黄河口地区莲藕育种优势示范区。为了带动更多乡亲种植莲藕，杨新凤还带头扩种，自家种植的藕田一度扩大到3000多亩，成为垦利盐碱地发展莲藕产业的创始人和带头人。好品种、广种植带动高收益，汇鑫莲藕种植专业合作社的社员们的收入也逐年增加。

春四月，种上白嫩嫩的藕芽，等待慢慢回暖的池水里冒出绿绿的叶芽。夏天，舒展开来的莲叶有的浮在水面上，有的高挑挑地站立着，风吹、雨来，它们随风雨飘摇。藕池厚厚的泥里，白生生的藕慢慢膨胀，等候着秋风一吹，灌浆后的成熟。藕池中，还有一个自成"体系"的生物群落，鲫鱼、黑鱼、鲶鱼、大闸蟹，每一个群体有着属于它们的生长规律，丰富着藕池的生态系统，也充分回应着养殖户满满的寄托。

作为第一个种植莲藕的人，杨新凤的心里，积攒了太多属于第一次的试验、探索与尝试。她说，不管是种植还是养殖，都要用事实说话，在实践中摸索总结。"不管是种植业还是养殖业，既不是数学题，也不是物理题，更不是一道推理题，而是一道在因地制宜基础上，依照现实变化而迅疾行动的实验题。"杨新凤胆大心细，在莲藕种植和鱼蟹养殖方面，做出了一道又一道漂亮的实验题。

种藕的当年，她就在藕池里撒下了鲫鱼苗，尝试藕鱼套养。一段时间后，她发现藕的长势正常，可收获的鲫鱼却是大的大、小的小。杨新凤意识到有可能鲫鱼苗投放多了，食物不够吃，也有可能鲫鱼群里也存在"以大欺小"的不公平现象，同时她还注意调整水肥的比例。

接着，她又试着再投了一点儿黑鱼、鲶鱼，想看看大自然的食物链在她的藕池里会有怎样的发生——只要莲藕池中水的肥度适宜，微生物就会增多，这些微生物是鲫鱼最好的食物；黑鱼、鲶鱼以小鱼小虾为食，鲫鱼繁殖能力强，一部分小小的鲫鱼就成了黑鱼、鲶鱼的食物；鱼儿的粪便恰恰又成为了莲藕生长所需的肥料……她慢慢摸索出了鲫鱼、黑鱼、鲶鱼的投入数量，以及水肥的施用时段、范围、比例，在年复一年的试验中有了平稳又可靠的数据。

藕鱼套养成功后，她又打起了大闸蟹的主意："试试套养大闸蟹行不行？"投放蟹苗之前，她也是经历了一番考量。大闸蟹食性很杂，不论是浮游生物、水生植物还是小个头的鱼虾，都能是大闸蟹的食物，所以说，对于藕池来说，大闸蟹是个具有破坏性的物种，一对蟹钳一剪，嫩嫩的莲藕就往往会被拦腰截断，如果投放数量和时段不对，有可能对藕池造成毁灭性打击，一年的收成都将化为泡影。"养殖也是风险和收益并存的。"杨新凤兼具勇气与冒险精神，第一年，她在一个藕池中投入了10斤蟹苗。第二年就开始12斤、20斤地变化着投。为了让蟹苗更好地适应池水，她购来晶莹剔透的大眼幼体蟹苗自己育苗，培育成扣蟹后，就按照计划撒进藕池。

一个个藕池就是杨新凤的一个个试验场，她养藕、养鱼、养蟹，怀着好奇心与科学精神，既不盲目试验，更不顶格投放。拿蟹苗的投放来说，有的养殖户想要好收成，往往会在一个藕池里投入300斤甚至400斤蟹苗，可杨新凤只投200斤。当听她算完一笔养殖的账，才明白她算的是一笔统筹账、经济账、生态账："不顶格投放蟹苗，第一是省了饲料。打个比方，蟹苗多了，投放的饲料就多。当别人投放100斤的时候，我就投60斤或70斤，如果饲料不够吃，藕池里和藕池边上的各类水草也是它们的食物；我还种了十亩南瓜，把南瓜剁剁，撒进蟹池，也能让蟹子们美餐一顿；到各个藕池转转，我常会带着一把镰刀，随手割点野大豆、野苜蓿撒进蟹池，又成了它们的美味。"

杨新凤推崇用最自然的方式对藕、鱼、蟹进行养育，她的藕池边，没有围上一圈塑料布，而是长满了芦苇和野草。白天，她靠观察大闸蟹的进食速度推测它们的生长状况。她又举起例子："那天我投了两桶南瓜，发现一会儿就没了，那这次可能投少了，第二天我会投进去两桶半或三桶，根据进食情况再决定第三天投喂多少南瓜；大闸蟹也会闹毛病，也会褪壳，这两种情况都会导致进食量减少或基本不进食。褪壳期基本是三天，估摸着过了褪壳期，如果投喂了南瓜很快就被吃完了，那就说明蟹子没问题了。如果三天后依然进食少，就得考虑是不是蟹子的健康出问题了。"

夜深人静的时候，大闸蟹可是不会休息的，它们正趁着没人打扰，到岸上来透透气呢！杨新凤摸透了它们的"脾性"，也会趁着开关水闸、投料或巡塘的时候，悄悄地靠过去。"吐噜吐噜……"这边有几只螃蟹正吐着泡泡在玩呢。一抬眼，哟！那边有两只螃蟹正挥舞着大钳子互相攻击，一场硬仗正打得难分难解呢。再转到那边，刚投到藕池边的南瓜，正被一群蟹瓜分，螃蟹们吃得正欢。杨新凤上扬着嘴角，感受着每一个微小生灵的生存能量，即便在黑夜遮盖的苍穹下，所有的生命从来没有一刻停止过代谢、生长、跃动。

当新一天的清晨轻轻掀开黑夜的幕布，杨新凤就又起身开始忙碌了。她一年四季不需要闹钟，叫醒她的，是从窗缝里漏进来的一丝光亮。当天需要完成哪些工作，在前一天晚上就已经计划好了。但很多时候，没有提前规划的事情也有不少，她见缝插针地做完。当天色渐晚，她就开始复盘当天的工作，计划明日的事情了。

没有提前规划的事儿，大多是"接电话"。杨新凤莲藕种得好、鱼蟹养得好，远近闻名，不少养殖户遇到问题，首先想到的就是问她，按照杨新凤出的"招儿"实施，往往效果显著。

"嫂子，今年我也想种点莲藕，不多，也就是二三十亩，你看我该怎么弄呢？"见她和周边许多人的种植养殖事业越做越大，杨新凤的好朋友也想登上种藕这趟"快车"。

"你把地况和水况告诉我，我给你一个合理的安排。"像这样的请教，在杨新凤看来特别平常，她给出的建议往往很专业。

"嫂子啊，我的藕出问题了，不知道是水的事儿还是肥的事儿！"藕叶出了几天后，杨新凤又接到朋友的电话。

"你说说这段时间是怎么管理的。"杨新凤想听听具体的情况。

"种藕前听到村里另一个种藕的说，水加到15公分就行。我听了他的话，我怕藕长不好，前天扬了点儿肥料……""你不仅水加少了，还扬了肥，赶紧把藕池里的水放了，重新换水，加到20到25公分，甚至加到30公分都行，赶紧去，要不然你这藕可能都完了！"杨新凤赶紧催促。

按照她的经验和朋友的藕池情况，她之前建议池中加水一定要多，因为朋友的藕田盐碱程度大，放水浅了就压不住碱，地一返碱，莲藕当然就受影响，再加上藕叶刚刚长出来，还不需要营养，扬上肥料相当于让一个不需要任何营养的人吃上一顿肉，不仅营养吸收不了，还会因肠胃负担过重而生病。果不其然，朋友按照她的说法操作一番，藕池又重新焕发了生机。

"兄弟呀，你要记住，不管种什么，一定要因地制宜。你严格按照我说的做，等莲藕长出 80% 绿叶的时候再告诉我，我再跟你说下一步怎么做……"杨新凤像一个手把手教学生写字的老师，一笔一划都要求工整、到位。

"所有的经验都是从成功和失败的经历中总结来的。"杨新凤听到有人说养藕一定要大水大肥，她就会强调："什么时候追肥、追多少肥，一定要'听荷叶的'。"施肥过多，荷叶的伞球就会朝上；一旦荷叶干边发黄，就说明水出了问题；如果叶片变薄发黄，但仍然平整，就一定是缺肥了……杨新凤像一个把脉问诊的医生，把着荷叶的"脉搏"随时调整着种植方案。

她懂莲藕，也懂莲藕市场。

2015 年下半年，正值采藕高峰期。往年的这时候，藕价高抬，从河南、河北、东北等省赶来的"藕老板"开着收购车早就在藕池旁边排队了。而今年，她接到的问价电话却寥寥无几，她纳了闷儿："今年怎么了？这么反常？"她给东北的一个"藕老板"打电话，"河北这边的藕就能装满车了，杨老板，过段时间再去你那里。"杨新凤心里一惊："看来，今年这藕要降价了。"她进一步打听到，不光河北，天津的莲藕也丰收了，看来，莲藕的价格低谷来了。

第二年，杨新凤就迅速缩小了莲藕种植面积，最少的时候只留了 400 余亩。她把自己预测的信息告知了附近的藕农，大部分人不但充耳不闻，还说起了风凉话："你自己种藕发了财，现在又不让我们种了，安的什么心！"事实的走向验证了杨新凤的预测，接下来的两三年，莲藕市场一片萧条。有的种植户因盲目扩大种植面积，丰了产却赔了钱，原本两三元一斤的白莲藕，八毛钱一斤还要向"藕老板"说好话陪笑脸，更多的莲藕则是一堆一堆扔在那里，看得人心疼。

看到这样的情景，杨新凤更是着急上火。为了保障专业合作社社员们的利益，她跑到各个大城市联系客户，寻市场，找销路，但在整个莲藕市场饱和的情况下，她的奔波并没有换来好的销路。原本红红火火的汇鑫莲藕种植专业合作社社员们，赔本转行的、退出寻找新出路的逐渐出现，到2018年，只剩下了五家。

低谷里总藏着新的机遇。杨新凤把目光瞄向了莲藕加工市场，并与迪拜、马来西亚等国家的客商达成了黄河口莲藕出口意向，杨新凤成了把黄河口白莲藕推向国际市场的第一人。投资260余万元建起的莲藕加工厂，忙碌不停。刘美利发明的莲藕清洗机，还获得了国家知识产权局授予的国际先进成果奖，一整套莲藕清洗设备的造价就高达100多万元。投资得到了很好的回报，他们的莲藕出口生意做得风生水起了。

直到2019年，莲藕市场重新回暖，杨新凤又把莲藕种植面积从400余亩逐渐扩成600亩、700亩、1000亩。

就在他们推测市场将触底反弹的时候，刚刚建起不久的厂房却要迎来被拆除的命运。

生态保护，功在当代，利在千秋。

他们夫妻俩虽然讲不出大道理，也懂得在生态保护的现实课题面前，国与家的利益孰轻孰重。

更重要的是，作为莲藕种植大户、莲藕生产企业，盯着他们的，不只是相关单位的工作人员，还有在一起种植莲藕的"藕友"们。不同身份的人想法就不一样，县乡主管部门希望他们夫妻俩速速行动起来，给其他人做个表率；"藕友"们则希望他再坚持一下，他们也就能"理所应当"地再拖几天。

刘美利犹豫再三，选择了自行拆除厂房，用行动向生态环境向好贡献了一己之力。

命运不会辜负认真、努力、奉献的人。属于夫妇俩的幸运不久之后就来了，南京新建的一座产业园对外招引高科技项目，他们的莲藕加工厂经过一系列评估考察后成功入驻，他们的莲藕加工事业，从黄河尾闾的黄河口镇迁移到了长江岸畔的南京。紧邻黄河种植莲藕，靠着长江加工莲藕，打破地域限制后，他们的事业在经历了取舍之后，逐渐向暖。

黄河是中华民族的母亲河，她哺育了中华文明，也在岁月的侵蚀下伤痕累累。对黄河的全面保护，成为一项刻不容缓的生态课题。

2018年1月，《三江源国家公园总体规划》正式印发，三江源国家公园建设步入全国推进阶段。"禁游"是三江源国家公园黄河源园区管委会下发的第一项禁令。

根据《三江源国家公园条例（试行）》等相关规定，自2018年5月24日起，禁止一切单位或个人进入扎陵—鄂陵湖、星星海自然保护区开展旅游、探险活动。禁止旅游的面积为1.91万平方公里，违者将受到处罚，情节严重者将被移送司法部门，追究相应责任。

2021年10月12日，我国在生态多样性大会上宣布：设立三江源国家公园。大熊猫、东北虎豹、海南热带雨林、武夷山等首批国家公园。其中，三江源国家公园保护面积19.07万平方公里，是其中面积最大的一个国家公园。

2021年10月19日，国家公园管理局函复同意《黄河口国家公园创建方案》，标志着黄河口国家公园从创建准备阶段正式进入创建实施阶段。

从黄河源头到黄河入海口，两个国家公园的建设，都与黄河流域生态保护与高质量发展息息相关。

作为我国第一个"陆海统筹型"国家公园，以黄河三角洲国家级自然保护区为基础，整合周边的山东黄河口生态国家级海洋特别保护区、山东东营河口浅海贝类海洋特别保护区等8个自然保护地及其周边关联地带，划定黄河口国家公园（规划）的总面积35.23万公顷。其中陆域面积13.71万公顷，海域面积21.52万公顷。

黄河口国家公园要真正实现"国家所有、全民共享、世代传承"的建设目标，需要做的工作和经受的考验还有很多。除了建立统一高效的管理体制机制，建立健全生态保护和资源管理监督机制等制度、机制方面的保障，还有构建"天—空—地—海"一体化监测体系，对珍稀濒危鸟类栖息地保护、贝类原种场保护恢复、湿地生态系统修复、外来有害物种防治等方面重点工程的建设。除此之外，更严峻的考验，就是如何处理自然保护与当地社会经济发展之间的矛盾了。黄河口国家公园的划定范围内，存在传统渔业捕捞区、海产养殖区和油气企业采矿探矿区，保护与发展的矛盾是亟须解决的重大难题。

2021年12月29日,《山东省国家公园管理办法》正式发布,并于2022年2月1日起正式实施。《山东省国家公园管理办法》中明确规定,国家公园分为核心保护区和一般控制区,实行差别化管理。核心保护区原则上禁止人为活动;一般控制区原则上禁止开发性、生产性建设活动,在符合现行法律法规前提下,除国家重大战略项目外,仅允许对生态功能不造成破坏的有限人为活动。还明确规定,国家公园内全民所有的自然资源资产属于国家所有。集体所有土地及其附属资源,按照依法、自愿、有偿的原则,通过租赁、置换、赎买、合作、设立地役权等方式实施管理。

2021年12月16日,东营市人民政府办公室印发了《黄河口国家公园主要矛盾调处方案》,明确指出黄河口国家公园创建面临的重点问题,主要是调处确权海域、盐田、养殖坑塘、居住人口等4类矛盾问题。

对于确权海域,要求有效维护自然生态系统的完整性,确权海域合同(协议)未到期前,在不扩大其规模的前提下,允许适度开展捕捞、养殖等活动,一定要加强养殖水质监测和水生态环境监测,在合同(协议)到期时及时收回。黄河口国家公园确权的海域共29751.5公顷,主要是开放式养殖用海,涉及垦利区的32宗,用海面积9788.9公顷。

对于盐田和养殖坑塘,明确要求"在不扩大其规模的前提下,通过加强管控、禁止破坏性或污染性生产活动,减少对生态环境的影响。合同(协议)期限在2035年及以前的,到期及时予以收回;2035年以后的,于2035年予以收回;未签订合同(协议)的,于2023年年底前予以收回。"

黄河口国家公园内盐田2362.4公顷、养殖坑塘2288.3公顷。涉及垦利区的盐田4宗共1493.3公顷、养殖坑塘21宗共1245.9公顷。

按照国家公园矛盾调处方案要求,黄河口镇需在2023—2025年陆续完成约32400亩土地的退出任务,占整个垦利区需退出的陆地总面积中约90%。其中2023年需退出全部10000亩养殖坑塘和3500亩盐田,2024年4月底需退出3600亩盐田,2025年需退出剩余的15300亩盐田。

为确保国家公园养殖有序退出,黄河口国家公园建设工作有序推进,黄河口镇上下协同发力,成立了由书记、镇长任组长的工作小组,组织专人开展了现场锁定和测绘，抽调5名科级干部，20名精干力量组成下沉小组，逐户答疑、讲解，在对涉及的养殖坑塘和盐田的合同、原始合同签订人、实际使用人等进行了深入细致的摸排分析的基础上，按照"成熟一户，签订一户"的原则，持续引导养殖户签订退出协议。

刘美利杨新凤夫妇没有想到，在拆掉建造的厂房短短两三年后，在又一次面对保护黄河生态的课题面前，他们又要对经营了十五六年的藕池进行一次割舍。

这一次，他们没有任何犹豫，一边顺应政策要求缩减藕池面积，一边在周边另寻种藕的地块，终于在黄河农场三分场附近承包了一片地。刘美利再一次开着他的挖掘机，像首次挖掘藕池一样，细心地翻耕土地、改良土壤，种上了藕种，种上了新的希望。

随着创建黄河口国家公园步伐的推进，刘美利杨新凤夫妻俩又一次觉出，他们迅速迁移藕池的行动，是为黄河口国家公园建设让路，又是为自己的种植、养殖事业"续航"。

到2023年底，黄河口镇10000亩坑塘养殖全部完成退养目标，盐田的退出也在按计划稳步进行。

退出范围内共涉及9户，面积最大的是张希臣所有的东营市万丰盐业化工有限公司，退出面积约29000亩，占黄河口镇全部退出面积的90%，其他8户面积从40余亩到700余亩不等。

按照部署，黄河口镇在十七号闸附近成立了国家公园矛盾处置工作指挥部，由党委副书记、镇长陈文波任组长，下设综合协调组、现场下沉组、信访维稳组、财政保障组、宣传报道组等五个下沉工作组，他们在指挥部集中办公，24小时轮流值守。

在前期多次召开法律研判会及矛盾问题分析处置会议的前提下，五个下沉工作组工作人员根据分工安排，克服雪大路滑的恶劣环境，不分昼夜，到广饶及市外入户洽谈20余次，到家中及养殖现场走访交流150余次，对退出政策、退出时限及评估单内容进行多次面谈讲解，联合评估公司工作人员对养殖户及盐田使用人提出问题及异议进行答疑，对评估内容进行现场复核。按照"成熟一户，签订一户"的原则，积极引导有退出意向的地块承包人签订退出补偿协议。经过近20天的努力，截至2023年底，已签订退出补偿协议养殖户共6户，面积共2190.56亩。

下沉工作组的工作人员既坚持制度与法规的底线，也充分考虑盐田经营者的现实情况，反复权衡，确保既保障盐田户利益，又保障生态保护底线。

东营市万丰盐业化工有限公司经营的盐田，一宗2023年退出，一宗2024年退出，2宗2025年年底退出，企业生产用的蒸发池、结晶池交叉在不同地块，于不同年份退出，这将会导致该企业制盐生产无法正常进行。同时，企业所有的溴素厂的海水提溴生产工艺又与制盐直接相关，属于循环工艺链，如若盐田、养殖业一旦退出，该溴素厂也将无法生产，这将会给该企业造成巨大损失。面对这种情况，下沉工作组工作人员动之以情、晓之以理，积极协调关系，保障该公司的利益，他们的工作，直到现在仍是"进行时"。

除了对黄河口国家公园划定区域内养殖坑塘的收回，其他养殖区域的生态标准、农业用水、生活用水等方面也有了明确的要求，在"以水定城、以水定地、以水定人、以水定产"的要求之下，又有一些养殖户在面对定量用水的政策时退出了养殖业。

值得一提的是，刘美利杨新凤夫妇的生态循环用水方案，巧妙地规避了用水定量的问题。

时光回溯到2015年春天，刘美利杨新凤夫妇买了一些虾苗，先是放到塑料大棚里养，待虾苗渐长，室外温度回升，就把幼虾撒到了大田里自然生长，大田里的水和藕池里的水进行循环利用，藕池中鱼蟹吃不完的饲料正好成了虾的食物，虾池里的肥水流到藕池里，正好废物再利用。

因为有了节能环保循环养殖项目的有效尝试，杨新凤的藕池用水，用的照样是附近鱼池、大闸蟹养殖池里排出的污水。喂鱼、喂大闸蟹要不断投喂饲料，几天后池水就会变成绿色的废水，她把这些废水引到藕池，水中的鱼粪、蟹粪正好是莲藕生长的养料，七到十天之后，水就变清了，经过藕池"过滤"后的清水又进入她的养殖池。杨新凤心里清楚得很，鱼池蟹池流出来的是绿乎乎、黏稠稠的废水，可养殖户前期做了很好的防疫措施，根本不用担心病菌问题，这些废水不论注入单独的藕池或是藕蟹混养的池子都比较安全。另外，控碱沟里的水、稻田里排出的水，她也适时引到蟹池里，"我种藕、养鱼、养蟹，仅循环用水这一项，就不但节省了水费，还净化了环境。"

黄河口的生态保护需要国家政策的约束，更需要生活在此地的人们的身体力行。对于脚下的这片土地，对于生存的这片土地，他们爱得深沉，只需用行动表达。

小时候割过草、拾过荒、打过兔子的土地，长大后成了创新创业的主战场，他们用先进的生产工具耕犁开土地，让产业支撑起致富的蓝图，在日新月异的生活里写下黄河口圆梦的诗行。

由于需要长时间照料藕池和鱼蟹，夫妻俩几乎常年住在藕池边的板房里。他们很享受自然原生态的生活场景。走在两旁开着野菊花、喇叭花、野大豆、野苜蓿的土路上，就能想象出父辈初到这片荒野拓荒耕种时的场景，会更感念社会的发展与变迁，日子的富足与美满。狗尾巴草、红荆条、柽柳，诉说着黄河、大海与盐碱滩胶着的故事。走得急了，草丛里也许会有野鸡、野兔"嗖"地蹿出来。水塘里一群一群的黑水鸡扎个猛子就搅得水面泛起圈圈涟漪，若是成群地飞起，扑棱棱的翅膀自带风声。这是大自然自由谱就的乐章，也是他们一直尽力呵护的原生态。

吃了一辈子"农业饭"的刘美利，对农业和农村将走向何方，有属于他的思考。"走产业化规模种植、集约化综合利用的路子，可能是农民最好的选择。"刘美利说，从以前到现在，大部分从事传统农业生产的，大多是以出卖劳动力为生存的主要手段的人群，但是，随着社会的发展和国际的接轨，农业产业化正蓬勃发展。

当年才十来岁的刘美利就愿意在生产队干活；他十四五岁时，生产队解散，各家各户开始单干，小毛驴、牛、马牲畜等也分产到户，人们干活的热情一下子被激发了起来，每家每户男女老幼齐上阵。没过几年，农户家里的农用机械就多起来了。"最流行的是小十二拖拉机，有钱的买新的，没钱的就买个旧的，耕地播种，那可快太多了。"刘美利根本想不到，又过了几年，随着农业机械化程度的进一步提升，传统农业劳作的方式又发生了天翻地覆的变化。

原来到了麦收时节，十几个劳力在百十亩麦田里没日没夜地忙活，半个月之后，才能让麦粒归仓。若是遇到雨天，麦子捂了、发霉了，一年的收成就会受大影响。现如今，几个人就能轻松种好2000多亩地。有现代化农业设施做保障，耕、种、收全部机械化"一条龙"，"联合收割机收的麦粒直接进入烘干塔烘干，接着就进到收购商的粮仓了，一季麦子从收割到变成现金最多三四天，你说痛快不痛快？"

2023年秋天的一个中午，刘美利夫妻俩边吃饭边商量在有一块300亩的地里种点啥，最后两人决定种小麦。刘美利下午开始打电话，联系麦种、肥料、播种机，第二天一早，所需的设备和物料就都到地头上了，一天时间，300多亩麦子全部耕种完成，"原来想不到的事儿，现在都成为现实了，农业机械化，太厉害！"刘美利不由得叹服。

土地，始终能带给人最大的安稳和依靠，新一代农民，必将在广阔的土地上耕种出农业现代化的新图景。

黄河口牧马图

盐碱地与"小甜心"

2023年8月，欢快的风荡漾在黄河口镇，以"采摘甜心无花果，骑游生态黄河口"为主题的黄河口镇无花果文化旅游节拉开了序幕。

自行车竞速、慢骑、接力等骑游活动，蒙眼吃无花果、亲子采摘、袋鼠跳、挑扁担、沙包投准等趣味活动，欢声笑语传递，亲情互动交融，黄河口的风中充满轻松、惬意、融洽，大家吃着被叫做"小甜心"的无花果，也品咂着舒心生活、产业致富的味道。

黄河口松软沙土地上种出的小小无花果，已经成为黄河口镇产业致富的"甜心果"。

原产于地中海沿岸的无花果，在汉代从波斯传入，既可种植在庭院、公园观赏，也可以作为经济作物种植。由于其无公害、产量高，再加上对环境的适应性强，无花果在我国广泛种植，新疆、江苏、上海、浙江、福建、广东、陕西、四川、山东等地，都是无花果种植大省。无花果当年栽苗当年挂果，是世界上投产最快的果树之一。因为抗风、耐旱、耐盐碱的特性，在干旱的沙荒地区，无花果竟还能起到防风固沙、绿化荒滩的作用。

山东省内，威海、青岛、烟台等沿海地区有着多年的无花果种植历史，鲜果远销各地，声名在外。这身量小小、营养丰富的鲜果与黄河口镇"结缘"，得从2020年前后说起。

黄河口镇是典型的农业乡镇，中华人民共和国成立前后，几次规模较大的移民垦殖和集体垦殖，以及附近村落村民的迁移开荒，使这片黄河新淤地逐步被开垦完成。曾经长满荒草的盐碱地，种上了应季的庄稼，春种夏耘，秋收冬藏，季节轮转，一年又一年。

时间的巨轮行进到新时代，地处黄河尾闾的东营市旧貌换新颜，结合当地资源和优势，逐步发展起石油化工、橡胶轮胎、石油装备、有色金属、新材料等特色产业，驱动着产业结构进一步优化，在科技创新的引领下焕发出全新的神采。

黄河口镇这片离黄河三角洲自然保护区最近的乡镇，由于地理位置以及生态环境保护、国家公园建设规划和国土空间规划的限制，工业项目无法落地，注定了黄河口镇要围绕着"农"字发展镇域经济。虽然粮食种植、棉花种植、牧草种植、畜牧养殖、海水养殖等逐渐走向规模化，却一直没有发展起支柱产业。乡村振兴的路要走向何方？

黄河口镇地域宽广，常住人口却少，1317平方公里的地域内，有63个行政村，常住人口却只有1万人，客观条件决定了必须利用自身的资源优势。为了让更多的村庄抱团发展，集聚资源，做大做强产业，实现群众增收和村集体经济壮大，黄河口镇党政一班人，四处联络考察、实地论证，不论是柳编还是电子商务，都被他们考察筛选过，最后，他们的目光落在无花果种植上。

耐瘠、抗旱的无花果最宜在排水良好的砂质土壤栽培，黄河口镇的砂质土壤能为无花果提供适宜的生长环境，但问题又来了：黄河口镇从来没有无花果种植的经验，管理、销售一系列问题如何解决？经人介绍，他们又到寿光考察多次，确定了与寿光景檀新晶公司合作，并采用建设、种植、管理、销售的一体化托管模式。

2020年，黄河口镇流转了小高村及周边村庄的320余亩土地，落户无花果产业种植园。种植无花果，需要投入大量资金，黄河口镇领导又广寻门路，以惠农贷款和农户入股的形式筹得首批启动资金。全市首个村集体经济产业园——黄河口镇现代农业产业融合示范园的蓝图，即将从设计图纸上走到广袤的田园。

小高家村在黄河口镇的最西端，这片土地最早开垦于1937年，那一年，利津县小高家村部分村民迁来此地垦荒，1938年，寿光县辛庄、周瞳、石桥等村陆续有人迁来。1961年，孤岛共青团林场宋坨分场小高家村部分村民北迁至此建村，"小高家村"这名字一直沿用。小高家村的村民以种植棉花、小麦、玉米为主，盐碱地上，辛苦一年收成甚少。土地向外承包，喊出100元一亩的承包费也没人来应。镇政府集中开展农田水利基础设施改造，挖沟渠进行盐碱地改良，于是有种植大户承包土地种上了莲藕。村里不论是在家种地的，还是在外打工的，都盼着村子在产业引领下尽快富起来。

2020年7月，首批7个无花果高温大棚打下了第一个木桩，按照事先确定的面积、布局，大棚正式开工了。

到12月底，7个大棚全部建设完成。转年开春，首批无花果栽种到了温暖的大棚里，在黄河和大海共同亲吻过的黄河口镇扎下了根。

无花果产业园里种植了40余种无花果，种植最多的品种叫波姬红。这是一种国内最受欢迎的大果型鲜食红色无花果品种，因为经济种植优势明显，素有商业种植"王者"之称。

随着气温渐暖，无花果也开枝散叶，轰轰烈烈地生长起来。到六月份，首批无花果便在东营、寿光的超市开售了。黄河口镇注册了"黄河口小甜心"品牌，这些紫红色长卵圆形的果实，有着红色的果肉，味甜汁多的"黄河口小甜心"一上市，甜糯的口感就"粘"住了一大波顾客。与此同时，黄河口镇现代农业产业融合示范园的第二期工程正在紧锣密鼓地向前推进。

黄河口镇现代农业产业融合示范园进一步探索出"支部领办合作社+镇级平台公司+专业运营公司+中国农科院郑州果树所+产业农民"的"五位一体"全链条运营模式，整合乡村振兴服务队资金、扶持村集体经济专项资金、"强村贷"融资、地方政府专项资金、库区移民后扶资金，吸纳了36个村集体入股参与项目，二期、三期工程完工后，共建成了标准设施大棚51个，还配套了加工厂房、冷链物流配送中心、综合展示中心，将园区打造成了集无花果种植、观光采摘、加工冷藏、冷链物流、研学教育于一体的综合性现代农业产业融合示范园。

随着从种植到出产依据标准实行全周期管控的黄河口无花果的声名远播，销路也越来越广，开始远销省内外。2022年，黄河口镇以"采摘+骑游"为核心，办起了首届无花果文化旅游节，同时开启了将特色农业产业、体育竞技、生态休闲观光旅游等领域串珠成链，以传播黄河口特色地域文化，推进农文体旅深度融合，实现"农业+文化+旅游+体育"融合发展的新探索。

根据季节不同，盐碱地上的无花果批发价波动很大。夏天的价格低一些，批发价每斤 6~7 元；到冬天，批发价一般在 15~20 元，还往往供不应求。

熊庆利是寿光景檀新晶公司特派的管理人员，与另外两名同事管理着这片无花果产业园。他曾到过美国、阿曼、柬埔寨、沙特阿拉伯等国家种植蔬菜，有着多年管理蔬果的经验。2020 回国后，恰逢黄河口镇的无花果

黄河口镇现代农业产业融合示范园

园项目上马。他参与了园区设计、建设的全过程，后续的管理也由他全权负责。

在熊庆利看来，黄河口镇有着无花果绝佳的生长土壤，这是天然的赐予；更让他感动的，是项目施工建设、细节推动过程中的人为助力，"黄河口镇镇政府的推动和支持，除了政策方面，还体现在各个细节里。"熊庆利说，从建设所用的水、电、变压器的及时打通，到各项事务之间的顺畅衔接，还有对他们以及工人衣食住行方面的细致周全，他们感受到了来自黄河口镇的诚意，也在用最大的诚意回馈着黄河口。

无花果开售不久，就遇上了 7 月里的一场大雨。虽然大棚内的排水系统做得很好，但随着河水水位上涨，倒灌的水也进了大棚里，直到河水水位降下去，大棚里的水也慢慢退去。这样一来，无花果不但容易裂果，口感也会受到影响。那年夏天，大棚一共被淹了两次。在这样的情况下，熊庆利开始琢磨，让大部分无花果的成熟期避开夏季多雨期。若冬天成熟售卖，既避免了大水倒灌造成的经济损失，还避开了夏季销售价格低迷期。接下来，他适当调整无花果的生长期，选择合适的时机平茬，保障下一批无花果的大批量上市时间在 12 月左右，为无花果园创造了更大的经济效益。

黄河口镇的无花果，采用的是"水肥一体化"种植技术，这是一种把灌溉与施肥融为一体的农业新技术。借助压力系统或地形的自然落差，把可溶性固体或液体肥料按照土壤养分含量和作物种类的需肥规律和特点，配兑成的肥液与灌溉水，通过可控管道系统供水、供肥，使水肥相融后，再利用管道和滴头形成滴灌，确保均匀、定时、定量浸润作物根系发育生长区域，使主要根系土壤始终保持疏松和适宜的含水量；同时根据不同作物的需肥特点、土壤环境和养分含量状况、作物不同生长期需水需肥规律情况进行不同生育期的需求设计，把水分、养分定时定量地按比例直接提供给作物。这一技术节省了人工、提升了效率，对于技术人员，却提出了考验。他们必须细致观察长势，根据实际情况配兑肥液，再根据浇水后反映出来的变化，随时调整肥水比例。除此之外，还要通过叶片查看病害并进行有效防治。熊庆利每天观察着无花果，有序安排着每天的工作。

在无花果大棚里上班的，大多是附近村的农民。固定用工是小高家村的村民，他们常年围着无花果劳作。需要临时用工时，就从周边村民临时雇佣，无花果产业园为周边村民们提供了家门口就业的机会。

46岁的李巧梅是小高家村的村民。丈夫在外打工，孩子上大学，她平时侍弄三亩耕地的庄稼，农闲时周边打打零工，赚个零花钱。无花果产业园开建了，家里的三亩地以800元每亩的价格流转出去，她不用再春种秋收。听到无花果产业园聘用全日制工人，李巧梅就赶紧报名签了合同，因为认真负责，她还成为了小组长。"每月4000元工资，逢年过节还有福利……"李巧梅很是满足。

用李巧梅的话说，用传统的方式种地，很受累，收成却不如人意。一年里，她辛苦忙碌，一季小麦一季玉米，除去施肥、浇水、农药、种子等必要的支出，最终也就余下三四千元。再加上平日里打零工的收入，她一年满打满算，最多收入两万元。到农忙的时节，她一个人忙不过来，还得让打工的丈夫回家帮忙，这对丈夫的收入也有影响。现如今，她是无花果产业园的工人，每天骑电动车按时按点上下班，车程只有10分钟。一天工作八小时，每月两天休班，每年就能有近五万元的进账，成了村里不少妇女羡慕的对象。"我赚的就够一家人花销、供孩子上大学,这样一来,孩子爸爸赚的钱,就能存下来了。"老百姓算账,算的就是经济账、实惠账。

每天一早一晚,熊庆利的手机会比较忙碌,收购商先通过电话"下订单"。长在盐碱地、喝着黄河水长起来的黄河口盐碱地无花果,跟着收购商的车轮走进千家万户。

经过精心种植、养护的无花果树,第一年每亩地的产量在4000~6000斤,到第二年,每亩地的产量就达到了8000多斤。从第一年的一叶一果到第二年的一叶两果,熊庆利说,只要管理得好,无花果就能年年增收;大棚的塑料薄膜两年换一次,就能充分达到采风、保暖的良好效果;一般一个大棚15~20年都依然保持着产量。

黄河口无花果的产量不仅逐年增长,口感也越来越好。滨州、青岛、北京的客户排着队下订单。进超市的无花果,价格更是水涨船高,每斤竟能卖到35~40元。

政、企、村三方合作的模式,让黄河口镇无花果种植既能依靠农业公司先进的种植管理经验,拥有稳定的销售渠道,还能实现线下对接国内高端超市卖场、线上与电商平台签署代运营协议的"双轨"运行模式,实现收益最大化。

2022年,黄河口镇现代农业产业融合示范园实现产值2100余万元,收益达820余万元。36个入股村村集体经济收入全部突破10万元。园区累计开展了"走进产业园,研学向未来"系列活动30余期,接待家长和儿童1000余人次。同时,黄河口镇现代农业产业融合示范园还为周边100余名妇女提供了就业岗位,打造了"36+N"的"爱润产业园"妇建联合体,人均年增收2万元以上。黄河口镇现代农业产业融合示范园先后被授予"东营市现代农业产业园""市级巾帼双创示范项目"等荣誉称号。

黄河口镇现代农业产业融合示范园以无花果鲜果为基础,还开发出了不少衍生产品:无花果酒、无花果干、无花果茶、无花果饮料……设计的与研学课程相配套的无花果文创产品,深受孩子们的欢迎。立足无花果,黄河口镇的富民产业已开出了艳丽的"幸福花""致富花"。

黄河口镇现代农业产业融合示范园位于五七渠示范片区,人流量很大。黄河口镇充分利用客流、区位的优势,将打造的"家在黄河口"新时代文明实践品牌落户在此,通过旗帜黄河口、生态黄河口、幸福黄河口、温情黄河口、平安黄河口等子品牌,汇聚起向上的合力。

绿色是底色,生态是特色。绿色、生态的黄河口,正生生不息奔向未来。

黄河口镇现代农业产业融合示范园

沧海升明月

CANGHAI SHENG MINGYUE 【第五章】

杨庙"神话"

春节就要到了,生活在杨庙社区的村民们又要忙年了。

虽说过年像每年一次的例行"打卡",但他们过年的心气儿倒一年比一年强了,"过去生活不好,是怕年、躲年,现如今日子越过越好,天天都像过年,好日子年年有盼头。"

日子好了,心里亮堂了,一家人守在一处,走亲串友,热热闹闹,大家伙儿盼的,是团圆年、富裕年,是有奔头的岁岁年年。

腊八节那天,2024春节山东乡村文化旅游节东营启动仪式就是在这里举行的。

现场仅有非遗大集、年货大集,还有爱心送书、健康义诊、爱心理发、书写春联等文化惠民活动。黄河威鼓擂起来的时候,现场气氛高涨,秧歌扭起来了,一张张朴实的笑脸映在花团锦簇的头饰、衣饰里,呈现着蒸蒸日上的生活、和和美美的日子。

2021年10月,习近平总书记亲临杨庙社区视察,杨庙社区居民的笑容通过《新闻联播》的画面传递到千家万户。从他们的笑容里,我们看到了190万黄河滩区迁建居民的幸福感。

黄河流入东营后,河道左转弯近90度折向东北方向,进入南起东营区龙居镇麻湾、北至利津县利津街道王庄长达约30公里的"窄胡同"。

这段河道堤距1公里左右,最窄处的小李险工段仅有441米,从1883年至1938年的55年间,这段河道有23个年份决溢成灾,给周边群众造成了很大危害。

1951年和1955年，黄河先后在利津县王庄和利津县五庄村决口，给滩区人民造成了巨大伤害。

1962年9月23日，石油工业部华北勘探处在河道南岸打出了当时全国日产量最高的油井——营二井，石油工业部要求"确保南岸堤防"。1968年，黄河北岸又开发出了滨南油田，石油工来部又提出"两岸必须一起确保"的要求。

1970年5月，水电部牵头制定了"南展、北分、东大堤"的近期河口治理意见。

在充分发动社会调查以及认真勘测规划的基础上，1971年，中华人民共和国国家计划委员会正式批准了"以防凌为主，结合防洪、放淤和灌溉，保障沿黄人民群众生命财产安全以及胜利油田开发、工农业生产发展和改善展区生产条件"为主旨的黄河南展宽工程。

黄河南展宽工程建设之前，杨庙村、新李村、宋王村等11个自然村散落在黄河东岸、利津黄河大桥南约1公里处的黄河滩区，与利津县城隔河相望。

南展宽工程主要包括南展大堤、分泄洪闸、避水房台和配套工程，工程战线长、工程量大、涉及人口多，并且物资十分匮乏。

根据上级指示精神，山东省成立了黄河南展宽工程指挥部委员会和黄河南展宽工程指挥部，建立了7个党委、37个党总支、205个党支部。指挥部在制定下发有关土地征占、房屋拆迁及群众安置等方面的政策基础上，深入宣传发动群众，形成了强大合力。

南展宽工程从1971年10月开始，到1978年结束，组织12个县和地区的水利专业队共24.6万余人次先后参与施工，总长38.65公里，垦利境内有28.2公里。

当年，工地上红旗飘扬、夯声嘹亮。工程指挥部党委带领党员群众发扬"一不怕苦，二不怕死"的革命精神，工地战报上，红旗班组、铁人式班长、钢铁民兵、模范炊事员的模范事迹层出不穷，鼓舞着参与工程建设的民兵和党员群众，以更加高昂的干劲投入修建大堤的"战斗"之中。

南展大堤工程从1971年10月动工到1972年12月29日竣工，历时14个月，调集近 98348 人次施工，新堤植树 12 万株，植草 141 万平方米，建防汛屋 76 座，守险房 2 处，备石料 3000 立方米，架设通信线路 38.6 公里。

大堤修建过程中，同时开展了黄河南展涵闸工程的建设，在临黄堤上，修建麻湾分凌分洪闸工程，用以有效控制分泄洪水；在南展堤上，修建涵洞式灌排闸、电力扬水站，以解决南展区雨涝、分洪、引水灌溉和油田工农业生产用水问题。相比南展大堤的建设，涵闸工程的难度更大，面对时间紧、条件差、材料缺等一系列问题，建闸指挥部党委提出了"边组织、边设计、边备料、边施工"的推进方案，分步实施、整体推进。

黄河南展涵闸工程总投资 1891.48 万元，用 228.82 万工时完成土方 124.69 万立方米，1973 年底，麻湾分凌闸建成投入使用。

岁月如梭，50 多年的时光过去，那些战天斗地的场面只能在泛黄的黑白照片里寻见，可那一首首战地诗歌，却用激昂的韵律把人们带回那个时代。

《十六字令》里，每一句都是鼓舞和号召：

　　干，治理黄河到前线，重实践，作风要转变。

　　干，百里工地红旗展，齐努力，团结谱新篇。

　　干，你追我赶挑应战，比干劲，壮志冲霄汉。

　　干，不怕流血和流汗，为人民，愿把青春献。

　　干，敢向自然来宣战，山地头，河水听人唤。

　　干，精心施工讲安全，千年计，质量是关键。

　　干，比学赶帮高潮掀，树雄心，目的定实现。

《战南展》里这样抒发满腔的豪情：

　　红旗飘，军号响，黄河岸边摆战场。

　　机车轰鸣人如潮，铁锹映日闪银光。

　　英雄个个显身手，车轮滚滚战歌扬。

　　千军万马齐奋战，誓叫黄河换新装。"

南展大堤修建完成后，人工修筑房台的工程又紧锣密鼓地开始了。

工程于 1973 年春动工，先后 10 多万人参与施工，在"比思想、比作风、比干劲、比贡献"的精神鼓舞下，工人们自发组成了突击队，挖土、推车、培土，分工明确，各负其责；有的父子齐上阵，一人前面拉车，一人后面推车。广大党员群众战天斗地、不畏苦难，用铁锨、推车创造出一个又一个奇迹。截至1977年底工程完工，共修建总面积328万平方米的避水房台38个，其中临黄堤外31个，南展堤外7个，38个房台中有35个是靠人工修筑的，3个是机械淤筑的。

根据黄河南展宽工程总体规划，南展区将成为蓄滞洪区，需将群众就近搬到房台上安置，对于迁建房屋，按每间正房130元、粮食30公斤、煤30公斤的标准给予补助，杨庙片区的11个大队发挥党组织战斗堡垒和党员先锋模范作用，宣传发动群众，带领村民攻坚克难、奋勇争先，自1976年8月开始，一场建房搬迁的"硬仗"打响了。

建房迁建虽是好事，对于当时的人民群众来说，却是困难重重。在客观现实方面，南展区群众家底薄，物料紧缺，搬迁户多，劳力、物力紧张；在情感方面，让他们搬离居住了几十年的家园，搬到狭小的房台上居住，故土难离是萦绕在南展区群众心间的愁绪。这时，各村的党员干部纷纷入户做群众工作，他们心往一处想，劲往一处使，各显其能，攻坚克难。

新李大队支部书记李英杰为了解决搬迁盖房木材不足的问题，发动群众筹资，并专程到邹平考察林木，低价购买来一批优质木材，利用黄河水运运回来，解决了建房木材不足的问题。

东范大队党支部为了解决劳力不够的问题，提前谋划，发动党员群众筹资，到牛庄购买骡马，组建了两架三套马车成立"骡马运输大队"，不仅减轻了本大队盖房的压力，还给周边几个大队提供了极大便利。在建设土坯房过程中，东范大队党支部发动群众齐上阵，成立了党员突击队、青年突击队、巾帼突击队，比着干、抢着干，有的女社员一天脱土坯上百个，男社员更是撸起袖子加油干，创下了盖房的高速度纪录。

杨庙大队支部委员杨学礼是个盖房的好把式，为了解决狭小房台的宅基地分配问题，他白天忙完农活，晚上带领群众到宅基地上丈量放线，经常干到下半夜。由于准备充分，考虑周全，全村135户527人的宅基地只用一夜就分完了。党员程锡林也是个能人，他带头把队里的男女老少组织起来，成立了盖房小分队，瓦工垒墙、木工上梁、棒劳力脱坯、老年人打薄，齐心协力、分工协作，盖房的效率也大大地提高了。

1979年6月，房台村基本完工，受黄河侵扰多年的滩区百姓，搬上了高高的房台村。

房台高于行洪水位，低于黄河大堤，镇上统一修筑的房台南北宽13米，东西长度人均只有2.8米，受制于瘦长的房台，人均居住面积不足10平方米，最紧张的时候，人均居住面积不足6平方米。

干了多年宣传工作的程永锋就是在房台村的新房子里出生的，他的乳名就叫"新房"。

在他的记忆里，房台村狭窄的胡同仅能通过一辆板车，逼仄的房间内燃着一盏昏黄的油灯，一家人挤在一起，连转身都很困难。房台村往东是行洪的展区，没有路，紧临黄河，整个村子被隔成了"孤岛"，乡亲们就这样窝在家里，守着人均不足2亩的土地，靠天吃饭，大伙儿在这样的环境里一住就是近40年。房台逼仄，人畜混居，这样的房台村对于被黄河水灾扰动过的百姓来说，却是安全的所在。

安全，是人们生存的底线。

1999年10月，黄河小浪底工程投入运行，通过与三门峡水库联合调度，黄河下游的凌汛威胁基本得以解除，因解决黄河三角洲凌汛分洪问题而建的黄河南展区工程也完成了它的历史使命。

2008年7月，国务院在批复《黄河流域防洪规划》中，做出了"大功、南展宽区、北展宽区3个蓄洪区防凌运用概率稀少，予以取消"的决定。摘掉蓄滞洪区"帽子"的黄河南展区，迎来了新的发展机遇。

2013年，东营市政府将黄河南展区农村住房拆迁改造及水利设施建设工程列入重点推动实施的民生实事，计划用3年时间，推进南展区新型农村社区建设、基础设施配套完善、生态建设和产业提升四大工程；规划建设11个新型农村社区，其中2013年至2015年重点建设8个新型农村社区，基本完成南展区66个房台村搬迁改造任务。同年5月8日，东营市委、市政府先期启动胜利社区、龙居社区、杨庙社区等3个新型农村社区建设，并完善相关配套设施，力图改变南展区贫困落后的面貌。

"拆掉旧房台，建设新社区"的动员令发出的时候，张麦荣这个25岁的姑娘，正作为乡镇的下派干部，在黄河岸边房台村所在的西十一工作区工作。房屋现状的摸排、入户评估、人口摸排、宣传政策、讲解户型、签订协议、搬迁进楼，张麦荣经历了房台村搬迁的全过程。

张麦荣老家在广饶县陈官镇，她从小看得最多的，是村里的麦田和玉米地，长大一点后，她知道有一条小清河在镇上流过，却与她生活的村子没有任何交集。她初中的语文老师，也是一位作家，写出过很多关于小清河的故事。老师成了年少的她的偶像，随着故事中人物与小清河故事的延续，那清凌凌的河水也流进了她的心里。

2011年，张麦荣大学毕业，通过考选，她进入当时的垦利县董集镇政府工作，同时她还在乡镇下辖的辛里村、凤王村兼职帮扶工作。

那是她第一次见到黄河，一种既陌生又熟悉的气息直抵心胸。黄河——母亲河，静静地流淌在村子边上，如今却一下子闯进了她的工作与生活，她开始认识黄河、了解黄河，适应黄河带来的一切，黄河成为她工作生活的一部分。

2012年3月，她担任董集镇文化站副站长并继续在村里做帮扶工作，2013年3月，她到了杨庙村所在的西11工作区工作，南展区房台村迁建工作开始了，她作为工作人员，也投入其中。"为了满足更多群众的需求，规划房型之前就做了入户摸底。后来根据群众的实际需求，设计出七种不同大小的房型：55平方米、65平方米、80平方米、100平方米、100+55平方米的子母房、120平方米以及180平方米的两层独门独院房型。"张麦荣说，政府制订的补贴政策也比较贴合实际，对于购房的人群，除了每人补贴10平方米住房，还有现金补助；对于不在社区的购房人群，也进行了一定数额的现金补助；对于放弃购房的群众则发放了补贴金。

2016年，杨庙社区在全市率先整建制完成黄河南展区房台村搬迁改造工作，张麦荣成为杨庙社区北区书记，之后成为杨庙社区书记。"做梦也想不到这辈子还能住上楼房！"从旧房台搬进新楼房，张麦荣听到了太多村民相似的感慨。

2019年，张麦荣短暂离开杨庙社区，先后到垦利区环保局、文旅局挂职锻炼。

2021年6月1日，张麦荣重新调任杨庙社区书记。"这一天特别有意思，好像提醒我，重新换成学生的心态，在杨庙社区'回炉再造'。"

站在利津黄河大桥向南望，黄河臂弯里一片设计规整的红顶白墙的楼区，就是杨庙社区。富足祥和的气息由阳光和微风传递而来，黄河淤积而成的这片土地，在新时代完成了蝶变。

随着社区功能进一步的完善和提升，杨庙社区有了幼儿园、卫生室、便民服务驿站、图书室、公交车站等基本设施，零星土地统一流转办起特色瓜果农业合作社，原本靠天吃饭的居民也能打工赚钱了。杨庙社区居民的日子，在新时代开启了飞速的变化。

习近平总书记一直记挂着黄河滩区居民的迁建之路，视察东营期间，特意要到杨庙社区走一走、看一看。

年轻的社区书记张麦荣对社区的情况了然于胸，成为向习近平总书记汇报工作的不二人选。

"村里种的苹果有哪些品种？社区的工作人员是临时的还是长期的？土地流转出去后，群众靠什么生活？"

习近平总书记边走边问，张麦荣一一作答。张麦荣说："从总书记的问话里能觉出他对农村的工作很熟悉，对农民的生活很关心。"

走着，问着，答着，笑着。

选择杨庙的，是历史与时代。

让杨庙村成为杨庙社区的，是生活在杨庙一辈又一辈艰苦创业、勤劳朴实的人民群众。

杨庙社区牵动着习近平总书记的心，习近平总书记的关心，更鼓舞着杨庙社区群众奔向更富裕的生活，激励着各级干部为群众谋更大的福利。

山东省乡村振兴服务队、东营市委组织部、垦利区委组织部、垦利区农旅集团先后派帮扶队员驻杨庙社区挂职帮扶，出思路，要政策，让杨庙社区迎上一个个更广阔的发展风口。村民们办起果蔬合作社、塑编合作社，劲往一处使，销路有保障，致富的道路又宽又通畅。

习近平总书记在庆祝中国共产党成立100周年大会上的重要讲话中指出："江山就是人民、人民就是江山，打江山、守江山，守的是人民的心。"这一重要宣示，对于张麦荣来说，体会更深、铭记更深。这是总书记对杨庙社区乡亲们的叮嘱，更是对当地政府以及党员们深情的嘱托。

"总书记对老百姓的关心体现在一个个细节里，基层党建工作做得好不好、基层工作做得实不实，都能通过细节检验出来。"不论是建设房台村还是迁进新楼房，杨庙社区几十年的发展历程中，基层党组织的战斗堡垒作用在一件又一件发展大事上得到检验。作为省市区三级党代表，张麦荣曾多次把杨庙社区的党建经验分享出来。

"平常时候看得出来，关键时刻站得出来，危难关头豁得出来。"这是杨庙社区的党员们几十年一贯的坚持，"一个支部一座堡垒，一名党员一面旗帜，我是党员我先上"的思想已深深烙印在杨庙社区每位党员的心上。

进入乡村振兴发展的新时代，杨庙社区更注重在"融"字上做文章，以组织融合聚合力、以服务融合惠民生、以治理融合提效能、以文化融合暖人心、以产业融合促振兴。

杨庙社区打破村庄界线，指导社区优化综合服务、农业产业等8个功能型党支部，建立"社区党委—功能型党支部—楼栋党小组—党员中心户"组织体系，聚焦各自职能、特长，精准制定任务清单，配套"集中议事日""党群开放议事会"等载体，完善共建共管、协同议事、分类处理和评议考核等机制，真正把11个村融合起来。

由社区党委牵头，围绕"头雁"领航共富，每月组织村党组织书记现场讲话，每季度开展"擂台比武"，每半年召开"携手共富共享，共建幸福家园"书记论坛，把社区11位村书记和班子拧成一股绳；优化提升乡村振兴学院，丰富教培资源，通过体悟实训、现场教学、业务赋能等活动，真正拓宽视野思路，提升能力素质，理清发展方向。同时，加大对党员干部的日常管理，抓实"三会一课""主题党日"等组织活动，严格执行村干部轮值坐班制度，号召班子成员、村"两委"带头"约法三章"，公开接受群众监督；依托每月21日

"幸福睦邻日"，发动党员开展"社情民意大走访""有困难找党员"等党群连心活动，真正把群众凝聚在党组织周围，形成共富发展合力。

杨庙社区扎实落实习近平总书记"搬得出、稳得住、能发展、可致富"重要指示，村村抱团联片发展，村社融合一体推进，村企联建精准赋能，带领村集体增收、群众家门口就业取得了一定成效，生态果蔬采摘、研学教育、电商直播等项目多点开花，群众的腰包越来越鼓了。

杨庙社区党委发挥沿黄区位优势，牵头扩大"朋友圈"，带动社区内11个村与南八片区8个沿黄村抱团发展，立足周边藕池、坝下林地、生态果蔬园等丰富沿黄资源，联合实施生态养殖、食品加工、果蔬采摘等林下经济、庭院经济，打响"杨庙优品""锦土银果""沿黄沙土"等本土农产品品牌，做好"土特产"文章，加快构建沿黄共富示范区。实行"双社联动"，一方面发挥北范村、前许村等3A级信用社示范带动效应，联动10个党组织领办合作社提标提质、抱团发展，构建"一村一社、一社一品"发展格局，积极推进社区股份经济联合社与专业合作社、金融机构的合作，抱团实施北范研学教育、万锦农业养殖、草编塑编等项目，保证社区全体居民都能享受到发展红利。

张麦荣说，习近平总书记在杨庙社区与群众见面时强调"共产党是干什么的？是为人民服务的"。作为直接服务群众、联系群众的一线工作者，杨庙社区一直在优化管理服务配置，整合"社区工作人员+党员志愿者+公益岗"力量，组建了社区志愿服务队，建起了10个为民服务功能室，"室室有人、时时有人"，真正构建起"5分钟公共服务圈"，让群众在农村就享受到城市的高品质服务，增强群众的获得感、幸福感。

盛夏来临，黄河两岸蝉鸣阵阵，杨庙社区的图书阅览室里，大人和孩子，沉浸在书香里享受清凉。杨庙社区通过"亲子共读""经典诵读""老年充电"等多种阅读模式定期开展读书活动，图书阅览室成了社区居民静心"充电"的好去处。特别是暑假里，放了假的孩子们在这里读书、做作业，还时不时组成临时阅读小组，分享交流读书感悟。

"我们的烘焙好时光又开始了！"定期开展的手工烘焙活动成了社区居民最喜欢参与的项目。居民们细心听志愿者逐一介绍奶油、奥利奥碎、蛋糕坯等烘焙所需材料，他们揉惯了馒头、擀惯了大饼的手开始按捺不住了。他们目不转睛地盯着志愿者的操作步骤：打发好奶油，把奶油均匀地涂抹在半个蛋糕坯上，撒上一层奥利奥碎，再放半个蛋糕坯，再轻轻涂抹一层奶油，最后把切好的火龙果铺一层……"红的火龙果，就像红红火火的日子；甜的蛋糕，就像甜蜜的生活。"这话不知出自谁口，却引来大家齐声的认同。

依托幸福满格智慧治理中心，杨庙社区可以一键落实党建管理、物业管理等工作，线上实时收集、解决矛盾问题，确保"小事不出网格，大事不出社区"；深化"党群连心、信用治理"，建立"红黑积分榜"，以社区公约立好规矩，以"四议两公开"规范决策，以村务监督促公开透明，增强群众对社区"一家人"的认同感、归属感。定期开展"我们的节日""幸福家风""表彰最美"等系列活动，强化先进典型示范引领，激励形成崇德向善、见贤思齐的浓厚氛围，共富乡村的美好图景正在杨庙群众手中渐渐显影。

奋进新征程，不忘来时路。从杨庙社区走到高高的沿黄大堤，溯着黄河向西走，会看到一个素朴的村落，与整洁明艳的杨庙社区截然不同。这里有传统的平房、安静的道路，让人仿佛一下子被时光穿梭机带回到了 40 年前，这里就是东营市垦利区董集镇罗盖村。走下黄河大堤慢慢走近"她"，却发现"她"素朴的外貌之下，有着深邃的内核。罗盖村的文化广场，一个看起来很普通的院落，却挂着"东营市杨庙·黄河里乡村振兴学院"的标识牌。罗盖村正在做一篇怎样的传统与现代传承融合的文章？

黄河从利津进入垦利境内，最先流过罗盖村。与垦利区大部分村庄一样，罗盖村也是由多户外地人移居来此建村的。相传，1369 年，罗宽率罗金鸡、罗银鸡自直隶省枣强县迁到这里建村，始称此地为"罗家"；1369 年，盖辛由莒州到直隶枣强、再到淄川，1370 年来此建村，称此地为"大庄盖"；1369 年，程雅修自直隶枣强县迁到这里垦荒建村，称此地为"坡程"；1526 年，盖镝迁到这里以烧窑谋生，建村称此地为"窑上盖"。因罗、盖两姓来此较早、人口较多，故取村名为"罗盖"。罗盖村的村民祖辈生在黄河边，喝着黄河水，也尝过黄河的苦。杨庙社区建设完成后，他们也搬到了宽敞的楼房，但那一片承载着几辈人艰苦奋斗的老房子，却保存了下来。经过打造后摇身一变，成了

"杨庙·黄河里",成一个留住乡村记忆的文旅融合发展项目。

"'杨庙·黄河里'项目是以传承黄河文化、留住滩区迁建记忆为主题的沉浸式乡村微度假区,主体占地200余亩,主要依托山东省文化体验廊道建设重点村——罗盖村原址,分两期对140套老房子进行了改造升级。"张麦荣说。在保留房台村原始风貌的基础上,"杨庙·黄河里"通过对村内系统规划、建筑"微更新"、景观化营造等手段,建设了游客服务中心、餐饮民宿、文创非遗、民俗广场、乡村振兴学院等复合功能版块,打造覆盖周边2.5小时车程的综合性乡村微度假旅游目的地。同时,"杨庙·黄河里"还整合了杨庙社区的红色文化和周边林地、牧场、设施农业等资源,深度开发了亲子游、生态游、文化体验游等多种业态,将设施农业、林果种植、草编工艺品等元素导入,展现了黄河文化、南展文化、农耕文化,在留住乡村记忆的同时,辐射带动了当地文旅产业融合发展。

徜徉在"杨庙·黄河里",到乡村书房闻闻书香,参观一下亲子活动区、读书交流区、"沿着黄河遇见海"非遗文创展示区,这里不仅为本地群众和游客提供了一处优质的公共文化空间,还可以满足不同群体阅读、交流、艺术欣赏的需求。3000余册藏书既有涉及农业实用技术、农村致富经验、法律法规、健康养生等方面的书籍,也有孩子们喜欢的绘本、漫画故事、文学名著,乡村书房配备的自助借还设备还可以与垦利区图书馆实现通借通还,定期举办的阅读分享会、公益讲座、亲子阅读会等互动活动,真正由过去的"送文化"变成"种文化",不仅给当地村民打开了"文化粮仓",涵养了文明乡风,也给游客提供了一个"加油充电"、休闲"打卡"的场所,打通了黄河沿线公共文化服务的"最后一公里"。

东营城市印章、黄河黑陶、民谣乐队、古彩戏法……以"杨庙·黄河里"为主办地的首届乡村文化艺术周上,多彩的传统技艺和文创产品,引得观众纷纷驻足;文艺演出、草地露营、美食品鉴、创意迷宫、真人CS……各种休闲度假项目让"杨庙·黄河里"火爆"出圈"。

围绕打造"沿着黄河遇见海"优质旅游目的地、建设黄河尾闾富有活力的"文旅新城"的总目标,"杨庙·黄河里"乡村微度假项目正日益增加垦利区的

"文旅氧", 成功打造候鸟式"康、养、演、居"微度假目的地。

"杨庙·黄河里"乡村微度假项目采取"政府+企业主体+农村农民参与"的方式,积极融入垦利区"两线、三区、多点"文旅产业发展格局,引入杭州盛嘉旅游管理公司运营,集聚董集镇共集共富公司、黄河里项目公司、社区股份经济联合社,整合社区资源参与项目实施运营的全过程,引入特色美食、非遗文创、电商直播等业态,规划高端民宿、林下露营、亲子牧场等模块,打造共富街区,开展乡村文化周、黄河大集等活动,实现集农业经济、教培经济、旅游经济等多业态互融互促的"农文旅"深度融合发展新路径。可直接提供就业岗位1000余个,辐射带动就业1800余人,人均年增收5000元以上,让老村新起来,让群众腰包鼓起来。

"搬得出,稳得住,可发展,能致富。"习近平总书记对滩区迁建百姓的希冀,在杨庙社区都一一成了现实。

2023年1月,司法部、民政部公布的1136个第九批全国民主法治示范村(社区)名单中,杨庙社区榜上有名。

2024年2月2日是农历腊月二十三,是中国北方的传统节日"小年"。这天晚上,入选文旅部国家公共文化云重点推介项目的杨庙社区"村晚"亮相了。"村晚"的实景演出场地在杨庙社区,并通过云直播技术推送到全国各地。以"家园"为主题,以"邀你上村晚"栏目评选出的节目为主,外加杨庙社区的原创歌曲、秧歌队展演等多种形式融合呈现,"奋斗·文明家园""汇聚·和谐家园""守望·幸福家园"三个篇章承启接续,杨庙社区的居民用锣鼓、原创村歌、歌舞、器乐等多种演出形式,展现农民群众"听党话、感党恩、跟党走、齐心协力奔小康"的美好愿望,展现垦利区乡村发展新气象。

身后有大海,门前是黄河,
涛声年年敲打着,不变的音色。
一次次搬迁,阳光下集合,
那些故事很难忘,爷爷经常说。

张家果园里,挤满八方客,

李家草编合作社，订单摞成摞。
这幸福家园，是谁的杰作？
红的墙，绿的街，好梦在穿梭。

杨庙故事多，有光也有热，
和美新乡村，自信又洒脱。
杨庙故事多，日子开心地过，
门前的幸福河，笑出了酒窝。

所有的故事，都是见证者，
国事连家事，小家牵大国……

张麦荣登台献唱一曲《杨庙故事多》，这首杨庙社区之歌，唱着杨庙的过往，更唱出了对未来无限美好的畅想。

时代的呼唤——国家公园

历史会记住这激动人心的瞬间。

2021年10月12日,《生物多样性公约》第十五次缔约方大会领导人峰会在云南省昆明市举行。

习近平总书记向世界庄严宣布,正式设立三江源国家公园、大熊猫国家公园、东北虎豹国家公园、海南热带雨林国家公园、武夷山国家公园等第一批国家公园,保护面积达23万平方公里,涵盖近30%的陆域国家重点保护野生动植物种类。

大地上的美丽山川、湖泊与森林是自然的宝库。

2020年,我国建立国家公园体制试点工作基本完成,整合设立一批国家公园,分级统一的管理体制基本建立,国家公园总体布局初步形成。这标志着我国国家公园体制的顶层设计已初步完成,国家公园建设进入实质性阶段。

国家公园体制以加强自然生态系统原真性、完整性保护为基础,以实现"国家所有、全民共享、世代传承"为目标。这意味着人们将共同分享这片土地的美丽与风光,将保护环境当作自己的责任与使命。

我国的国家公园坚持生态保护第一,把最应该保护的地方保护起来,给子孙后代留下珍贵的自然遗产;坚持国家代表性,以国家利益为主导,坚持国家所有,具有国家象征,代表国家形象,展现中华文明;坚持全民公益性,坚持全民共享,着眼于提升生态系统服务功能,开展自然环境教育,为公众提供亲近自然、体验自然、了解自然以及作为国民福利的游憩机会。

国家公园是生态保护的圣地，是珍贵的自然遗产，代表着国家形象。

在这里，每一个细胞都在为生态保护努力着；在这里，历史的沉淀与现代的融合，创造出了一幅独特的画卷。在这里，人们可以亲近自然，体验自然，了解自然，享受自然带来的快乐。这是一处国民福利，为广大公众提供着宝贵的教育资源和休闲机会。

我国的国家公园，是自然与文明的交融之地，是生态保护的旗帜，是国家形象的展示。让我们共同呵护这片美丽的土地，让我们共同传承这份珍贵的自然遗产，为子孙后代留下一个更加美好的世界。

国家公园虽然带有"公园"二字，但它既不是单纯供游人游览休闲的一般意义上的公园，也不是主要用于旅游开发的风景区。

"国家公园是众多自然保护地类型中的精华，是国家最珍贵的自然瑰宝。"世界自然保护联盟的驻华首席代表朱春全说。

建立国家公园的首要目标是保护自然生物多样性及其所依赖的生态系统结构和生态过程，推动环境教育和游憩，提供包括当代和子孙后代的全民福祉。

国家公园是我国自然保护地最重要的类型之一，属于全国主体功能区规划中的禁止开发区域，纳入全国生态保护红线区域管控范围，实行最严格的保护。"我国的国家公园建设坚持三个理念：生态保护、国家代表性、全民公益性。"清华大学教授杨锐如是解读。

相比以审美体验为主要目标的风景区，国家公园是生态价值及其原真性和完整性最高的地区，是最具战略地位的国家生态安全高地，三江源国家公园、大熊猫国家公园、东北虎豹国家公园、海南热带雨林国家公园和武夷山国家公园等国家公园体制试点都具有这样的特征。

国家公园，是一座永恒的守护者。它守护着大自然的原始之美，守护着人类文明发展的基石。国家公园蕴含着深厚的历史和文化底蕴，是人类与自然和谐共生的见证。

国家公园是一种精神的传承，传递着保护环境的理念。国家公园应该承载着人们对自然的敬畏和珍惜之心，力求将最宝贵的自然遗产传承给子孙后代，让他们在未来的岁月里仍然能够切身感受到大自然的神奇和壮观。

随着时代的变迁，国家公园会成为人们心中的一处净土，这里没有繁杂的喧嚣，只有一片清净的天地。人们在国家公园中漫步，感受大自然的鬼斧神工，看着植物的繁茂，听着鸟语虫鸣，感受着自然的魅力。国家公园是大自然的画廊，每一幅画作都是独一无二的珍品。

国家公园不仅仅是一处风景，更是人类的精神家园，是我们传承给子孙后代的宝贵财富。愿国家公园永远绿荫葱茏，愿人类与自然永远和谐共生。

2016年，我国首个国家公园体制试点——三江源国家公园体制试点获批。随后成立的三江源国家公园管理局，整合了所涉4县国土、环保、农牧等部门编制、职能，建立了覆盖省、州、县、乡的4级统筹式生态保护机构。

根据《建立国家公园体制总体方案》，国家公园内全民所有自然资源资产所有权由中央政府和省级政府分级行使，条件成熟时，逐步过渡到由中央政府直接行使。重点保护区域内居民要逐步实施生态移民搬迁，集体土地在充分征求其所有权人、承包权人意见基础上，优先通过租赁、置换等方式规范流转，由国家公园管理机构统一管理。

"方案明确提出建立统一事权、分级管理体制和财政为主的多元化资金保障制度，回答了国家公园哪些是国家的、哪些是地方的，哪些归国家管等一系列'权''钱'难题。"国务院发展研究中心研究员苏杨说。

苏杨认为，国家公园和自然保护地管理将迎来一场革命性的变革。一个统一的部门将被建立，行使管理职责，并对国家公园进行指导和管理。这个部门将解决当前多头管理的问题，打破部门和地域的限制，实现政出一门的管理模式。

这个新部门的成立并不意味着不需要跨部门合作或不需要中央和地方之间的协调与配合，相反，它更加强调了构建服务型政府的重要性。

各部门之间，中央和地方之间，政府、企业、社会团体和个人之间的合作与协调将更加紧密，共同推动国家公园和自然保护地的管理和保护工作。

这个新部门的成立，是自然环境保护工作的一次重大进步。它将为国家公园和自然保护地的可持续发展提供坚实的支持，保护和传承自然资源，实现人与自然的和谐共生。

国家公园体制的建立，核心是体制创新。

我国的国家公园建设，将把创新体制和完善体制放在优先位置，做好体制机制改革过程中的衔接工作，成熟一个设立一个，有步骤、分阶段推进。

国家公园作为最为珍贵稀有的自然遗产，是我们从祖先处继承，还要完整真实地传递给子孙万世的"绿水青山"和"金山银山"。因此，国家公园在局部利益和个体利益面前要始终以国家利益为重。

权威人士表示，在有效保护的前提下，国家公园是为公众提供科普、教育和游憩的机会。"国家公园强调全民公益性，主要体现在共有、共建和共享上"。

2013年，党的十八届三中全会首次提出建立国家公园体制，要求严格按照主体功能区定位推动发展。由此，中国正式拉开了国家公园建设的序幕。

国家公园是大自然的宝库，是文明的象征。在这片净土上，山川河流，植物动物，人文历史，一切都如珍宝般闪耀着光芒。

深化经济体制改革，开展国家公园体制试点，意味着我们要更加重视生态环境的保护，更加注重自然资源的可持续利用，更加关心人类与自然和谐共生的理念。

生态文明建设，是一件关乎全局的大事。我们每个人都应该关心环境保护，每一个细微的举动都可能影响整个生态系统的平衡。

2017年9月，中共中央办公厅、国务院办公厅印发了《建立国家公园体制总体方案》，定位国家公园的首要功能是重要自然生态系统的原真性、完整性保护，同时兼具科研、教育、游憩等综合功能。

2017年10月，党的十九大报告中指出，构建国土空间开发保护制度，完善主体功能区配套政策，建立以国家公园为主体的自然保护地体系。

曾经，大地上的山川河流、草木花果都闪烁着自然之美，一切都在自然的节拍下轻轻摇曳，不曾被染指、玷污。然而随着现代文明的发展，这片土地上留下了一道道伤痕，让我们深感悲伤和遗憾。

如今，我国走进了"全球开放"的新时代，人们意识到保护自然环境的重要性，也开始反思过去对自然资源的盲目开发。

自然与文化资源供应不足，可持续旅游消费需求剧增，这让我们深感紧迫，需要创立规范化的国家公园管理体制，以保护我们的自然资源，实现可持续的发展。我国正在"两个一百年"的民族复兴关键期，我们有责任保护好这片美丽的土地，建设美丽中国，让大自然的恩赐延续下去。

国家公园体制的建设将带来新的概念体系，让我们重新认识和尊重自然，让我们与自然和谐共生。让我们共同努力，让这片美丽的土地永远充满生机与活力，让我们的子孙后代也能在这片美丽的自然环境中生活、成长和享受幸福。

年华流转，时光荏苒。

1956年，一缕绿色之芽在广东率先萌发，中国第一个自然保护区——鼎湖山国家自然保护区成立。

岁月流转，风雨兼程，奋斗笃行60余载，绿色保护与工业发展交锋，演绎着大戏。保护区里生机盎然，物种繁衍昌盛，日新月异的城市中，工业进步飞速。如潮汐般的拉锯战，回荡着绿色的呼唤。60多年的历程，波折与反复唤醒思考，自然与人类，何去何从，耐人寻味。

60多年来，科学家们苦心孤诣，为了保护环境和自然资源，他们不畏艰辛，不惧困苦，站出来发出了属于他们自己的声音。

1956年6月，秉志、钱崇澍、杨惟义、秦仁昌、陈焕镛等5位科学家提出了关于"请政府在全国各省（区）划定天然林禁伐区保存自然植被以供科学研究的需要"的提案，他们是勇敢的先行者，他们是坚定的守护者，他们用自己的行动，诠释了科学家的担当。

中国科学院与广东省委，把原属国营高要林场的1.7万余亩鼎湖山林场单独划出，建立了鼎湖山国家自然保护区，这划定的不仅仅是一块区域，更是一种担当和责任。他们站出来，为未来的绿色发展奠定了坚实的基础。

1956年6月23日，《南方日报》登载了一则启事："本省高要县鼎湖山，作为一个自然保护区，今后严禁在本区内有砍伐，狩猎，吸烟，烧火等事情。"

山峦连绵，翠绿葱茏，一座美丽的鼎湖山，成为自然保护区，杜绝砍伐、狩猎、吸烟和烧火等行为。这是中国历史上第一个自然保护区的诞生时刻，也是一场宣告绿色之福将至的伟大时刻。

在鼎湖山保护区内，绿色的树木被呵护，野生动物得以栖息。这片"绿色孤岛"成为了大自然的宝库，每一丝微风、每一声鸟鸣，都是它独有的歌谣。

默默守护这片土地的人们，以他们的行动诠释了绿色生活的真谛。

尽管荆棘丛生，尘世扰攘，鼎湖山依旧高悬"绿色孤岛"的旗帜，将大自然的美好永远锁在胸怀之中。

鼎湖山，一座美丽的自然保护区，被誉为自然保护区之长子。

2003 年，广东省成立了自然保护区专家委员会，由中科院院士对新晋升的省级自然保护区进行评审论证，实行严格把关，同时规定在自然保护区内的开发建设活动以及保护区的范围和功能区调整，都必须通过专家委员会的论证才予以批准实施。

自然保护区是我国生态保护的核心区域，其发展和演化在一定程度上体现了我国生态保护的进程和特点。

根据国务院《关于自然保护区建设和管理工作情况的报告》，目前我国已建立自然保护区 2740 处，总面积达 147 万平方公里，其中陆域面积 142 万平方公里，约占我国陆地国土面积的 14.8%；国家级自然保护区 446 处，总面积 97 万平方公里，约占我国陆地国土面积的 10%。

调查显示，目前我国超过 90% 的陆地自然生态系统都建有代表性的自然保护区，89% 的国家重点保护野生动植物种类以及大多数重要自然遗迹在自然保护区内得到保护，东北虎、东北豹、大熊猫等部分珍稀濒危物种野外种群逐步恢复，生态系统退化和生物多样性急剧下降的趋势得到减缓。

昔日的群山葱茏，清水碧波，繁花似锦，是自然界的奇迹，也是我们的财富。但部分自然保护地体系缺乏顶层设计，保护地的生态保护与发展矛盾尖锐。

在国家公园建设的背景下，我国生态保护迎来了转型的机遇。这是一个机遇，也是一个挑战。我们需要重构现有的自然保护地体系，建立起更加完善的管理机制，使各类保护地之间的关系更加紧密。特别是国家公园的功能定位需要更加明确，其角色与职责也需要得到进一步的强化。

长期以来，我国的自然保护地管理存在着诸多问题，多头管理、破碎化管理、一刀切管理等现象屡见不鲜。这些问题严重影响了自然生态系统的完整性和稳定性，也影响了国家生态环境的持续改善。国家公园体制的建立，正是为了解决这些问题，使得自然保护地的管理更加科学、合理、有效。

作为国家公园体制创建的初衷，我们需要深入理解其背后的深意和目的。只有通过推动国家公园的建设，才能实现我国生态保护事业的跨越式发展。让我们共同努力，将国家公园建设成为生态保护的重要支撑，为人类和自然和谐共生创造更加美好的未来。

在中国自然保护区发展历程中，有一位学者型官员陈建伟。陈建伟曾任林业部规划院副院长、林业部保护司副司长、国家林业局野生动植物保护与自然保护区管理司巡视员。他作为亲历者和见证者，在退休之后接受了《南方周末》的专访。他深刻反思自然保护区的发展历程，希望未来国家公园体制能够少走些弯路。

我国自然保护区的发展可谓是曲折与成长并存。从零开始，经历了种种困难与挑战，逐渐发展壮大至今。陈建伟指出，保护区建设不能脱离历史背景，不能用现如今的眼光来衡量老保护区。在初期的建设阶段，社会经济发展与自然保护有着错综复杂的关系，这就是我国自然保护区发展面临的现实困境。

我国自然保护区的建设是一个不断探索、不断前行的过程。陈建伟希望未来能够在借鉴往日经验的基础上，建立起更加完善的国家公园体制，让保护区的发展能够更加科学、更加可持续。他对未来充满信心，相信我国自然保护区将会迎来一个更加美好的发展时代。

陈建伟的故事，如同一部文学作品般，记录着我国自然保护区发展的点点滴滴，记录着人们曾经为这片土地付出的努力。他的话语中充满着对自然保护区的热爱与坚守，也蕴含着一份使命与责任，那就是让自然保护区在未来得到更好的发展与保护。

陈建伟站在保护区的历史边缘，静观储存在心中的自然风景。他深深地吸了口气。他知道，保护区的管理并不是一件容易的事情，需要不断地努力和改善。

"社区工作是保护区的重要职能之一。"陈建伟说道，"我们必须做好这一点。保护区的发展和保护需要社区的支持，只有让社区居民感受到保护区带来的切身利益，他们才会愿意去维护这片宝贵的自然资源。"

只有不断地完善管理，只有让社区居民真正地参与进来，这片美丽而神奇的自然保护区才能得到真正的保护和发展。

截至 2014 年底，我国已建立自然保护区 2729 处，此外还建立了国家地质公园 240 个、国家级风景名胜区 225 个、国家级森林公园 779 个、国家湿地公园 429 个，分属林业、环保、国土、农业、水利、海洋等部门。

中央提出建立国家公园体制，是以建立国家公园为改革推手，完善我国保护区体系，解决目前的地域分割、部门分治，"九龙治水"的难题。所谓体制创新，既要有自己的新办法，也可以借鉴别人的老办法。但要做到不照搬，就需要充分考虑国情的不同。

陈建伟认为，从我国以往自然保护区管理的历程来看，参考世界其他国家的经验和教训，国家公园应该由一个部门来管理，而且是垂直管理。这样的管理方式能够更好地体现国家意志，在执法方面也能够贯彻到底，同时在人权、财权、事权方面也能够得到更好的保障。

2021 年 10 月 8 日，国务院新闻办公室正式发布了《中国的生物多样性保护》白皮书。这是我国发布的第一部生物多样性保护白皮书。

2021 年 10 月 12 日，在昆明举行的《生物多样性公约》第十五次缔约方大会领导人峰会上，中国第一批国家公园揭开了美过天际的面纱。

中国首批国家公园的横空出世，引起国内外的高度关注。

谈到设立国家公园的意义，北京林业大学生态与自然保护学院院长、博士生导师徐基良教授说道："目睹国家公园的建设，会让公众从内心生发出民族自豪感，这对于增强民族荣誉感是非常重要的。从更高的层面来说，这对在国际上推进生物多样性保护主流化也具有积极意义。"

同时，徐基良教授还指出，设立国家公园的初衷之一是在于解决资源保护或国土资源管理当中存在的问题，特别是规避碎片化管理，防止出现"九龙治水"的现象，这将为今后的生态保护工作积淀经验。

在社会获益方面，徐基良教授认为，"绿色惠民"是很有力的扶贫手段，例如三江源生态公益岗位设立的"一户一岗"制，就能让群众在"绿水青山"中收获"金山银山"。

"我认为这是一项了不起的成就，将确保栖息地的完整性、连通性和连续性，从而保证大范围的物种繁衍生息。"英国北约克高沼区国家公园负责人布里奥妮·福克斯博士对此表示赞赏。

当"国家公园"最终成为"公园国家"，我们的子孙后代就能在丛林深处聆听虎啸猿啼，在山川之间欣赏姹紫嫣红，在雪域高原见证生命传奇，感受自然的奇妙。

涓滴细流，都向大海奔涌；点点星光，汇成浩瀚星河。

自 1992 年加入《生物多样性公约》以来，我国一直致力于做好履约工作，通过顶层设计、政策支持和行动落实等方面促进生物多样性保护主流化。

在 2021 年召开的《生物多样性公约》第十五次缔约方大会上，我国作为主席国推动各缔约方签署了"昆明—蒙特利尔全球生物多样性框架"。

为了落实该框架，我国在 2024 年 1 月发布了《中国生物多样性保护战略与行动计划（2023—2030 年）》。这个计划的发布，彰显了我国在生物多样性保护方面的决心和努力，也展示了我国在全球环境保护事业中的重要地位。计划指出，生物多样性关系人类福祉，是人类赖以生存和发展的重要基础。人类必须尊重自然、顺应自然、保护自然，加大生物多样性保护力度，促进人与自然和谐共生。

作为最早签署和批准《生物多样性公约》的缔约方之一，我国一贯高度重视生物多样性保护，不断推进生物多样性保护与时俱进、创新发展，取得显著成效，走出了一条中国特色生物多样性保护之路。

在深化全球生物多样性保护合作方面，我国积极倡导构建人类命运共同体，推动全球生物多样性保护事业取得更大成果。我国积极参与《生物多样性公约》《联合国气候变化框架公约的京都议定书》等国际合作机制，分享经验、提供援助，共同推动全球生物多样性保护合作向更深层次发展。

"生物多样性是生命，生物多样性是我们的生命。"

这句话非常形象地说明了我们和生物多样性之间的关系，说明了保护生物多样性的重要意义。随着人口增长和人类经济活动的扩张，全球生物多样性正面临严重威胁。

2019年5月联合国公布的全球评估报告指出，人类活动已经改变了75%的陆地环境，66%的海洋环境受到影响，全球四分之一的物种正遭受灭绝的威胁。

我国幅员辽阔，陆海兼备，地貌和气候复杂多样，孕育了丰富而又独特的生态系统，是世界上生物多样性最丰富的国家之一。

天顺其然，地顺其性，人顺其变，一切都是刚刚好。

保护生物多样性，国际社会必须携手合作。我国将持续加大生物多样性保护力度，积极参与全球生物多样性治理进程，与国际社会一道，共商全球生物多样性治理新战略，开启更加公正合理、各尽所能的全球生物多样性治理新进程。

生物多样性是人类赖以生存和发展的基础，是地球生命共同体的血脉和根基。

我国高度重视生物多样性保护，不断推进这项工作与时俱进、创新发展。党的十八大以来，在习近平生态文明思想指引下，我国坚持生态优先、绿色发展，法律体系日臻完善，监管机制不断加强，基础能力大幅提升，生物多样性治理的新格局基本形成，生物多样性保护工作进入了新的历史时期，取得了显著成效，走出了一条中国特色的生物多样性保护之路。

在《生物多样性公约》第十五次缔约方大会即将召开之际发布《中国的生物多样性保护》白皮书，向世界展示了中国生物多样性保护的理念、举措和成效，为全球生物多样性保护贡献了中国智慧，这具有非常重要的现实意义。

时代是出卷人，我们是答卷人，后世是阅卷人。

在森林生态系统方面，我国森林面积和森林蓄积连续30多年保持了"双增长"，森林生态系统的服务功能持续增加。

在草原生态系统方面，在全国范围内，2020年全国草原综合植被盖度达到了56%以上，草原质量稳中向好。在湿地生态系统方面，"十三五"期间，我国新增国家湿地公园201处，新增湿地面积300多万亩，修复退化湿地超过700万亩，湿地保护率达到了50%以上。

在荒漠生态系统领域，我国持续开展了40多年的"三北防护林"建设、20多年的京津风沙源治理、近20年的石漠化治理等重大工程。2017年，中国国家林业局副局长刘东生接受采访透露，我国沙化土地的面积已从上世纪90年代末年均扩展3436平方公里转变为目前的年均缩减1980平方公里。这种惊人的转变表明，人类可以成功地将荒漠转变为绿洲，将荒原变为林海。这些努力不仅为我国提供了解决全球生态问题的方案，也为全球生态治理做出了重要贡献。

中国科学院院士、中国科学院动物研究所研究员魏辅文说："我国高度重视生物多样性保护，大力推进生态文明顶层设计和制度体系建设，创新性地将生物多样性保护与国土空间规划相结合，推动落实生态保护红线制度，构建以国家公园为主体的自然保护地体系，推进山水林田湖草沙系统的治理和修复，为我国生物多样性保护提供了体制机制保障，成效显著。"

中国环境科学研究院高级工程师徐靖说："我国在《生物多样性公约》第十五次缔约方大会上，宣布建设五个国家公园，举世瞩目，意义深远。"

国家公园作为国家所有、全民共享、世代传承的重点生态资源，是国家生态安全的重要屏障，是国家形象的代表名片，应该受到特别关注。

国家公园不仅是森林河流之源泉，更是生命之源泉，牵动着全国人民的心。

国家公园研究院院长唐小平表示，第一批国家公园正式设立，标志着国家公园体制这一具有全局性、引领性、标志性的重大制度创新落地生根，也标志着我国国家公园事业从试点阶段转向了建设阶段。

目前，我国国家公园建设面临最大的问题就是既要保护生态又要安排好原住居民的生产生活。在采访中，唐小平介绍："要做好每个国家公园的规划，分区实行差别化管控。把生态系统的关键地区、生态敏感区和生物多样性最富集的区域，划到核心保护区。原有的工矿企业、村镇、开发项目，该退的要退出来，如果有一些村庄暂时不能退出来的，可以设一个过渡期。"

国家林业和草原局副局长李春良说："国家公园不能建成'无人区'，也不是一个'隔离区'，更不是我们人为设定的一个禁区。我们要做的就是处理好保护与发展的关系，营造一个人与自然和谐共处的环境。"

长期关注国家公园体制试点工作的中国环境科学研究院生态文明研究中心主任、研究员张惠远表示，目前国家公园建设在我国尚属新鲜事物，面临着发展与保护的博弈。他认为，一些地方仍存在大开发的冲动，对国家公园是"香饽饽"还是"紧箍咒"尚未有清楚地认识。同时，存在"拼盘"现象，不同保护地由不同部门进行管理，导致管理部门之间管理职责不明晰，影响了管理效率和保护成效。另外，自然资源资产确权登记工作进展缓慢，中央与地方事权划分和支出责任尚未明确。他还提到，当前试点区域仍未建立权责统一的统一管理机制和协调联动机制，未能实现所有者与监管者分离，影响了生态保护效果。此外，相关制度体系仍不健全，缺乏国家公园的总体发展规划及发展战略，相应的法规政策、标准规范及生态补偿等相关配套制度尚未形成。共生的场景，要让生态保护和生态游憩、生态体验相得益彰。

张惠远对国家公园建设提出了几点建议：一是应尽快编制全国自然保护地体系规划和国家公园总体发展规划，合理确定国家公园的空间布局，有计划、有步骤地推进工作。二是在明确国家公园与其他类型保护地关系的基础上，完善自然生态保护制度，研究制定有关国家公园的法律法规，进一步明确国家公园的功能定位、保护目标和管理主体。三是要整合各类自然保护地的管理职能，加快建立包括国家公园在内的各类自然保护地统一管理和监管机构，统一行使自然保护地内国土空间用途管制、生态保护修复及相关监管职能。四是应积极推进自然资源确权登记工作，逐步划清全民所有和集体所有之间的边界，做到权属清晰、权责明确。

通过这些建议的实施，我们可以进一步推动国家公园的建设和管理，保护生态环境，实现可持续发展。

东北虎豹国家公园体制试点范围内涉及吉林、黑龙江两省 7 万多人。而且，东北虎豹国家公园拟建区域同时也是吉林省东部林区的重点区域，若停止该区域内的一切经营性活动，林区百姓的日常生活将受到很大影响。

2017 年吉林省尝试开展生态移民试点，选取核心区域内 20 户至 30 户住户迁出，在试点过程中探索问题并总结经验。同时，针对区域内居民生活、生计方面等问题，吉林省采取了支持当地居民进行特许经营，包括经营家庭旅馆、发展养蜂产业等相关扶持措施。

生态移民、植被恢复、退耕还林等生态修复建设需要大量资金支撑，资金短缺令一些国家公园管理者感到力不从心。

"国家公园作为国家所有、全民共享、世代传承的重点生态资源，是国家生态安全的重要屏障，是国家形象的代表名片，应该受到特别的关注。"国家林业和草原局副局长唐芳林对国家公园的建设也有自己的看法。他认为，完善国家公园的法治体系，可以直接制定国家公园法，修订相关法律，并与环境保护法、森林法、野生动物保护法等法律相配合。此外，还需要制定地方性法规，为每一个国家公园制定国家公园管理条例，实现"一园一法"。

在国家公园内，无数野生植物生长在那里，一群群的野生动物自由奔跑，壮美的景观充满自然之美，一切都还保留着自然的原始状态。我们需要通过法治手段来保护这些珍贵的自然资源，维护其原始状态，同时也要保障当地社区的权益和生计。这需要我们全社会的共同参与和努力。

我们拥有着世界级的生态资源禀赋，就要有世界级的国家公园。否则，我们将愧对子孙后代！

大河与大海的邀请

登高望远、顺势而为，方能行稳致远。

随着黄河重大国家战略的深入实施，东营这座位于黄河入海口的城市，在全国全省大格局、黄河全流域中的战略地位愈加凸显。

2021年10月19日，国家公园管理局批复同意开展黄河口国家公园创建工作，规划黄河口国家公园范围3517.99平方公里，涉及东营市河口区、垦利区、利津县。

黄河口国家公园对黄河三角洲自然保护区、地质公园、森林公园、海洋特别保护区、水产种质资源保护区等8处自然保护地进行整合优化，这将是我国第一个陆海统筹型国家公园。

据介绍，黄河口融合了黄河、海洋、陆地三大要素，其资源禀赋和生态功能，具有全球性保护价值和国家代表性，已列入国际重要湿地名录，并被列为中国黄（渤）海候鸟栖息地（二期）世界自然遗产提名地。

2022年3月，黄河口国家公园完成了省级自评估和国家林业和草原局组织的第三方评估。通过国家评估验收后，6月28日，山东省政府向国家林业和草原局提出设立申请，黄河口国家公园正式进入报批设立阶段。

"黄河口作为黄（渤）海区域海洋生物的重要种质资源库和生命起源地，以及环西太平洋和东亚—澳大利亚鸟类迁徙路线上的'中转站'，其新生湿地生态系统、独特的自然特征和典型的生物多样性特征，具有极其重要的科研价值和保护价值。"山东农业大学资源与环境学院教授杨越超认为，黄河口国家公园的创建，可构筑生态安全屏障，有助于促进黄河流域生态系统健康发展。

垦利区委副书记、区长解洪涛介绍说，作为国内首家陆海统筹型国家公园，黄河口国家公园在创建过程中面临许多挑战。垦利区作为黄河口国家公园的主体县区，将继续支持黄河口国家公园的建设，拓展生态产品价值实现路径，支持地方政府建设国家公园入口社区、保护发展带，创新国家公园生态产品品牌体系，适度发展生态旅游、自然教育，推动高水平绿色发展。

山东省黄河三角洲国家级自然保护区管委会主任许明德讲道，东营市委、市政府认真落实国家林业和草原局和省委、省政府部署要求，与省自然资源厅成立工作专班，深入研究政策文件，迅速展开各项前期工作。立足于国家公园建设，将黄河三角洲自然保护区等8处自然保护地进行整合优化，确定了黄河口国家公园范围。根据国家公园建设要求，编制了黄河口国家公园设立方案及本底资源调查与评价报告、符合性认定报告、社会影响评估报告及《黄河口国家公园总体规划》，完善黄河口国家公园机构设置方案和管理办法，启动创建全国第一家陆海统筹型国家公园。通过国家公园的建设，实现整体保护、系统修复、综合治理。颁布实施了《山东黄河三角洲国家级自然保护区条例》《东营市湿地保护条例》《东营市海岸带保护条例》，自然资源、生态环境、海洋渔业等部门赋予自然保护区119项相对集中的行政处罚权，理顺了执法体制，实现了综合执法，编制实施了黄河三角洲湿地保护修复规划、黄河三角洲自然保护区总体规划、详细规划、生态保护与修复专项规划，开创了全国自然保护区详规编制先河。

东营市与中国科学院等30余家国家级科研机构合作，成立8家野外监测和科研教学平台，建设黄河三角洲生态监测中心，联合开展湿地修复模式、外来有害物种防治等科研攻关项目，形成了20余项可复制推广的科研成果。坚持"水、林、田、湖、草、湿地、滩涂、海岸线是生命共同体"理念，以自然恢复为主，实施退耕还湿、退养还滩7.25万亩；以生态的方式治理生态，先后实施总投资10.8亿元的16个湿地修复项目，创新探索"黄河口湿地修复模式"，构建起"河—陆—滩—海"连通体系，累计修复湿地28.2万亩；实施互花米草治理、海草床种植，逐步恢复潮间带原生生物种群。

截至 2021 年 12 月，山东黄河三角洲国家级自然保护区共有野生动物 1630 种、植物 685 种，鸟类由建区之初的 187 种增至 371 种，其中国家一级保护鸟类 25 种，国家二级保护鸟类 65 种。38 种鸟类数量超过全球总量的 1%。黄河三角洲成为东方白鹳全球最大繁殖地、黑嘴鸥全球第二大繁殖地、白鹤全球第二大越冬地、我国丹顶鹤野外繁殖的最南界。

黄河自东营市垦利区注入渤海，特殊的地理位置造就了垦利区丰富的野生动植物资源以及特有的湿地生态环境，但也成了不法分子觊觎的目标。

垦利区检察院积极打造"专业化法律监督、社会化综合治理、多元化部门协作、恢复性司法实践"四位一体生态检察工作模式，全力服务黄河口国家公园建设。

早在 2018 年 2 月，垦利区检察院就在全市范围内率先将涉及环境保护、食品药品安全等公益领域的刑事案件移交公益诉讼部门办理，探索"四检合一"的办案机制。

垦利区检察院设立破坏黄河口国家公园生态环境和资源保护案件绿色通道，成立跨部门专业化办案组，实行类案专人办理，构建"捕、诉、监"一体化办案机制，实现案件快捕快诉。同时，成立公益诉讼指挥中心，将大数据、"互联网+""人工智能+"等新技术、新思维与检察工作深度融合，探索搭建政法数据共享及法律监督线索、公益诉讼线索收集智能化辅助平台，拓宽案件线索来源。

垦利区检察院严厉打击破坏黄河口国家公园生态环境及生物的资源的犯罪，有效履行诉讼监督职能，督促行政主管部门充分履行职责，努力实现惩治犯罪与修复生态、纠正违法与源头治理、维护公益与促进发展的有机统一。对办案中发现的行政机关处理不正确或怠于履行职责的情况，检察院及时督促履职，强化整改。对生态环境及资源保护方面存在的其他安全隐患，及时以工作报告等方式向党委政府及职能部门反映，不断强化保护管理机制。

垦利区检察院严格执行《关于加强山东黄河三角洲国家级自然保护区自然资源和生态环境保护协作办法》，与保护区管委会强化信息共享、案件通报及联合执法等七项协作机制，加大对破坏生态环境和资源犯罪的打击力度。同时，与区河务局、水利局协作配合，持续深入推进黄河流域"清四乱"工作，依法集中清理、整治黄河流域非法采砂、侵占河道滩涂以及倾倒、填埋、贮存、堆放固体废物等破坏生态环境的突出问题。联合环渤海地区基层检察院建立跨区域司法协作联盟，就案件办理、联席会议、跨区域协作等工作加强交流，共同探索渤海生态环境一体化保护。

对于破坏黄河口国家公园生态环境资源的犯罪行为，垦利区检察院积极运用宽严相济的司法刑事政策，在提起公诉的同时一并提起附带民事公益诉讼，督促责任人积极修复被损害的国家和社会的公共利益，尽早终止损害、完成修复。以要求责任人支付生态损害赔偿金为基础，根据案件实际情况，以刑事、行政双线思维，本着更有利于保护的原则，探索以劳务代偿、补植复绿、增殖放流、预防约谈等方式修复生态环境。

据了解，东营市推进出台《山东省国家公园管理办法》《黄河口国家公园管理条例》，研究制定配套政策措施和管理制度，为加强黄河口国家公园建设管理提供强有力的法治保障。完善黄河口国家公园总体规划、生态保护与修复规划、水系连通规划，编制智慧国家公园建设、自然教育和游憩体验等5个专项规划，建立健全规划体系，推进黄河口国家公园保护管理规范化、制度化。

"我们将会同省自然资源厅成立黄河口国家公园创建工作协调推进领导小组，统筹推进各项创建工作，深化技术成果，完善三项报告，科学确定边界范围和功能分区，深入研究管理机构设置方案。排查梳理确权海域、村庄人口、盐田和养殖坑塘等各类矛盾冲突和问题隐患，研究制定矛盾调处方案，妥善予以解决，科学合理设置公益岗位，引导发展绿色产业，推动社区转型发展。加大宣传力度，传播国家公园理念，完善社会参与机制，形成公众主动保护、社会广泛参与的良好氛围。"时任东营市副市长李俊峰说道。

2022年3月，黄河三角洲国家级自然保护区创建黄河口国家公园工作专班终于圆梦。

黄河三角洲是我国沿海最大的新生湿地自然植被区。走在黄河三角洲湿地里，处处百啭千声，每年数百万只鸟儿组成无数"飞行编队"在这里迁徙、越冬、繁殖。但黄河口国家公园在创建过程中却面临诸多考验，湿地生态修复成为主要难题。

在黄河三角洲的大地上，土地被盐碱侵蚀，植被稀少，生态环境岌岌可危。近年来，由于调水调沙的影响，黄河河道逐渐下切，水位不断下降，河流的路径日渐坚固，这使得湿地失去了宝贵的淡水环境，生态逐渐走向退化。

为了改善这片脆弱的湿地生态环境，首当其冲的就是解决水资源的问题。一支专门的队伍细致研究了黄河口地区独特的生态规律，他们实施引水和提水工程，同时打通水系，努力构建起"河—陆—滩—海"的水系连接体系，推动黄河与湿地之间的良性循环。这样一来，湿地的生态环境得以改善，水资源的利用冲突也得以有效缓解。

只有让水资源得以有效调配，让黄河水与湿地形成良性互动，湿地生态环境才能得到显著改善，生命的绿洲才会重新焕发出勃勃生机。让我们携手共建，保护这片纯净的湿地，让每一滴水、每一片绿叶都能在这片土地上茁壮成长。

黄河三角洲国家级自然保护区管委会党工委书记、主任、专班组长许明德出示了一张特别的图片：一个脚踩的小坑里，翅碱蓬长势茂盛，而小坑外种的却稀稀拉拉。对此，他解读："小坑里有水分，种子吹不走，所以长得好。"在滩涂湿地的宁静之处，专班受此启发，开创了滩涂湿地生态治理的"八步工作法"。他们秉持一次修复就能实现自然演替和长期稳定的理念，大力推进微地形的塑造，有效地补充植物所需的水分。在他们的努力下，湿地生态得到了良好的改善，在他们的呵护下，湿地生机盎然，展现出一片生机勃勃的新景象。

黄河三角洲国家级自然保护区，一片独具韵味的美丽土地。这里的风景独特绝伦，让人感觉仿佛置身于仙境之中。笔落惊风雨，诗成泣鬼神。河海恢宏的写意画卷展现在眼前，令人叹为观止。

风吹过金黄的原野，大雁在空中自由飞翔，高山为白云伴唱，平原上众生共舞。黄河口的清澈水流洗涤灵魂，生态之美笑迎四海宾客。这里是大自然的恩赐。

每一处景致都充满着新奇、独特、野性和旷远的美感，令人流连忘返。黄河三角洲国家级自然保护区，是能令人心灵得到净化的绝佳去处。让我们珍惜这片美丽的土地，让它永远保持原始的纯净之美。

黄龙入海，河海奔腾，芦花飞雪，万鸟翔集。

黄河口，中国的黄河口，也是世界的黄河口，它嵌入了我们的灵魂，直到永恒。

站在黄河口，我们能感受到世界的宏伟，大自然的神秘以及时间的流逝。这里的每一片绿叶，每一朵白云，都在述说着古老的传说。我们仿佛能聆听到大地的低吟，感受到岁月的高歌。

黄河口，给予我们的不仅仅是美景，更是对生命的敬畏和对历史的回顾。

让我们珍惜这片共和国最年轻的土地，让我们共同守护这片神奇的净土。